DRACHENKÖNIG

SARA FIELDS

Möchtest du ein KOSTENLOSES Buch lesen?

Melde dich für den Newsletter von Sara Fields an und erhalte eine KOSTENLOSE Ausgabe von An den Feind verkauft!

https://BookHip.com/GZDDGV

Veröffentlicht durch Sara Fields Romance.
www.sarafieldsromance.com

Fields, Sara
Drachenkönig

Cover Design von Korey Mae Johnson
Bildmaterial von Shutterstock/Anastasia Vishnickaya

KAPITEL EINS

Hayleigh Ward

Das Licht flackerte einen Moment lang und tauchte den Raum in ein unheimliches, düsteres Licht. Dann ging es ganz aus und stürzte mich in totale Dunkelheit.

Denn scheiß auf mein Leben.

Warum nicht auch das noch, ja?

Diese Woche konnte einfach nichts gut gehen. Ich war gerade für die Wintersemesterferien von der Uni nach Hause gekommen, hatte jedoch nichts weiter als eine schnell hingekritzelte handschriftliche Notiz meines Vaters vorgefunden, in der er mir mitteilte, dass er zu einer juristischen Konferenz auf Hawaii musste und den größten Teil der Ferien verpassen würde.

Das war eine dicke, fette, beschissene Lüge.

Er war auf keiner Konferenz und arbeitete auch nicht als Anwalt. Wahrscheinlich verbrachte er die Zeit lieber beim Sex mit seiner zu-jung-für-ihn Freundin, als mit seiner Tochter.

Arschloch.

Ein Donnerschlag grollte so laut, dass er mir das Knochenmark erschütterte, und ich setzte mich mit einem genervten Schnauben wieder auf die Couch. Es war keine einzige Taschenlampe in Sicht. Es gab auch keine Kerze im Zimmer, aber ohne Feuerzeug wäre sie ohnehin nutzlos.

Vor ein paar Monaten hatte mein Vater seine Sachen gepackt und war in ein großes Haus in Greenwich, Connecticut, gezogen, ohne mich nach meiner Meinung zu fragen – nicht, dass die eine Rolle spielte. Er hatte sich so ziemlich am Tag meines achtzehnten Geburtstags aus meinem Leben zurückgezogen. Den Grund hatte ich nie verstanden. Aber das war auch nicht wirklich wichtig. Ihn zu verstehen, würde nichts davon wiedergutmachen.

Ich versuchte, etwas schneller zu blinzeln, damit sich meine Augen schneller anpassen konnten, aber das funktionierte weniger gut, als ich gehofft hatte. Ein Blitz erhellte den Raum erneut, schien durch die Fenster und ließ das ganze Haus in einem gespenstischen, übernatürlichen Farbton aufleuchten, bevor auch dieser verschwand.

Mit einem zunehmenden Gefühl der Bedrückung schaute ich mich um und überlegte, wie ich mir die Zeit vertreiben konnte, bis der Strom wieder anging. Ich hatte eine überwältigende Menge an Studienarbeiten zu erledigen, aber dafür blieb mir immer noch reichlich Zeit. Mein Semester begann sowieso erst in zwei Wochen wieder. Ich war nie der Typ gewesen, der seine Hausaufgaben früher als am Abend vor dem Abgabetermin erledigte.

Ich hatte diese große Villa für mich allein. Zu Hause in Arizona hätte ich vielleicht meine Freunde eingeladen und eine Party gefeiert, aber hier hatte ich keine Freunde. Vielleicht könnte ich chinesisches Essen oder Pizza bestellen. Ich nahm mein Handy vom Beistelltisch und starrte den Fernseher eine Sekunde lang finster an, weil er die Dreistigkeit besessen hatte, sich ebenfalls auszuschalten, bevor ich auf den Bildschirm tippte. Ich hatte nicht mehr viel Akku übrig. Ich war immer ziemlich schlecht darin, ihn aufzuladen. In der Uni fragten meine Freunde ständig nach dem aktuellen Akkustand. Manchmal machten sie daraus sogar ein Trinkspiel.

Da ich nicht wusste, wie lange ich hier festsitzen würde, recherchierte ich kurz, um zu sehen, in welchem Höllenloch das Wetter so war, als ein weiterer Donnerschlag die Wände erschütterte. Offenbar befanden wir uns mitten in einem der größten Winterstürme, die Connecticut in den letzten hundert Jahren erlebt hatte. Heute Nacht würde es Gewitter und überfrierenden Regen geben, aber morgen würde der Schneefall beginnen und mindestens zwei Tage lang nicht mehr aufhören und bis dahin fast einen Meter Schnee bringen.

Großartig. Einfach beschissen fantastisch. Das Einzige, was die ganze Sache noch besser machen könnte, wäre, wenn ich auch noch meine Tage bekäme.

Ich hasste alles.

In einer Woche hatte ich Geburtstag, und es war nicht nur irgendein Geburtstag. Ich wurde endlich einundzwanzig. Ich konnte endlich in Bars gehen und Leute treffen, doch wahrscheinlich würde ich die ganze Zeit über in einer Schneeapokalypse festsitzen. Wenn ich schon hier steckte, konnte ich auch gleich auf Entdeckungstour gehen. Der Akku meines Handys war bereits um einen weiteren Prozentpunkt geschrumpft, also blieb mir nur noch wenig Zeit.

Ich zwang mich, von der Couch aufzustehen und schaltete die Taschenlampe auf meinem Handy ein. Ewig würde ich mich nicht darauf verlassen können, also musste ich eine andere Lichtquelle finden, seien es Kerzen, Taschenlampen, Knicklichter oder was auch immer sonst. Vielleicht hatte der gute alte Dad eine Laterne und eine geheime Campingsucht, von der er niemanden etwas erzählt hatte. Ich schlenderte durch den Flur und öffnete ein paar Türen. Ich fand ein spärlich eingerichtetes Büro, das wohl lahmste Gästezimmer, das ich je gesehen hatte, mehrere Schränke sowie die Küche. Nachdem ich alle Schubladen durchsucht hatte, beschimpfte ich meinen Vater mehrmals, als ich mit leeren Händen dastand.

Ich erkundete das Haus weiter, bis ich schließlich auf einen Raum stieß, der wie ein Keller aussah. Er sah nicht besonders vielversprechend aus. Er war dunkel und besonders unheimlich, und der Akku meines Handys hatte nur noch zehn Prozent übrig. Ich starrte nach unten und konnte am Fuße der Treppe nichts erkennen. Mit einem genervten Seufzer stieg ich eine Stufe nach der anderen hinab und hielt die Taschenlampe meines Handys in die Höhe, damit ich wenigstens erkennen konnte, wohin ich ging.

Am unteren Ende der Treppe öffnete sich der Raum und wurde breit. Auf der rechten Seite befanden sich mehrere Regale und auf der linken Seite ein Haufen ausgepackter Kartons. Ich steuerte in Richtung der Regale, wo ich wenigstens einen Anschein von Ordnung sah. Ich suchte die Regale ab und jubelte schließlich, als ich eine Kiste mit unbenutzten Kerzen fand. Mit einem Stirnrunzeln stellte ich fest, dass weder ein Feuerzeug noch eine Packung Streichhölzer aus einer schäbigen Bar dabei war.

Also wühlte ich weiter alles durch, bis ich eine dieser großen Taschenlampen auf der Rückseite eines Regals fand. Mit einem triumphierenden Grinsen griff ich danach und stieß mit dem Ellbogen gegen einen unbeschrifteten Karton, der rechts von mir auf der Kante stand. Als ich meine Hand um den Griff der Taschenlampe legte, verlor der Karton seinen Kampf mit der Schwerkraft und purzelte gen Boden.

Ich zog die Taschenlampe heraus und schaute nach unten, wobei ich mich anfangs nicht genug darum scherte, um ihn aufzuräumen. Schließlich war ich hier nicht das Hausmädchen.

Dann hielt ich inne.

Direkt neben meinem Fuß lag ein Bild meiner Mutter auf dem Boden. Ich starrte es lange an, bevor ich mich hinkniete und es zögernd aufhob. Sie lächelte. Ich konnte mich nicht daran erinnern, dass sie jemals glücklich war, sondern immer nur traurig. Selbst in meiner frühen Kindheit hatte sie diesen verlorenen Blick in den Augen gehabt, als ob sie Dämonen in sich trug, die sie ständig verfolgten und denen sie nicht entkommen konnte, egal, wie sehr sie sich anstrengte. Ich hatte das immer darauf zurückgeführt, dass sie mich in jungen Jahren geboren hatte und dass sie irgendwie deprimiert war, weil sie dank mir das Leben verpasst hatte. Das war zumindest meine Vermutung.

Ich strich mit dem Daumen über ihr Gesicht. Sie war hier jung, vielleicht neunzehn oder so. Ich drehte das Foto um und fand ein lesbares Datum in der oberen Ecke. Ich rechnete in meinem Kopf nach und fand heraus, dass sie auf dem Bild erst siebzehn war. Sie hatte mich also ein Jahr später bekommen. Ich drehte das Bild wieder um, starrte auf ihr Gesicht und versuchte, es mir einzuprägen. Es war schon so lange her, seit ich es gesehen hatte.

Meine Mutter war bei einem Autounfall gestorben, als ich zehn Jahre alt gewesen war. Ich erinnere mich nur noch verschwommen an die Umstände, aber ich weiß noch, dass ich sie einmal mit meinem Vater im Krankenhaus besucht hatte. Danach hatte er mich nie wieder mitgenommen und mir auch sonst nichts davon erzählt. Ein paar Tage später hatte mein Kindermädchen ein schwarzes Kleid auf mein Bett gelegt. Die Beerdigung hatte später an jenem Tag stattgefunden.

Ich schluckte schwer und warf einen Blick auf den Rest des Inhalts, der auf dem Boden verstreut lag. Es gab einen Haufen alter Bücher, mit Papieren vollgestopfte Aktenordner, eine altmodische Rubinkette, einen silbernen Anhänger und einen Haufen anderer Dinge. Es gab auch ein hübsches, in Leder gebundenes Tagebuch. Ich kniete mich hin und klappte es auf. Es war das Tagebuch meiner Mutter. Sofort wollte ich wieder nach oben gehen, um jede einzelne Seite lesen zu können.

In aller Eile sammelte ich alles ein und warf es zurück in den Karton. Ich sah eine Schachtel mit Batterien und warf diese ebenfalls hinein, weil ich dachte, dass ich sie brauchen könnte, falls die Batterien in der Taschenlampe ausgingen. Wahrscheinlich würde ich mir später dafür danken – jedenfalls, wenn es die richtigen waren.

Ich trug alles zurück ins Wohnzimmer und kampierte mit der großen Taschenlampe auf dem Boden in der Mitte des Teppichs. Draußen war es immer noch dunkel und allem Anschein nach hatte der Eisregen begonnen. Es gab keinen Hinweis darauf, dass der Strom wieder funktionieren würde, und ehrlich gesagt hoffte ich einfach, dass er nicht für die ganze Länge dieses dummen, einmaligen Sturms ausfiel. Sollte der Nordosten nicht für so etwas gerüstet sein? Zum Beispiel … mit Stromnetzen und so weiter?

Als ich alles eingerichtet hatte, verschwendete ich keine Zeit mehr und stürzte mich auf den Karton. Ich breitete alles vorsichtig aus und versuchte, alles auf einmal zu betrachten. Die Halskette funkelte, wenn sie das Licht im richtigen Winkel reflektierte, und der silberne Anhänger glänzte an einigen Stellen und war an anderen Stellen mattiert. Gehörten sie ihr? Woher waren sie gekommen?

Ich nahm zuerst die Halskette in die Hand. Die Kette bestand aus Gold, die Glieder waren dünn genug, um zierlich zu sein, aber dick genug, um ihr Stärke zu verleihen. Der schimmernde Anhänger selbst war ziemlich groß. Der Rubin war oval geformt und wies die Spuren der Zeit auf, aber der Edelstein funkelte immer noch, als hätte er eine Flamme in seinem Inneren. Er war von Diamanten umringt, die ich in einer Goldumrandung vermutete, welche mit Silberfiligran versetzt war. Für etwas, das wie eine Antiquität aussah, war er außergewöhnlich schön.

Ich legte ihn mir um den Hals und fühlte mich meiner Mutter irgendwie näher und so friedlich wie schon lange nicht mehr. Der Anhänger saß genau in der Mitte meiner Brust und ich fuhr mit dem Finger über den Rubin. Er fühlte sich warm und besonders tröstlich an.

Draußen prasselte der Regen gegen die Fenster und ich ließ mich nieder. Ich griff nach dem Tagebuch meiner Mutter, öffnete es und begann, den ersten Eintrag zu lesen. Es begann am Tag ihres zwanzigsten Geburtstags.

Ich kann nicht aufhören, sie anzuschauen.

Das Glück in ihren Augen und die Art, wie sie alles mit der unverfälschten Unschuld eines ungelebten Lebens betrachten kann.

Wie lebt man sein Leben, wenn man weiß, dass es eines Tages unweigerlich enden wird?

Seit ich ein kleines Mädchen war, wurde mir gesagt, dass jener Tag mein einundzwanzigster Geburtstag sein würde. Ich habe sämtliche meiner Tage damit verbracht, herauszufinden, wie ich das verhindern kann. Ich habe alles nachgelesen und gesammelt, was ich von all den Frauen vor mir finden konnte, und all ihre Geschichten enden auf dieselbe Weise. Sie haben alles ausprobiert. Welche Hoffnung könnte ich haben, dem zu entkommen, wenn sie es nicht geschafft haben?

Ich werde so enden wie all die anderen. Am Morgengrauen meines nächsten Geburtstags wird man mich entführen. Ich weiß nicht, wohin – ich weiß nur, dass es ein schrecklicher Ort ist, wie ich aus den lückenhaften Berichten über das, was den anderen passiert, entnehmen kann.

Soll ich meiner Tochter sagen, was an diesem Tag auf sie zukommt? Nehme ich ihr die Unschuld? Wäre es grausam, sie ihr zu entreißen?

Ich weiß es nicht.

Ich weiß nicht einmal, ob ich ihrem Vater sagen werde, was und bevorsteht. Ich habe es all die Jahre für mich behalten.

Ich wünschte, ich hätte die Antworten. Ich wünschte, jemand würde mir sagen, was ich tun soll.

Ich las weiter und versuchte zu verstehen, was sie meinte. Sie ging nicht wirklich ins Detail. Wer wollte sie entführen? Stand sie in irgendeiner Schuld? Schuldete unsere Familie jemand anderem Geld? Ich konnte es nicht feststellen.

Stunde um Stunde verging, während ich die Seiten durchlas und nach Antworten suchte. Manchmal schien es sinnfrei zu sein. Gelegentlich erwähnte sie Drachen und andere schreckliche Monster, doch als der Tag ihres einundzwanzigsten Geburtstags näher rückte, wurden die Einträge durch ihre wachsende Panik immer unruhiger. Ich wusste, dass sie in der Vergangenheit mit verschiedenen psychischen Krankheiten gekämpft hatte, aber ich wusste nicht, dass es so schlimm geworden war. Ihre Angst war greifbar. Ich las ununterbrochen, weil ich wissen wollte, wie es weiterging. Als ich endlich an ihrem Geburtstag ankam, gab es keinen Eintrag. Es gab nichts als leere Seiten, bis es sechs Monate später endlich einen gab.

Ich werde es ihr nie sagen.

Sie verdient es, ein glückliches Leben zu führen, zumindest mit den Tagen, die ihr gegeben wurden. Henry hasst mich. Er denkt, ich sei sechs Monate lang verschwunden und hätte ihn mit einem Kleinkind zurückgelassen, aber er weiß nicht, wie es war.

Er wird es nie erfahren.

Und sie auch nicht.

Danach wurden die Einträge kürzer. Trauriger. Lückenhafter.

Zuvor gab es wenigstens ein paar glückliche Erinnerungen, die in ihren Worten durchschimmerten. Jetzt gab es nur noch zerstörten Kummer. Sie sprach vom Einschlafen, ohne je wieder aufzuwachen, und wie friedlich das sein würde. Dad hatte sie dazu gebracht, zu endlosen Therapieterminen zu gehen. Irgendwann lief sie sogar Gefahr, eingewiesen zu werden, und sie schwor sich, ihre Geschichte nie wieder jemandem zu erzählen.

Ein weiteres Jahr.

Noch mehr lückenhafte Einträge.

Noch mehr Gerede über den Frieden, der kommen würde, wenn sie alles beendete.

Dann erreichte ich den letzten Eintrag. Er war auf den Tag vor dem Autounfall datiert, bei dem sie ums Leben gekommen war. Bis dahin hatte ich einfach angenommen, dass es ein Unfall war, aber jetzt fingen die Dinge an, sich zusammenzufügen. Sie war das einzige beteiligte Auto gewesen. Die Beerdigung war nicht sehr gut besucht gewesen. Niemand hatte mir an jenem Tag ins Gesicht geschaut, als ob man sich zu sehr schämte, mir in die Augen zu sehen. Jetzt verstand ich, warum.

Meine Mutter hatte sich das Leben genommen.

Ich lehnte mich zurück und das Gewicht dieses Wissens lastete so schwer auf meinen Schultern, dass es wehtat. Ich ließ die Umstände in meinem Kopf Revue passieren und wusste, dass alles mit dem zusammenhing, was in der Zeit ihres Verschwindens passiert war. Auf der Suche nach Antworten sah ich alles Stück für Stück durch. Es gab alte Tagebücher, die anderen Mitgliedern der Familie Ward gehörten, allesamt Frauen. Jeder Bericht war derselbe. Sie alle verschwanden an ihrem einundzwanzigsten Geburtstag.

Jede Einzelne.

Einige von ihnen waren nur für ein paar Stunden weg. Andere waren für eine Woche oder Monate weg – es gab sogar eine, die für ein ganzes Jahr lang verschwand. Aber sie kamen alle auf die gleiche Weise zurück.

Zerrüttet. Nur noch die Hülle der Frauen, die sie einst gewesen waren. Alle genau wie meine Mutter.

Ich schlang meine Arme um meine Knie.

Was bedeutete das für mich?

KAPITEL ZWEI

Hayleigh

In dieser Nacht schlief ich auf dem Boden ein, umgeben von den historischen Berichten, die meine Mutter im Laufe ihres Lebens angesammelt hatte. Am Morgen wachte ich im grellen Sonnenlicht auf. Ich blinzelte verschlafen und bemerkte, dass ein nerviges Piepen aus dem Flur ertönte. Ich erhob mich vom Boden und taumelte in die Küche, wo ich versuchte, mir einen Reim auf die schrecklichen Gedanken zu machen, die mir im Kopf herumschwirrten.

Hatte ich das alles nur geträumt? War es echt?

Das Leder ihres Tagebuchs hatte sich echt angefühlt. Selbst als ich in der Küche stand, konnte ich noch die weiche Oberfläche unter meiner Berührung spüren.

Piep. Piep.

Fuck. Was war das?

Ich schlenderte ein Stück weiter und schaute mich um, bis ich schließlich erkannte, dass es die schicke Kaffeemaschine auf dem Tresen war. Ich drückte den Einschaltknopf und das Piepen hörte auf, doch dann fing sie an zu surren, als würde sie gleich eine Tasse aufbrühen. In meiner schlaftrunkenen Panik öffnete ich den Schrank in der Nähe und fand einen Kaffeebecher, bevor die heiße Flüssigkeit auf den ganzen Tresen spritzen konnte. Ich konnte ihn gerade noch rechtzeitig darunter stellen.

Ich sah zu, wie sich der heiße Milchkaffee in die Tasse ergoss, und kam zu dem Schluss, dass der Strom wieder funktionieren musste. Als ich aus dem Küchenfenster blickte, klappte mir die Kinnlade herunter. Die ganze Welt war weiß geworden. Alles war mit einer dicken Schneedecke bedeckt, und es schneite noch immer. Auf der hinteren Veranda lagen mindestens zehn Zentimeter und es gab keine Anzeichen dafür, dass es bald aufhören würde.

So einen frischen Schneefall hatte ich noch nie gesehen. In gewisser Weise war es außerordentlich schön.

Die Kaffeemaschine bimmelte wieder und ich schaute nach unten, um einen frisch zubereiteten Latte Macchiato in der Tasse zu sehen. Ich atmete tief ein, um am Duft zu schnuppern, bevor ich meine Finger um die Tasse legte. Da konnte ich ihn doch gleich genießen, oder?

Ich nippte daran und stöhnte, als ich die Hitze in meinem Bauch spürte. Dann warf ich einen Blick zurück in den Flur zum Wohnzimmer und wusste, dass der Inhalt des Kartons dort immer noch auf mich wartete. Das Geheimnis um das

Verschwinden meiner Mutter hatte sich in mich eingegraben und ließ mich nicht mehr los. Ich nahm die dampfende Tasse mit zurück und machte mich wieder an die Lektüre. Ich las alles noch einmal und dann noch einmal. Als ich fertig war, fühlte ich mich dem Verständnis der Geschehnisse nicht näher als zu Beginn. Mit einem unruhigen Atemzug streckte ich meine Hand aus und strich mit dem Daumen erneut über den Rubin, um dem beruhigenden Gefühl nachzujagen, das ich zuvor gespürt hatte. Ich schloss meine Augen und überlegte, was ich als Nächstes tun sollte.

Das Büro meines Vaters.

Ich stand auf, brühte mir einen weiteren Latte und nahm einige der Bücher aus dem Karton mit. Da mein Telefon irgendwann in der Nacht den Geist aufgegeben hatte, steckte ich es ans Ladekabel und ließ mich nieder. Ich schaltete seinen Computer ein und begann mit meiner eigenen Suche nach Antworten, beginnend mit meiner Familiengeschichte.

Mein Familienname war alt, viel älter, als ich es mir je hätte vorstellen können. Es gab Berichte über das Verschwinden von Frauen, die bis ins Jahr 1100 und noch weiter zurückreichten, aber davor hatte man in England keine Nachnamen verwendet. Einige Frauen wurden auf dem Scheiterhaufen verbrannt, andere wurden in Frauen-Sanktuarien eingewiesen, was damals nur ein anderes Wort für eine Irrenanstalt war, und wieder andere verschwanden einfach.

Je mehr ich herausfand, desto unruhiger wurde ich. Das Internet nahm mich mit auf eine Reise, von der ich nicht sicher war, ob sie auch nur im Entferntesten hilfreich war, denn ich klickte auf einen Link voller Theorien nach dem anderen – Wahnsinn, Schizophrenie und der Fluch der Familie Ward waren noch die schönsten davon.

Nichts davon ergab einen Sinn.

Ich versuchte, eine rationale Erklärung zu finden, wie zum Beispiel, dass unsere Familie der Mafia Geld schuldete oder eine geheime königliche Familie aus der Antike war, aber nichts passte. Als ich mich überwältigt zurücklehnte, konnte ich nur noch an eines denken:

Was würde an meinem Geburtstag passieren? Würde mir jemand nachstellen und mich entführen? Würde man mir wehtun? Würde ich den Verstand verlieren, wie die Frauen vor mir?

Das konnte ich nicht zulassen. Ich hatte ein Leben zu leben, einen Studienabschluss zu machen. Ich hatte noch nie ein Date gehabt oder mich verliebt. Verdammt, ich war eine beschissene zwanzigjährige Jungfrau.

Scheiß drauf.

Ich würde nicht zulassen, dass das alles in weniger als einer Woche zu Ende ging. Ich begann, die Schubladen im Schreibtisch meines Vaters zu öffnen. In einer davon hatte er früher immer eine Kreditkarte für mich deponiert, nur für den Notfall, und das war auch dieses Mal nicht anders. Die Flüge aus Connecticut waren für heute gestrichen und es sah so aus, als ob sie auch morgen ausfallen würden, aber nicht übermorgen. Ich buchte mir einen Flug von Bradley nach Málaga in Spanien, sowie ein Airbnb mitten im Nirgendwo, direkt neben einem Nationalpark in Compéta.

Keiner würde mich finden. Dafür würde ich schon sorgen.

* * *

Die nächsten Tage verbrachte ich damit, alles, was ich in die Finger bekam, zu lesen und wieder zu lesen. Ich packte eine Tasche und stopfte das Tagebuch meiner Mutter hinein. Als es an der Zeit war, einen Uber zu rufen, hatte ich furchtbare Angst vor dem, was kommen würde. Vielleicht hatte ich einen Hirntumor, den niemand diagnostiziert hatte, und niemand hatte herausgefunden, dass es sich nur um eine genetische Anomalie handelte, die bei allen Frauen der Wards auftrat?

So etwas kam doch manchmal vor, oder?

Auf der Fahrt zum Flughafen versuchte ich, das alles aus meinem Kopf zu verdrängen, doch es fiel mir schwer. Ich checkte meinen Koffer ein und ging wie betäubt durch die Sicherheitskontrolle. Der Kreditkartenstatus meines Vaters verschaffte mir Zugang zu einer der gehobenen Privatlounges, und als ich nach mehreren wetterbedingten Verspätungen endlich an Bord des Flugzeugs ging, fand ich mich in der ersten Klasse wieder. Sobald jemand vorbeikam, bestellte ich ein Glas Champagner. Niemand fragte nach meinem Ausweis und ich bot ihn auch nicht an, denn ich hatte das Gefühl, dass ich wenigstens das genießen können sollte, was von meinem Leben noch übrig war, wenn es schon in ein paar Tagen vorbei sein sollte.

Der Flug war lang und es gab eine Zwischenlandung in Madrid. Ich schlief einen Teil des Fluges, nachdem ich eine Kombination aus Schlaf- und Schmerztablette genommen hatte, die mich immer nach etwa einer Stunde außer Gefecht setzte. Als ich aufwachte, bestellte ich einen Sekt-Orange und genoss ihn zusammen mit einem leckeren Frühstück aus Obst, Joghurt und Müsli. Auch der Kaffee und das Blaubeergebäck, das sie mir brachten hatten, waren lecker.

Ich hatte mein Handy zu Hause gelassen, weil ich nicht wollte, dass es jemand trackte oder dass mein Vater mich anrief, um eine Erklärung für die plötzlichen, teuren Abbuchungen auf seiner Karte zu verlangen. Ehrlich gesagt war das das Mindeste, was er tun konnte, nachdem er sowohl an meinem Geburtstag als auch über die Feiertage verschwunden war. Es war ja nicht so, dass er es sich nicht leisten könnte.

Das Personal der Fluggesellschaft zwang mich nicht, das Flugzeug für die Zwischenlandung zu verlassen, und ich schlief wieder ein, um dann bei der Durchsage für den Landeanflug auf Málaga aufzuwachen. Mit etwas Bargeld, das ich aus dem Schreibtisch meines Vaters gestohlen hatte, bezahlte ich einen Fahrer, damit er mich zu meinem Airbnb brachte.

Als ich etwa eine Stunde später endlich an meinem Ziel ankam, atmete ich erleichtert auf. Hier draußen würde ich sicher sein. Der Ort war abgelegen. Es war eine kleine, voll ausgestattete Hütte, die weit abseits der üblichen Wege lag. Die Straße dorthin war nicht einmal asphaltiert, sondern bestand aus Schotter und Erde. Da die Hütte am Rande eines Nationalparks lag, war sie von viel Grün umgeben. Ich hatte die verschneite Landschaft hinter mir gelassen und kam in eine viel üppigere Umgebung. Es war zwar immer noch kalt, wahrscheinlich um die fünf Grad, aber es war weit entfernt von den minus zwölf Grad, die ich hinter mir gelassen hatte. Auf der anderen Seite des Sees gab es Berge. Es gab wilde, baumbewachsene Hänge und die Gipfel waren entweder mit Nebel oder Schnee bedeckt. Es war wirklich alles sehr schön.

Ich gab dem Fahrer ein Trinkgeld, nachdem er mein Gepäck hineingetragen hatte, und er fuhr los. Er stellte keine Fragen darüber, warum eine einsame Amerikanerin wie ich allein in die Wildnis reiste, und das gefiel mir. Ich hätte ihm wahrscheinlich ohnehin nicht geantwortet.

Ich ging hinein und sah mich um. Es war gemütlich und heimelig, was mich ein wenig mehr Sicherheitsgefühl gab. Die Küche war voll ausgestattet, was schön war, wenn man bedenkt, dass es in der Nähe nicht viel gab. Nach einer Mahlzeit am Flughafen war ich immer noch ziemlich satt, also packte ich meine Sachen in den Schlafzimmerschrank und machte mich auf die Suche. Ich überprüfte die Fenster. Alle hatten Schlösser. Es gab eine Hintertür und eine Haustür. Auch die hatten Schlösser. Je mehr ich fand, desto entspannter wurde ich. Als ich merkte, dass es draußen dunkel wurde, machte ich mich bettfertig.

Ich war erschöpft. Reisetage hauten mich immer um.

Innerhalb weniger Minuten schlief ich ein.

KAPITEL DREI

Kol

„Es gibt noch ein weiteres Rudel Höllenhunde, die aus der Kluft entkommen sind, Eure Majestät."

Ich seufzte und sah zu dem Krieger auf, der in den Thronsaal gestürmt war.

Das Problem wurde unendlich viel schlimmer. Es schien, als ob immer mehr Monster in mein Reich entkamen und das Leben meines Volkes mit jedem Tag gefährdeten. Die Höllenhunde waren ein besonders bösartiger Haufen, den der Dunkle König persönlich als Soldaten an die Front geschickt hatte, um sich auf einen totalen Krieg vorzubereiten, falls die Grenze zwischen den Reichen jemals fallen sollte.

Ich stieß mich von den gepolsterten Armlehnen meines Throns ab und erhob mich auf die Füße. Mein Sitz erhob sich über mir, blutrot und mit den Insignien meiner Vorfahren verziert. Ich fuhr mit meinen Fingern über das Gold und spürte, wie es unter meiner Berührung heiß wurde. Der Thron selbst war mit roten Edelsteinen versehen, die wunderschön funkelten, wenn er von Feuer umgeben war. Mein Thronsaal war riesig und groß genug, um einen Drachen zu beherbergen, wenn die Notwendigkeit danach bestand.

Doch die Pflicht rief.

Ich schritt auf die riesigen Holztüren zu und der Krieger trat zur Seite, wobei er aus Respekt vor seinem König den Kopf senkte.

„Rüstet die Männer. Ich will, dass die Stadttore und eine Truppe am Eingang zu den Einöden bereitstehen, falls Höllenhunde durchbrechen", befahl ich und er nickte einmal.

Ich blickte in sein Gesicht. Ich hatte ihn schon einmal vor einiger Zeit auf dem Trainingsgelände gesehen. Seitdem schien er weit gekommen zu sein. Er war ein Mensch, was ihn von Natur aus schwach machte, doch das ließ sich nicht ändern. Menschen waren zweifellos die häufigste Art von Lebewesen, die Blazelheim bewohnten, und es war meine Pflicht, sie zu beschützen, auch wenn sie es selbst nicht konnten. Seine Rüstung war edel, was von seiner Erfahrung auf dem Schlachtfeld zeugte. Sie war aus hochwertigem Metall angefertigt, einer besonderen Art von Erz, das nur in den tiefsten Minen der Zwerge abgebaut wurde.

„Sag mir, Krieger, welche Monster hast du schon getötet?"

Er riss den Kopf hoch und sah mir zögernd in die Augen. Er hatte nicht damit gerechnet, dass ich überhaupt etwas zu ihm sagen würde. Sofort sah ich den Funken Angst in seinem Blick, den ich immer beobachtete, wenn mich jemand ansah, doch daran war ich gewöhnt. Ich brauchte nur die Hand auszustrecken und das kleinste bisschen Macht einzusetzen, um ihn in zwei Hälften zu zerreißen, dabei war ich nur in meiner menschlichen Gestalt.

Wenn ich mich verwandelte, hätte er noch weniger Chancen.

„Ich habe zwei Wargs im Alleingang getötet, Majestät", antwortete er rasch. Ich bemerkte ein leichtes Zittern in seiner Stimme, aber er überspielte es gut.

„Das ist in der Tat beeindruckend", erwiderte ich, und ein Grinsen machte sich auf seinem Gesicht breit, bevor er sich wieder fasste.

Wargs waren eine Art, die vor einiger Zeit die Kluft durchbrochen und Blazelheim zu ihrer Heimat gemacht hatte. Sie waren wolfsähnliche Kreaturen mit einer harten, geschuppten Haut, die nur schwer zu durchdringen war. Meine Krieger hielten ständig Ausschau nach ihnen, da sie es sich zur Aufgabe gemacht hatten, die Straßen der Stadt als Jagdgebiet zu nutzen.

„Danke, Majestät", sagte er mit vor Stolz geschwellter Brust.

„Weißt du, wie viele Höllenhunde dieses Mal durchgekommen sind?", fragte ich.

„Ich bin mir nicht sicher. Vielleicht ein Dutzend, mein König." Er senkte seinen Blick und verbeugte sich.

„Wegtreten, Krieger", schnauzte ich.

Er nickte einmal und eilte zur Tür hinaus, um die Nachricht zu verbreiten, die ich ihm aufgetragen hatte. Die Brüche in der Kluft traten immer häufiger auf, was beunruhigend war. Das bedeutete, dass Helheim sich auf einen vollständigen Durchbruch vorbereitete. Wenn das geschah, würde mein Reich überrannt werden und alle Arten meines Volkes würden sterben.

Ich wusste, was uns bevorstand.

Ich hatte eine Aufgabe. Eine, die von der Prophezeiung vorausgesagt war und die zu erfüllen ich keine Wahl hatte. Darüber wollte ich nicht nachdenken und verließ die Burg. Mit einem Gebrüll ließ ich mein Feuer in mich strömen und flog in Richtung der Einöden, um mein Reich erneut zu verteidigen. Meine Flügel schlugen durch die Luft und ich presste meine Zunge an den Gaumen, um das Feuer in meinem Bauch wachsen zu lassen. Das Gefühl der kühlen Luft strömte mir über den Rücken und ich stieß ein Brüllen aus, während ich durch die Wolken flog.

Die Höllenhunde rannten durch das tiefe Tal und warteten auf mich, woraufhin ich die Zerstörung über sie hereinbrechen ließ. Ich zerriss ihr Fleisch mit meinen Zähnen und Krallen, während sie versuchten, mit ihren meine Eisenschuppen zu durchbohren.

Sie scheiterten. Ich jedoch nicht.

Als ich mit ihnen fertig war, bestanden sie nur noch aus einem Haufen Gliedmaßen, die schwarzes Blut in meinen Boden bluteten.

Sie hatten nie eine Chance gehabt.

Und die Frau, die für mich bestimmt war, auch nicht.

KAPITEL VIER

Hayleigh

Ich wachte mit einem Schreck auf. Ich war auf der Couch vor dem Feuer eingeschlafen. Müde schaute ich auf das Feuer und bemerkte, dass die Holzscheite heruntergebrannt waren und nur noch ein Haufen schwacher Glut übrig war. Verwirrt blinzelte ich und versuchte mich zu erinnern, wo ich war und was mich so plötzlich geweckt hatte. Ich rieb mir den Nasenrücken und versuchte, meine plötzlichen Kopfschmerzen zu vertreiben. Ich hätte schwören können, dass ich eine Stimme gehört hatte, doch das musste doch ein Traum gewesen sein, oder?

Oh. Fuck. Es war die Nacht vor meinem einundzwanzigsten Geburtstag.

Ich hatte alles Mögliche getan, um mich vorzubereiten. Ich hatte die letzten Tage damit verbracht, das Internet nach allem zu durchkämmen, was ich finden konnte: Bücher, Zeitungsartikel, Reddit-Beiträge, einfach alles. Stundenlang hatte ich gelesen, um herauszufinden, welche verrückte Sache den Frauen in meiner Familie passiert war, hatte aber keine logischen Antworten erhalten. Das Einzige, was ich mir vorstellen konnte, war, dass das Geschehnis eine Art mentalen Zusammenbruch ausgelöst hatte, der sie dazu brachte, sich solche Dinge einzubilden, und der langanhaltende Nebenwirkungen wie Depressionen verursachte – das war noch gelinde ausgedrückt.

Ich wusste es nicht genau. Das war nur meine Vermutung.

Mit einem schweren Seufzer richtete ich mich auf und sehnte mich nach einer Form von Trost. Plötzlich überkam mich das Verlangen nach einer heißen Schokolade und ich ging in die Küche, um Wasser zu erhitzen. Als das Wasser auf dem Herd stand, ging ich umher und vergewisserte mich, dass alle Fenster und Türen noch verschlossen waren.

Das waren sie.

Das hatte ich heute bestimmt schon fünfmal gemacht. Vielleicht auch öfter. Ich hatte aufgehört, mitzuzählen.

Der Anhänger fühlte sich warm an meinem Hals an und ich legte meine Finger um ihn. Ich drehte meinen Kopf und starrte in die flackernden Flammen des Feuers, als mich ein viel stärkeres Kribbeln durchfuhr. Das Feuer hatte erloschen ausgesehen, doch jetzt war es größer als zuvor. Vielleicht machte ich mir etwas vor. Ich redete mir ein, dass alles gut werden würde, dass ich am nächsten Morgen aufwachen und dass es ein ganz normaler Tag werden würde. In ein paar Tagen würde ich wieder nach Hause fliegen, in eine Bar gehen und einen Drink bestellen, jetzt, wo ich in den Vereinigten Staaten endlich legal trinken konnte.

Das Feuer knisterte und das laute Zischen der Luft, die aus einem Holzscheit entwich, ließ mich zusammenzucken. Die Flammen züngelten nach oben und das Feuer wuchs auf die Größe des Kamins an. Ich stieß einen Aufschrei aus, als damit auch die Hitze zunahm, doch dann schrumpfte es wieder auf seine vorige Größe zusammen. Ich klappte den Mund auf und zu und konnte das bedrohliche Gefühl nicht abschütteln, das sich tief in mein Knochenmark bohrte.

Träumte ich etwa noch immer? War ich schon verrückt geworden, wie all die anderen?

Das Wasser begann auf dem Herd zu kochen und ich eilte zu ihm, bevor es überkochen konnte. Ich drehte das Gas ab und schenkte das Wasser langsam in meine bereitstehende Tasse. Mit zittrigem Atem rührte ich mit einem Löffel um und warf einen Blick auf den Tresen. Dort stand eine Flasche Bailey's, als hätten die Airbnb-Besitzer gewusst, dass ich eine Tasse heiße Schokolade wollte, und wollten sie noch besser machen.

Also tat ich es. Ich schüttete so viel hinein, dass ich in ein paar Stunden ganz sicher wieder einschlafen würde.

Als ich endlich fertig war, kehrte ich auf meinen Platz auf der Couch zurück und nippte an meinem warmen Getränk. Ich nahm das Buch in die Hand, das auf den Boden gefallen war, und las weiter in der unbeschwerten romantischen Komödie zwischen einer Praktikantin und ihrem teuflisch sexy und ärgerlich mürrischen Chef, die ich in einem der Bücherregale hier gefunden hatte. Irgendwann spürte ich, wie der Alkohol in meinen Gliedern brannte und ich schlief wieder ein.

Wie durch ein Wunder wachte ich bis zum Morgengrauen nicht mehr auf.

* * *

„Ich bin gekommen, um dich zu holen."

Mit einem erschrockenen Schrei wachte ich auf. Ich schaute mich um, blinzelte in das schummrige Licht und versuchte, die tiefe, grollende und allgegenwärtige Männerstimme zu finden, die gesprochen hatte, aber ich entdeckte nichts. Da ich mich auf der Couch schutzlos fühlte, stand ich langsam auf. Ich konnte aus einem der Fenster blicken und sah nichts, doch das bedeutete nicht, dass ich noch allein war. Ich schlich mich durch das Wohnzimmer und den geschützteren Flur nach hinten ins Schlafzimmer.

Auch dort war niemand zu sehen. Vielleicht verlor ich tatsächlich den Verstand, aber im Moment wollte ich lieber auf Nummer sicher gehen. Falls ein durchgeknallter Mörder hinter mir her war, würde ich keinen leisen Abgang machen. Ich schlüpfte in den Schrank und schloss ihn hinter mir, wobei ich so leise atmete, wie ich konnte. Mein Herz pochte ohrenbetäubend laut. Ich befürchtete, dass sein ständiges Trommeln meine Position verraten würde und versuchte, alles Erdenkliche zu tun, um mich zu beruhigen.

„Lauf."

Es klappte nicht. Jetzt, wo ich wach war, wusste ich, dass es sich nicht um einen Traum gehandelt hatte. Was ich da hörte, war eine echte Stimme, aber ich konnte nicht genau zuordnen, aus welcher Richtung sie kam. Ich hatte den Eindruck, als käme sie von überall her auf einmal.

Fuck. Reiß dich zusammen, Mädchen. *Konzentriere dich.*

Langsam holte ich leise Luft und stieß sie wieder aus. Mein Herzschlag normalisierte sich, und ich ging in die Hocke und spähte durch den kleinen Spalt zwischen Tür und Rahmen hinaus. Ich konnte nichts sehen, zumindest noch nicht. Ich drückte meine Hand auf meine Brust und versuchte zu begreifen, was gerade passiert war.

Vielleicht waren das alles nur die Stimmen in meinem Kopf, die freizukommen versuchten.

„Es macht so viel mehr Spaß, wenn du versuchst, vor mir zu fliehen."

Ich schluckte schwer, Panik und Adrenalin schossen durch meine Adern. Ich schloss meine Augen und lauschte auf jeden Hinweis, dass jemand im Haus war. Es hatte keine Anzeichen für einen Einbruch gegeben. Ich hatte auch kein zerbrechendes Glas gehört. Die Haustür quietschte, weil die Scharniere geölt werden mussten, aber es gab auch keine Anzeichen dafür, dass jemand sie geöffnet hatte. Nach aller Logik sollte ich allein sein.

In meinem Herzen wusste ich jedoch, dass ich das nicht war.

Nach etwa einer Minute hörte ich Schritte irgendwo auf der anderen Seite der Hütte. Als ich mich dort im Schrank versteckte, fühlte ich mich plötzlich gefangen. In meinem Kopf wirbelten die Möglichkeiten durcheinander. Falls er mich entdeckte, gab es keinen Ausweg mehr. Ich schaute wieder durch den Spalt und sah, dass es draußen allmählich heller wurde. Die Sonne ging auf.

Die Morgendämmerung war da.

Mit einem tiefen Atemzug drehte ich den Türknauf so leise wie möglich. Zum Glück quietschte diese Tür nicht so wie die andere. Davon hatte ich mich schon überzeugt, als ich meine ersten Pläne für mein Versteck geschmiedet hatte. Jemand war bei mir im Haus, und ich wollte nicht gefunden werden. Ich musste fliehen.

So vorsichtig wie möglich schlich ich durch das Schlafzimmer und um das Bett herum. Ich hielt einen Moment lang inne, lauschte und hörte nichts. Als ich mich endlich sicher genug fühlte, griff ich nach oben und entriegelte das Fenster. Ich hielt inne, wobei meine Finger zitterten.

Also dann. Ich musste mutig sein. Ich musste rennen.

Mein Herz hämmerte, als ich aufstand und die Scheibe aufdrückte. Stille herrschte, als ich über den Sims kletterte und auf den Boden sprang. Ich kniete mich hin, ging in die Hocke. Als ich gelandet war, hatten meine Schuhe ein knirschendes Geräusch verursacht und ich hatte Angst, dass der Mann es gehört haben könnte.

Eine Minute verging. Dann noch eine, bis ich mir sicher war, dass ich es unbemerkt aus dem Haus geschafft hatte. Jetzt musste ich herausfinden, wohin ich gehen sollte.

Zu meiner Rechten lag ein See. Dahinter befanden sich Berge und Bäume. Zu meiner Linken war ein dichter Wald, der sich über mehrere Kilometer erstreckte. In dieser Richtung hatte ich die beste Fluchtchance. Mit einem letzten Blick in alle Richtungen machte ich mich auf den Weg.

„So ist es brav. Lauf für mich, mein hübsches kleines Kitz. Ich habe die Jagd schon immer genossen."

Der Anhänger erwärmte sich auf meiner Brust und kribbelte mit statischer Ladung. Dadurch erwärmte sich mein Körper und die plötzliche Angst, dass ein Peilsender darin steckte, erfasste mich. War das verrückt? Warum sollte sich jemand darauf verlassen, dass ich in den Keller ging und diesen Anhänger fand? Das schien unwahrscheinlich, aber ich wurde das Gefühl trotzdem nicht los. Ich griff nach oben und zog kräftig daran.

Die Kette ging nicht kaputt.

Ich versuchte es noch einmal, während ich auf den Wald zulief, doch sie wollte sich nicht lösen. Das Geräusch von schweren Schritten hinter mir ließ mich die Halskette schnell vergessen. Als ich zurückblickte, sah ich nichts.

Ich blieb nicht stehen.

Die Sicherheit der Bäume schloss sich um mich herum. Ich rannte so schnell, wie ich noch nie in meinem Leben gerannt war. Ich war plötzlich dankbar für all die nächtlichen Joggingrunden auf dem Campus. Ursprünglich hatte ich damit angefangen, um meiner Mitbewohnerin und ihrem völlig ahnungslosen Freund aus dem Weg zu gehen, doch jetzt erwiesen sie sich tatsächlich als nützlich. Ich tat mein Bestes, um meine brennende Lunge zu beruhigen, indem ich tief einatmete. Ich drängte meine Gliedmaßen weiter vorwärts, denn ich wusste, dass der Schmerz am Anfang am stärksten war und dass sich mein Körper irgendwann an die Übung gewöhnen würde. Meine Beine waren stark und meine Angst trieb mich voran.

Blätter und Äste peitschten gegen meine Gliedmaßen. Einer kratzte mein Gesicht und ich zuckte zusammen. Als ich meine Wange berühren wollte, wimmerte ich und stellte fest, dass sie feucht war. Als ich meine Finger wegzog, konnte ich sehen, dass ich blutete. Davon ließ ich mich aber nicht beirren.

Angespornt vom Geräusch seiner näher kommenden Schritte, rannte ich weiter.

Ich raste vorwärts und sah einen Felsvorsprung, warf mich in diese Richtung, dann darunter und versteckte mich in einer kleinen Nische unter einem dicken Baumstamm. Obwohl es schwierig war, atmete ich leise und hoffte, dass er meine Spur verlieren würde.

Die krachenden Schritte wurden langsamer und kamen dann ganz zum Stillstand. Ich hielt den Atem an, schloss die Augen und lauschte auf Anzeichen meines Verfolgers, fand aber keine. Ich wagte es nicht, auch nur einen Muskel zu bewegen, nicht einmal, als etwas in der Erde über meine Finger krabbelte. Ich drückte meine Augen noch fester zu und versuchte, die Ruhe zu bewahren.

„Jede von euch ist gleich. Ihr lauft vor eurem Schicksal davon und denkt, ihr könnt euch verstecken und mir entkommen, obwohl ihr nichts weiter als schwache Menschen seid. Selbst jetzt höre ich das Blut in deinen Adern und deinen verängstigten Herzschlag pulsieren. Ich kann den Geruch deiner Angst wittern und schon bald werde ich jeden Zentimeter deiner verletzlichen Haut berühren."

Ich sagte nichts, weil ich meine Position nicht verraten wollte. Er forderte mich heraus. Das war alles. Er wollte mich nur zum Reden bringen, damit er mich finden und entführen konnte, um mir irgendeinen Scheiß anzutun, den seine Familie sämtlichen Frauen meiner Familie angetan hatte.

Ich versuchte zu ignorieren, wie seine Stimme durch mich dröhnte. Ich verdrängte das plötzliche Verlangen, zu ihm zu rennen, und dachte, mein Verstand spielte mir einen Streich.

„Du brauchst nicht einmal zu sprechen. Ich weiß, wo du bist."

Ich konnte hören, wie er auf mich zuging, das verräterische Knirschen der Blätter unter seinen Füßen war in der unheimlichen Stille ohrenbetäubend laut. Ich schwankte zwischen absoluter Angst und Mut, während ich versuchte zu entscheiden, was ich als Nächstes tun sollte. Sollte ich weglaufen? Sollte ich mich weiterhin verstecken?

Meine Panik gewann die Oberhand.

Ich begann zu rennen und er lachte, als er die Verfolgung aufnahm. Der Laut ließ mich erschaudern und ich schrie auf, als ich durch das dichte Gebüsch sprintete. Es war mir egal, in welche Richtung ich rannte, ob tiefer in den Wald hinein oder direkt in das eiskalte Wasser des Sees.

Ich schaffte es nicht weit.

Eine riesige Hand griff nach mir, wand sich um meinen Oberarm und riss mich nach hinten. Verzweifelt krallte ich meine Finger unter die seinen, wollte seinen Griff lösen, scheiterte jedoch auf ganzer Linie. Er zog mich nach hinten und schleuderte mich gegen einen Baumstamm. Ich wehrte mich und versuchte, mich zu befreien, doch seine andere Hand wand sich um meine Kehle. Also holte ich mit meinem Knie aus und rammte es ihm in die Eier. Dabei versuchte ich, nicht daran zu denken, dass seine Gesichtszüge etwas Übernatürliches an sich hatten. Ich ließ mich aber nicht davon abhalten, die Flucht zu versuchen.

Ich hörte, wie er einen köstlichen Schmerzenslaut von sich gab und sein Griff um mich lockerte sich. Diesen einzigen Moment der Schwäche nutzte ich aus und riss mich von seinen Händen los. Ich rannte so schnell, wie ich noch nie in meinem Leben gerannt war. Für ein paar Sekunden dachte ich, ich sei eine freie Frau. Dann packte er mich wieder, nur diesmal am Nacken. Hinter mir ertönte ein Knurren.

Gab es in Spanien Bären?

In Zeiten der Angst bekam der Verstand unheimliche Gedanken. Es ergab eigentlich keinen Sinn, dass ich mir Sorgen wegen Bären machte, aber ich konzentrierte mich auf sie, anstatt auf das riesige, wütende Monster von einem Mann, der es auf mich abgesehen hatte. Ich schrie auf, als er mich mit seinem Griff gegen einen weiteren Baum schleuderte. Diesmal benutzte er jedoch seinen Körper, um mich daran festzuhalten. Seine andere Hand packte mein Kinn und drehte mein Gesicht in die eine und andere Richtung, während er mich musterte.

Ich weigerte mich, ihn anzuschauen.

Das ist nicht echt. Nichts hiervon passiert wirklich. All das ist nichts weiter als ein Traum.

Er kicherte, als amüsierte er sich, und mein Herz klopfte so heftig, dass ich glaubte, es würde meine Brust zum Platzen bringen. Sanft hob er mein Kinn an. Ich weigerte mich, ihn anzuschauen, und konzentrierte mich stattdessen auf einen silberfarbenen Kieselstein auf dem Boden.

„Keine einzige von euch hat es je gewagt, einen Finger gegen mich zu rühren", knurrte er.

Mit meiner freien Hand gab ich ihm eine kräftige Ohrfeige. Er lachte nur noch lauter, als ob meine Bemühungen umsonst wären. Das gefiel mir überhaupt nicht. Mein Magen machte vor lauter Angst einen Satz, als er mit seinen Fingerspitzen über die Kante meines Kiefers fuhr. Ich tat alles, was ich konnte, um mein Entsetzen zu verbergen.

„Du musst deine Hoffnungen auf Flucht aufgeben. Ich werde es nicht zulassen. Du wirst erst zurückkehren, wenn ich mit dir fertig bin, und keinen Augenblick früher."

„Fick dich", entgegnete ich.

„Du hast Kampfgeist. Das wird das, was als Nächstes passiert, noch viel härter für dich machen", antwortete er mit kalter Stimme.

Ich wusste nicht, was er meinte, also sagte ich gar nichts. Seine Berührung ließ von meinem Kinn ab und glitt über die Kette hinunter. Er hielt inne, als er den Anhänger erreichte, hob ihn an und fuhr mit dem Daumen über den Edelstein.

„Die Magie wird dich immer finden. Es ist dein Schicksal."

„Fass mich nicht an, sonst bringe ich dich um", platzte ich heraus, weil ich mich nicht länger beherrschen konnte.

Grob drückte er mein Kinn nach oben und vor lauter Schock blickte ich direkt in sein Gesicht.

Er war kein Mann. Er war ein Monster.

Er überragte mich um gut einen halben Meter oder mehr. Ich schätzte, dass er etwa zwei Meter dreißig groß war, doch das war nicht der Teil, der mein Herz so schnell schlagen ließ, dass es beinahe explodierte. Tatsächlich war das noch das Normalste an ihm.

Er sah menschlich aus, aber nur knapp. Seine Augen waren leuchtend rot und wenn ich genau hinsah, konnte ich Flämmchen darin flackern sehen, genau wie die, die in der Nacht in meinem Kamin waren. Ein dichter, dunkler Bart bedeckte seine Wangen, doch seine Haarspitzen glühten schwach wie Glut. Sein Haar reichte ihm bis zu den Schultern, was seinen unnatürlichen Blick umso mehr zum Schwelen brachte. Ich bemerkte, dass seine Nase leicht schief war, als hätte jemand sie ihm gebrochen und sie wäre nie richtig verheilt.

Sein Geruch umgab mich. Mit einem Mal wurde ich in eine Welt aus Rauch und Asche geworfen. Wenn ich mich konzentrierte, konnte ich einen Hauch von Jasmin und etwas Süßem erkennen, das ich nicht genau identifizieren konnte. Ich schimpfte mit mir selbst, als ich merkte, dass ich mich zu ihm hin lehnte, dass es mich anlockte.

„Ich liebe den Gesichtsausdruck einer Menschenfrau, wenn sie mich zum ersten Mal wirklich sieht", grummelte er.

„Du bist nicht *echt*", fauchte ich und musste es laut aussprechen, nur für den Fall, dass dieser Albtraum dadurch ein Ende finden würde.

Das tat er aber nicht.

„Ich bin sehr echt." Er grinste. Das lodernde Feuer in seinem Blick flackerte rot auf und verriet seine Vorfreude auf das, was kommen würde, auch wenn ich es nicht sehen wollte.

„Bitte, wach auf", flehte ich.

„Das ist kein Traum, Mensch. Es ist Zeit, dass du deine Rolle in meiner Welt erfüllst", fuhr er fort.

Seiner Welt? Was hatte das denn zu bedeuten?

Noch verzweifelter versuchte ich, ihm wieder in die Eier zu treten, aber er war schon gewappnet. Er drehte seine Hüften und vereitelte meinen Versuch mit peinlicher Leichtigkeit. Als ich es wagte, ihn anzuschauen, hatten sich seine Augen zu einem subtileren Rot verdunkelt. Sein Mund verzog sich für eine Sekunde zu einer schmalen Linie, bevor sich seine Mundwinkel zu einem gefährlich finsteren Grinsen verzogen.

„Normalerweise scheue ich das Rannehmen deiner Art, aber ich habe das Gefühl, dass ich den nächsten Teil sehr genießen werde", knurrte er.

Seine Faust schloss sich um ein Handgelenk und dann um das andere, bevor ich überhaupt daran denken konnte, mich zu wehren. Mit einem harten Ruck drückte er sie hoch über meinem Kopf zusammen und erst da merkte ich, dass seine eine Hand groß genug war, um sie festzuhalten.

Ich quietschte vor Überraschung.

„Ich werde jeden Moment auskosten", fügte er hinzu und seine glühenden Augen leuchteten nun in einem wilden

Orange. Ich zuckte zusammen, als er seinen Blick an meinem Körper auf und ab schweifen ließ.

Was hatte ich überhaupt an?

Einen Moment lang war mein Kopf leer, doch dann entsann ich mich. Ich war mit einer warmen, mit Fleece gefütterten Leggings bekleidet. Der Rest meines Outfits war unauffällig. Im Schrank in der Hütte hatte ich ein weiches, grün kariertes Hemd gefunden, das ich über einem erdgrauen Tanktop trug. Vorsichtshalber hatte ich meine dunkelgrauen Kampfstiefel anbehalten, die ich für den Fall, dass ich rennen musste, geschnürt hatte.

Als ob mir das so viel genützt hatte …

Sein Knie presste sich zwischen meine Beine, zwang sie ein wenig auf und machte mir überdeutlich bewusst, wie viel größer er war als ich.

In einem Zweikampf hätte ich keine Chance gegen ihn. Er bräuchte nur einen guten Schlag, und ich würde das Bewusstsein verlieren. Für jemanden von seiner Stärke wäre das ein Kinderspiel, aber ich kämpfte trotzdem, um mich aus seinem Griff zu befreien.

Seine andere Hand fuhr an meinem Kinn entlang und ich drehte meinen Kopf. Er packte mein Kinn und drückte mich nach hinten. Ohne Zögern setzte er seine Erkundungstour an meiner Kehle fort, wobei ich zitterte. Er sah mich an, als wäre ich nichts weiter als eine Ameise unter seinem Schuh, und ich versuchte, mir nicht anmerken zu lassen, wie schrecklich das war. Vorsichtig befingerte er den Stoff meines Hemdes, als würde er etwas Fremdartiges mustern.

„Ihr Menschen tragt gerne so unterschiedliche Stoffe. Von Kleidern über Hosen und kurze Röcke bis hin zu absolut hässlichen Mustern wie diesem", sinnierte er.

Er war einen Moment lang still, sein Blick war nachdenklich. Falls er auf eine Antwort wartete, würde ich ihm keine geben.

„Aber es sieht alles gleich aus, wenn man es abreißt und auf den Boden wirft", fuhr er fort.

Ohne Vorwarnung riss er das Hemd mit einem harten Ruck vorn auf. Die Knöpfe platzten mit Leichtigkeit ab, doch damit nicht genug. Mit Entsetzen sah ich zu, wie sich seine Nägel zuspitzten und er den Rest des Hemdes zerfetzte. Die Träger meines Tanktops leisteten kaum Widerstand, ebenso wenig wie der Rest des Stoffes, der meine obere Hälfte bedeckte. Er streifte die Fetzen von mir ab und achtete dabei darauf, meine Haut nicht zu zerkratzen.

Er ließ meinen BH für einen langen Moment in Ruhe, so als wollte er die Nacktheit meiner Haut erst richtig begutachten, und das tat er auch. Seine Finger fuhren sachte über meinen Bauch und verursachten allein durch seine Berührung eine Gänsehaut auf meiner Haut.

Ich wollte es hassen. Ich wollte ihn hassen.

Seine Nähe trübte diese Gedanken, als würde ich in schmutzigem Wasser schwimmen und nicht mehr wissen, wo oben und unten war. Er änderte seine Bewegung leicht ab und strich als Nächstes mit den Spitzen seiner Krallen über den Saum. Ich erschauderte und war mir nur vage bewusst, dass meine Nippel hart wurden, obwohl sie noch sicher in meinem BH eingeschlossen waren.

Das würde nicht lange so bleiben.

Er drehte seine Hand und schnitt dadurch direkt durch die Stoffverbindung zwischen meinen Brüsten. Die Körbchen sprangen nach außen und entblößten mich sofort. Ich versuchte, meine Hände zurückzubekommen, um mich zu bedecken, doch sein Griff war fest.

Ich würde gar nichts tun.

Er benutzte seine Krallen, um den Rest meines BHs zu zerreißen, als wäre er nichts weiter als ein Blatt Papier. Ich schrie auf, als er wegfiel. Mein Brustkorb hob und senkte sich, während ich versuchte, zu begreifen, was da geschah. Ich konnte mich nicht bremsen und hasste es, dass ich meine Brüste so anzüglich zur Schau stellte. Meine Nippel wurden immer härter. Ich warf ihm einen finsteren Blick zu, als er auf meine nackte Brust hinunterblickte. Er legte seine flache Handfläche auf die erigierte Spitze. Ein Schauder widerwilliger Freude durchfuhr mich, und ich hasste mich dafür. Er lächelte, als kannte er meine Gedanken, und ich warf ihm einen finsteren Blick zu.

„Ich denke, du weißt inzwischen, dass ich kein Mensch bin, oder?“

Mein unmutiger Ausdruck verschlimmerte sich und ich verweigerte ihm die Ehre einer Antwort. Stattdessen starrte ich zur Seite auf den Boden und versuchte so zu tun, als ob nichts davon existierte und alles nur ein Gedankenspiel war, in das mich mein Kopf verwickelt hatte. Mittlerweile wäre Wahnsinn ein Segen.

„Ich stamme nicht aus deiner Welt, Hayleigh“, fuhr er fort.

Woher kannte der Bastard überhaupt meinen Namen?

„Lass mich los. Ich werde dich töten", forderte ich.

Er lachte und der Laut ließ mich bis ins Mark erschaudern. Ich holte einen tiefen Atemzug nach dem anderen und meine Brüste hoben sich beschämend. Seine Fingerspitzen schlossen sich um die Spitze meines Nippels und drückten sanft zu. Ich blieb standhaft und zuckte nicht zurück. Vielleicht würde es ihm langweilig werden und er würde mich in Ruhe lassen, wenn ich einfach den längeren Atem hatte.

„Du könntest mich nicht töten, selbst wenn du es versuchen würdest, Mensch", antwortete er.

Sein Griff um meinen Nippel zog sich zusammen und er drückte fest zu. Der Schmerz blühte in der Mitte meiner Brüste auf und strahlte mit einer quälenden Hitze zu den Seiten hin aus. Ich schrie auf und versuchte, von ihm wegzukommen, obwohl ich nirgendwo hingehen konnte.

„Fass mich nicht an", warnte ich.

Er ließ meinen Nippel los und meine Schulter kippte nach vorn, als ich einen erleichterten Aufschrei ausstieß. Der Schmerz verblieb und erinnerte mich an nur ein kleines bisschen von seinen Fähigkeiten. Er umfasste dieselbe Brust mit seiner Handfläche und umschloss sie mit seiner gewaltigen Größe. Ich hob meine Augen zu den seinen und bemerkte, dass sie noch heller orange leuchteten als zuvor, beunruhigend lebendig und von böser Absicht durchdrungen.

„Noch nie hat jemand mein Leben so unverhohlen bedroht und überlebt."

Die Flammen wirbelten herum und ließen die dicke verbrannte Linie um sie herum noch deutlicher hervortreten. Es war, als hätte sie jemand mit schwarzer Kohle umrissen und diese dann verwischt. Ich weiß nicht, was daran so faszinierend war, aber ich konnte nicht wegsehen. Herausfordernd hob ich mein Kinn. Ich würde mich nicht von ihm einschüchtern lassen.

„Du tust gut daran, dich an deinen Platz zu erinnern, Mensch."

Ich spuckte ihm ins Gesicht.

Er erstarrte, als ihm die Spucke über die Wange lief. Er zog seine Hand von meiner Brust weg und wischte sie ab. Für einen langen Moment starrte er auf mich herab, als überlegte er, was er mit mir machen sollte. Die Luft war schwer von seinem Unglauben und mein Herz hämmerte in meiner Brust. Sein Blick funkelte und mein Magen wogte. Er war zu einer Art Schlussfolgerung gekommen.

Erneut hob ich mein Kinn an.

Schweigend griff er nach unten und zerriss meine Leggings. Ich trat und kämpfte gegen ihn an, war ihm aber nicht gewachsen. In weniger als einer Minute waren von meiner Hose nur noch Stoffstreifen übrig. Mein Höschen beließ er an Ort und Stelle. Ich hatte nicht die geringste Hoffnung, dass es mir noch lange erhalten bliebe.

Ohne Vorwarnung riss er mich vom Baum weg und zerrte mich zu einem umgefallenen Baumstamm, auf den er sich setzte. Er schleuderte meinen Körper mit dem Gesicht voran auf einen seiner Oberschenkel. Er war so groß, dass ich weder mit den Händen noch mit den Zehen den Boden erreichen konnte. Als er sein Bein über die Rückseite eines meiner Beine legte, war es bereits zu spät.

Die Hand, die meine Handgelenke gehalten hatte, wurde nun fest auf meine Hüfte gedrückt. Ich versuchte, mich zu winden, doch meine Bewegungsfreiheit war extrem eingeschränkt. Seine andere Hand legte sich auf meinen mit Höschen bekleideten Hintern. Erst in diesem Moment begann ich, wirklich zu begreifen, was hier geschah.

Er hatte mich auf sein Knie gelegt.

Ich lag mit dem Gesicht nach unten und seine Hand war auf meinem Arsch.

Er würde mir den Hintern versohlen.

Oft genug hatte ich in Büchern darüber gelesen. Ich hatte es im Fernsehen und in ein oder zwei Filmen gesehen, aber ich hätte nie gedacht, dass es mir widerfahren könnte. Nicht in tausend Jahren. Er begann nicht sofort. Stattdessen strich er mit seiner Handfläche über meinen Hintern, als wolle er den Moment in die Länge ziehen und mich so richtig von der Erkenntnis treffen lassen.

„Lass das“, warnte ich ihn.

„Willst du mir noch einmal drohen?“, fragte er, wobei die Warnung in seinem Tonfall unverhohlen war.

Ich klappte meinen Mund mehrmals auf und zu, wobei ich es mir sofort anders überlegte, als das Erste zu sagen, was mir in den Sinn kam – zumindest für den Moment.

„Bitte lass das“, entschied ich schließlich.

„Es ist an der Zeit, dass du eine Sache begreifst, Mensch. Du hast nichts mehr zu entscheiden. Ich werde alles für dich entscheiden, und zwar als dein König", knurrte er.

Der Klang seiner Stimme hatte sich irgendwie verändert. Sein übernatürlicher Rhythmus dröhnte durch mich und wirbelte in meinem Inneren herum. Ich wimmerte beschämt, als sich meine Pussy verkrampfte und meine Klitoris pochte.

Ich war nicht … Ich konnte nicht … Es gab keine Möglichkeit.

Ich hatte den Verstand verloren. Völliger Wahnsinn war die einzige Erklärung. Es konnte nicht sein, dass mich das hier tatsächlich erregte.

Seine Finger gruben sich in meine rechte Pobacke und drückten so fest zu, dass es ein wenig schmerzte.

„Du hast es gewagt, mir zu drohen", schimpfte er.

„Bitte … *vers…* lass das", flüsterte ich. Ich konnte das Wort nicht einmal aussprechen, geschweige denn mir vorstellen, dass es tatsächlich passieren würde.

„Ich werde dich für deine Aufsässigkeit bestrafen, Mensch."

Er sagte es, als wäre es das Einfachste auf der Welt, als hätte er das Recht, mir die Kleider vom Leib zu reißen und mich aufs Knie zu legen, damit er mich versohlen konnte, als wäre ich ein ungezogenes kleines Mädchen. Hitze stieg unter meiner Haut auf, obwohl ich versuchte, sie aufzuhalten. Sein Bein drückte fest auf die meinen. Ich versuchte zu treten, rührte mich jedoch kaum einen Zentimeter. Ich versuchte, mit den Hüften zu wippen, aber er hielt mich gefangen, als wäre es das Einfachste auf der Welt.

Seine Hand verließ meinen Hintern und als sie fest darauf klatschte, wurde mir endlich klar, dass das hier tatsächlich geschah und dass nichts, was ich tun oder sagen könnte, daran rütteln würde. Der Knall erschreckte mich zuerst. Nichts hätte mich darauf vorbereiten können, wie laut er sein würde. Wie ein Schuss hallte er durch den Wald, und ich blinzelte abwesend und fragte mich, ob uns jemand hören und ahnen könnte, dass ein Spanking stattfand, oder schlimmer noch, ob uns jemand sehen könnte.

Das war wirklich dumm. Ich hatte diese Hütte gebucht, weil ich wusste, dass weit und breit niemand zu sehen sein würde. Und nicht nur das, ich war wahrscheinlich ein ganzes Stück in den Nationalpark hineingelaufen, der in der Wintersaison eine rekordverdächtig niedrige Anzahl von Touristen sah.

Ich war allein mit diesem Monster. Niemand würde mich retten können.

Ein zweiter Hieb ging hernieder und ich war genauso erschrocken über den ohrenbetäubenden Knall wie beim ersten Mal. Diesmal war es jedoch anders. Als ob es eine Verzögerung gäbe, folgte eine stechende Schmerzwelle und ich schrie überrascht auf.

„Warte!“

Das tat er nicht. Er versohlte mich nur noch schneller. Mindestens ein Dutzend Klapse kamen herab, bevor er endlich innehielt und ich erleichtert aufatmete.

Endlich war es vorbei.

Sein Finger schob sich unter den Saum meines Höschens. Ich erstarrte und erinnerte mich gerade daran, dass ich ein nagelneues Spitzenhöschen anhatte, das ich extra gekauft hatte, weil man sich in neuer Unterwäsche manchmal auch dann schön fühlte, wenn es niemand sah.

Ich hatte mir nie vorgestellt, dass jemand es zu Gesicht bekommen würde, und ich spürte, wie meine Wangen vor Verlegenheit brannten. Ich hatte es sogar im Badezimmerspiegel angeschaut. Mir war bewusst, was er sah.

Es bestand aus durchsichtiger, zarter Spitze in Blau, war oben dicht bestickt und wurde allmählich durchsichtiger, je weiter der Stoff an meinen Pobacken nach unten ging. Meine intimen Stellen waren bedeckt, aber nur knapp.

„Dieses freche kleine Kleidungsstück versperrt mir die Sicht."

Ich schrie laut auf, griff nach hinten und versuchte, ihn an dem zu hindern, was ich für unausweichlich hielt.

„Bitte nicht", versuchte ich, um meine Würde zu bewahren.

Ich dachte, er würde es einfach herunterziehen, doch das tat er nicht. Ohne Vorwarnung riss er mir vom Leib.

Ich schrie auf, als der filigrane Stoff meine empfindlichen Falten zwickte. Das bestrafte mich genauso wie die Entblößung und ich versuchte, meine Schenkel zusammenzudrücken, damit er nicht mehr als nötig sah.

„Sogar noch schöner, als ich es mir je hätte vorstellen können", bemerkte er.

Meine Wangen flammten rot auf, denn ich wusste genau, dass er auf meinen frisch entblößten Hintern starrte.

„Bitte lass mich aufstehen“, quiekte ich.

„Deine Bestrafung hat doch noch gar nicht begonnen, Mensch“, warnte er. Seine Handfläche legte sich wieder auf meinen entblößten Arsch, und ich erschrak.

„Du hast mich doch schon bestraft!“, lautete mein Versuch.

Er beachtete nicht einmal, dass ich gesprochen hatte. Stattdessen drückte er mir seine Hand noch fester auf den Hintern als zuvor. Ich presste meine Augen zu. Das passierte wirklich. Das Mindeste, was ich tun konnte, war, das Ganze mit einem winzigen Fünkchen Würde hinzunehmen.

Ich presste meine Lippen zusammen und versuchte zu schweigen. Für ein paar Augenblicke gelang mir das auch, doch danach schien die Intensität nur noch zuzunehmen. Seine Handfläche war riesig und bedeckte jedes Mal, wenn er mir einen Klaps verpasste, fast meine gesamte Pobacke. Der Schmerz war stechend, als hätte mich ein ganzer Bienenschwarm auf einmal angegriffen, und er brannte mit der Zeit immer heißer. Es war ein Leichtes für ihn, jeden Zentimeter meines Hinterns zu bestrafen, doch damit nicht genug. Er versohlte auch die Rückseiten meiner Oberschenkel und ich stellte erschrocken fest, dass das viel mehr wehtat als die Hiebe auf meinem Arsch.

Ich schaffte es nur, sechs Klapse auf meinen nackten Hintern schweigend zu überstehen. Ein besonders fieser auf meinen rechten Oberschenkel ließ mich aufschreien. Ich drückte meine Beine wieder zusammen, doch auch das hielt nicht lange an.

„Warte", versuchte ich.

Er reagierte nicht.

Ich dachte, das Spanking hätte grob angefangen. Ich war so naiv gewesen. Danach wurde es nur noch schmerzhafter. Anfangs war es mir peinlich. Ich dachte, dass er mich nackt ausgezogen hatte, um mir Angst einzujagen, dass er mich auf den Rücken werfen und sich an mir vergreifen würde, doch ich hatte mich getäuscht. Die Scham, nackt zu sein, war nur der Anfang. Dies war die eigentliche Bestrafung.

Das Schlimmste an allem war, dass ich nicht die Kraft besaß, um ihm zu entkommen. Nichts, was ich tun oder sagen konnte, würde dem Ganzen ein Ende setzen. Es würde aufhören, wenn er entschied, dass ich genug hatte, und ich wusste nicht, wann das der Fall sein würde. Ich hatte nicht die geringste Kontrolle, und das war die demütigendste Erkenntnis meines Lebens.

Seine Handfläche war unerbittlich. Sie traf mich immer wieder. Es war, als ob mein Arsch Feuer gefangen hätte und meine Haut sofort verbrüht worden wäre, nur dass es zunehmend heißer brannte. Er machte keine Anstalten, auch nur für eine Sekunde aufzuhören und ich schrie auf, als ein besonders grausamer Hieb meinen Innenschenkel traf.

„Du tust so, als wärst du noch nie bestraft worden, Mensch."

„Wurde ich auch nicht", würgte ich.

Einen Moment lang hielt er inne, und ich holte Luft.

„Das erfreut mich", antwortete er schließlich.

Ich hatte gehofft, es sei vorbei, doch dann begann das Spanking von Neuem. Wieder einmal wurde ich daran erinnert, dass er sanft angefangen hatte und dass diese Bestrafung noch schlimmer werden konnte. Ich versuchte nicht einmal, die Ruhe zu bewahren. Meine Muskeln verkrampften sich, doch das machte es auch nicht besser. Meine geschundene Haut brannte stärker, als ich es für möglich gehalten hätte, und meine Augen tränten.

Ich würde doch nicht weinen, oder?

Ich wollte es nicht, hatte aber das ungute Gefühl, dass er mich dazu zwingen würde. Ich schniefte die Tränen hoch und versuchte, sie wegzublinzeln, als er sich auf die Stelle konzentrierte, wo mein Hintern in meine Oberschenkel überging.

„Ich möchte, dass du dir diese Lektion merkst, Mensch", warnte er.

Die Hitze seiner Hand wurde immer stärker und ich geriet in Panik. Es tat so sehr weh. Was, wenn ich nicht mehr viel aushalten würde? Alle meine Versuche, die Tränen zu bremsen, waren bald vergeblich und schon lief die erste Träne über meine Wange. Eine zweite folgte.

Ich weiß nicht, wie oft er mir den Hintern versohlte oder wie lange die Bestrafung dauerte, aber das war auch egal. Alle anderen Gedanken als das schmerzhafte Stechen seiner Hand und mein nackter Hintern verließen meinen Kopf.

„Es tut mir leid“, versuchte ich, zu sagen, doch meine Worte waren stark genuschelt und ich wusste nicht, ob er mich verstehen konnte.

Der Kampfgeist verließ meinen Körper und ich schluchzte, wobei mir die Tränen ungehindert übers Gesicht liefen. Schließlich wurde das Spanking langsamer, jeder Hieb war grob und unbarmherzig. Als er endlich aufhörte, strich er mit seiner Handfläche über meinen brennenden Hintern, während ich leise auf seinem Knie weinte.

„Du siehst sogar noch schöner aus, als ich es mir je hätte vorstellen können, wenn du mit deinem knallroten Hintern so auf meinem Knie liegst“, sagte er.

Mein Gesicht brannte vor Scham. Ich wusste nicht, was ich sagen sollte. In meinem Herzen wusste ich, dass dies für ihn wahrscheinlich sanft war, dass er nur einen winzigen, unbedeutenden Teil seiner Kraft eingesetzt hatte, um mich so zu bestrafen. Instinktiv ahnte ich, dass er mich mühelos hätte töten können.

Warum hatte er es also nicht getan? Warum hat er stattdessen dies getan?

Als meine Tränen trockneten, beruhigte mich seine Handfläche. Sie kreiste über meinen unteren Rücken, meinen versengten Hintern und über die Rückseite meiner bestraften Schenkel. Ich hatte mich bequem entspannt, als er plötzlich sein Bein zwischen die meinen schob.

Bevor ich irgendetwas dagegen tun konnte, war ich schon fixiert.

Ich war nicht nur weiter nach vorn geneigt als zuvor, sondern meine Schenkel waren mit seinem Bein dazwischen weit gespreizt. Ich würde ich sie nicht mehr um meiner eigenen Bescheidenheit willen schließen können.

Ich war so entblößt wie noch nie in meinem Leben.

Genau in diesem Moment wurde die Brise stärker, streifte meine nackte Haut und ließ eine neue Welle der Panik durch mich aufsteigen. Sie brachte das zum Vorschein, was ich nie gewollt hatte. Ich war feucht, und zwar nicht nur ein wenig.

Ich war klatschnass.

KAPITEL FÜNF

Hayleigh

Fuck.

Das konnte nicht wahr sein. Offensichtlich spielte mir mein Verstand einen Streich, denn es konnte mich auf keinen Fall erregen, wenn mir dieser monströse Kerl die Kleider vom Leib riss, bevor er mich dann auf sein Knie legte. Ich musste eine Art ernsthaften Nervenzusammenbruch haben, denn ich konnte unmöglich darüber sinnieren, wie dieselbe Hand, die mich gerade zu Tränen gerührt hatte, zwischen meine Schenkel sank und mich dort berührte, wo noch kein Mann zuvor gewesen war.

Das konnte auf keinen Fall wirklich passieren. Ich dachte nicht an diese Dinge.

Oder?

Warum fühlte sich seine Berührung dann so real an? Warum durchströmte mich schon bei der geringsten Berührung seiner Fingerspitzen an meinem Oberschenkel eine glühende Hitze?

„Ich möchte, dass du etwas weißt, Mensch."

Mein Herz verkrampfte sich in meiner Brust und klopfte wie wild, als ich versuchte, herauszufinden, was er damit meinen könnte. Ich hoffte, dass er mir vielleicht sagen würde, dass das alles nur ein Hirngespinst und er nichts weiter als ein schmutziger feuchter Traum war, aber selbst ich wusste, dass das nicht der Fall sein konnte.

„Im Moment redest du dir wahrscheinlich ein, dass das alles nur ein Albtraum ist, aber dies ist sehr real."

Zittrig holte ich Luft und versuchte, mich auf seine Worte zu konzentrieren statt auf das Kribbeln seiner Fingerspitzen, die über meinen Innenschenkel auf und ab strichen.

„Ich mag zwar ein Wesen aus einer anderen Welt sein, aber das ändert nichts an der Situation, in der du dich gerade befindest, oder?"

Meine Unterlippe bebte, als ich die Augen schloss und spürte, wie mein Körper trotz meines Widerwillens außer Kontrolle geriet. Warum reagierte ich nur so auf ihn?

„Antworte mir, Hayleigh", drängte er und in seinem Tonfall lag ein Hauch von Warnung. Seine Hand glitt nach hinten, packte meinen verbrühten Hintern und ich schluckte schwer.

Woher kannte er meinen Namen?

„Nein", brachte ich heraus. Ich hasste es, wie sehr meine Stimme zitterte, aber ich konnte es nicht ändern. Er hatte recht, und das war der Teil, den ich noch mehr verabscheute als meine hörbare Schwäche.

„In den nächsten Tagen wird es vieles geben, was du nicht verstehst, aber es gibt etwas sehr Einfaches, worauf du dich zuerst konzentrieren sollst."

Seine Berührung war zurückgekehrt, um meine empfindlichere Haut zu streicheln, und kam der Nässe, die ich nur halb akzeptierte, gefährlich nahe.

„Du bist für mich bestimmt. Das ist ein Schicksal, gegen das du dich nicht wehren kannst."

Ich schnaubte spöttisch. Er hörte sich an, als käme er direkt aus einer Fantasiewelt. Vielleicht war nicht ich die Verrückte. Vielleicht war er derjenige.

„Ich bin hier, weil dein Körper nach mir gerufen hat. Deine Seele kennt ihren Meister – weißt du, woher ich das weiß?"

Meine Oberschenkel bebten und ich unterdrückte ein beschämtes Stöhnen. Ich konnte nicht zulassen, dass er erfuhr, welche Wirkung er auf mich ausübte. Er war nichts weiter als der Böse, der mich misshandelte und bestrafte. Ich befahl meinem Körper, ihn zu ignorieren und sich vorzustellen, dass ich irgendwo anders war, gemütlich und in Sicherheit, statt hier nackt mitten im Wald.

„Das weiß ich, weil du völlig durchnässt bist", grummelte er, und seine Stimme klang schneidend wie ein Messer.

Bevor ich überhaupt ans Abstreiten denken konnte, glitten seine Finger durch meine Erregung. Ich biss mir auf die

Unterlippe, um meine Klappe zu halten, und schmeckte Blut. Meine Scham überwältigte mich, als mir ein leises Wimmern entglitt. Meine Wangen flammten rot auf und ich war plötzlich sehr dankbar, dass ich gerade auf den Boden starrte, damit er mein Gesicht nicht sehen konnte.

„Ich bin nicht …“, setzte ich an, doch es war zwecklos.

Er näherte sich meiner Pussy, und trotz allem, was ich dagegen tun wollte, entwich meinen Lippen ein entsetzlich entblößtes Stöhnen.

„Was du gerade spürst, ist Magie, Mensch. Fühlt es sich an, als würdest du von innen heraus brennen? Ruft diese durchnässte Pussy nach meiner Berührung?“

Er konnte mich durchschauen. Ich verspannte mich und versuchte, das, was von meinem Widerstand noch übrig war, so gut wie möglich zu bewahren. Leider war es, als würde ich versuchen, eine Wolke nur mit meinen Händen zu fangen. Ich schloss meine Augen und setzte meinen Willen darauf an, aufzuwachen.

Mit penibler Langsamkeit krochen seine Finger meinen Oberschenkel hinauf und berührten gerade so meine äußeren Falten. Mein Atem blieb mir in der Kehle stecken, so mühelos glitt er über meine empfindlichste Stelle.

„Nein“, log ich. Meine Stimme zitterte noch stärker als zuvor.

Er glitt mit der Seite seines Fingers über mich und ich keuchte.

Ganz laut.

„Seit ich dich das erste Mal berührt habe, bist du feucht für mich."

„Ich bin nicht …", versuchte ich es erneut, aber er unterbrach mich.

„Ich kann es riechen, Mensch. Das kann ich, seit ich diese Erde betreten habe."

Seine Finger glitten zwischen meine Falten, erkundeten meine durchnässte Pussy und sorgten dafür, dass ich das schamhafte Begehren nicht länger ignorieren konnte. Meine Klitoris pulsierte heftig, fast, als würde sie nach ihm rufen, und schon bald vergaß ich alles andere. Mein Widerstand schien zu schwinden und ich versuchte so sehr, ihn aufrechtzuerhalten, doch ich fühlte mich, als würde ich einen rutschigen Abhang hinunterfallen. Ich versuchte, wieder hochzuklettern und mir einzureden, dass ich das nicht wollte, aber ich fiel mit jedem Augenblick weiter hinab.

„Ich … Wer bist du?", keuchte ich.

„Ich bin dein König", knurrte er.

Eine mystische Flamme züngelte in mir, als seine Fingerkuppe über meine Klitoris strich. Je länger er mich dort berührte, desto stärker wurde sie.

„Kannst du es jetzt spüren?"

Fuck, könnte ich jemals …

Ich konnte nur mit einem flehenden Stöhnen antworten. Die Sekunden verstrichen, als ob er darauf wartete, dass ich etwas sagte. Ich versuchte, so lange wie möglich durchzuhalten, doch dann verging eine ganze Minute, und das brutale Begehren, das mich durchzuckte, wurde stärker als meine eiserne Entschlossenheit. Ich stöhnte erneut auf, und dann wurde es noch viel schlimmer. Er begann, meine Klitoris nicht nur mit einem Finger zu umkreisen, sondern mit zwei. Ohne es zu wollen, wiegte ich meine Hüften auf ihm und suchte seine Berührungen mit einem unwilligen Geist und einem völlig willigen Körper. Ich zog meine Unterlippe zwischen die Zähne, aber jetzt gab es kein Halten mehr. Der Zug war schon lange abgefahren.

Jetzt konnte ich nur noch hoffen, dass ich nicht ums Kommen betteln musste.

Ich war nicht ganz unschuldig. Es stimmte zwar, dass ich noch nie mit einem Mann geschlafen oder mich von einem berühren lassen hatte, aber das bedeutete nicht, dass ich nicht wusste, wie sich ein Orgasmus anfühlte. Zu manchen Zeiten hatte ich nachts wach gelegen und meinen Körper ganz allein erkundet. Ich hatte mich im Spiegel betrachtet und versucht zu verstehen, wie sich Frauen in Büchern oder Filmen fühlten, wenn ein Mann sie zum ersten Mal berührte. Meine Fantasien waren jedoch nichts im Vergleich zu dem hier.

Das hier war so viel mehr als all das zusammen.

Ich konnte nicht einmal mehr sprechen, geschweige denn darüber nachdenken, was ich sagen oder tun wollte, denn es wurde schnell zu einem dichten Schleier. Meine Gedanken schweiften zur Seite, glitten durch den Nebel und verloren schnell die Orientierung.

Wollte ich es?

Hasste ich es?

Mein Becken rieb sich an seinen Oberschenkeln und zwang seine Berührung fester gegen die meine. Die plötzliche Angst, dass er sich zurückziehen könnte, erfasste mich, und sosehr ich mich auch bemühte, mich ruhig zu verhalten, ich tat es wieder.

Das Knurren, das mich umgab, war das eines Tieres, nicht das eines Mannes.

In diesem Moment fühlte ich mich wie eine Beute, auf die sich gleich ein wildes Raubtier stürzen würde. Meine Nippel waren hart genug, um Glas zu zerschneiden, und ich erbebte heftig, als seine freie Hand meine Wirbelsäule entlangfuhr. Mit äußerster Sanftheit strich er mein Haar zur Seite. Ich seufzte und krümmte mich gegen ihn, als sein Griff meinen Nacken umschloss. Die sengende Hitze seiner Magie tanzte auf einmal durch mich hindurch und kam nun aus mehreren Winkeln auf mich zu. Ich stöhnte wieder, diesmal viel lauter.

„Spürst du jetzt die Hitze meiner Magie?"

„Ja", flüsterte ich mit kaum hörbarer Stimme.

Instinktiv wusste ich, dass er mich hören konnte. Jeder Teil von mir fühlte sich an, als stünde er in Flammen. Das elektrische Kribbeln, das meine Nerven auslösten, war in Flammen aufgegangen. Schweiß perlte an den Rändern meiner Stirn und an der Basis meiner Wirbelsäule. Da wurde mir etwas klar: Es war nie eine Frage gewesen, ob ich für diesen Mann kommen würde. Ich hatte keine Wahl. Es war nur noch eine Frage des Zeitpunkts.

Ich biss mir auf die Unterlippe und kämpfte im Geiste dagegen an, obwohl mein Körper die Chance geradezu herbeisehnte.

„Du solltest noch etwas wissen, Mädchen."

Ich erstarrte und meine Klitoris pochte.

„Meine Magie lässt dich nur kommen, wenn mein Wille es zulässt."

Mir klappte die Kinnlade herunter. Ich wusste genau, was er meinte.

Das Spanking hatte meinen Arsch zum Brennen gebracht und war grob genug gewesen, um mich zum Weinen zu bringen, doch das war nicht die eigentliche Strafe. Er wollte mir meinen Platz zeigen, indem er mich darum betteln ließ. Ich war stark, aber ich wusste in meinem Herzen, dass er unendlich viel stärker war.

„Bitte", begann ich und hoffte inständig, dass er mich aufstehen lassen und die Sache beenden würde, bevor ich etwas so Schändliches tun musste, wie um seine Erlaubnis zu betteln, mit meinem knallroten Arsch und meiner pochenden Pussy über seinem Knie zu kommen.

Er schwieg, während seine Berührungen fester zwischen meine Schenkel drückten und über meine Haut tanzten, als wüsste er genau, wie er mit mir umgehen musste. Im Laufe der Sekunden überkam mich plötzlich die schreckliche Angst, dass er meinen Körper besser kennen könnte als ich, jedoch verdrängte ich sie krampfhaft.

Mir war so heiß. Hatte ich eine Art Fieber? Jeder Muskel in meinem Körper zuckte und etwas Beschämendes geschah.

Ich drückte mich ihm entgegen und suchte seine Berührung, anstatt sie zu bekämpfen. Mein Körper wollte meinen Verstand dazu zwingen, dies zu akzeptieren.

Ich stieß einen Schrei aus, der sich in ein Stöhnen verwandelte, als er über meine Lippen trat. Je länger er mich reizte, desto verzweifelter wurde ich. Mein Atem entwich mir in hektischen Stößen. Meine Hände öffneten und schlossen sich, als ich versuchte, mich an etwas zu krallen, um zu entkommen, während ich gleichzeitig versuchte, mich fester an ihn zu drücken.

Ich war verwirrt und die Waage kippte langsam in Richtung Begehren, als wäre ich nichts weiter als ein Tier auf der Suche nach einem Partner für die Paarung. In meinem Inneren brodelte es vor lauter Hitze. Sie wirbelte, knisterte und wuchs, als er sie zu einer offenen Flamme anfachte. Die brennende Glut wirbelte auf und es dauerte nicht lange, bis sie zu einem lodernden Lagerfeuer der Erregung und des verzweifelten, gierigen Instinkts wurde.

Ich wollte kommen. Ich musste kommen. Ich redete mir ein, dass ich nicht darum betteln würde, doch das war falsche Hoffnung.

Im Laufe der Minuten geriet mein Körper schnell außer Kontrolle. Ich wand mich mit wilder Hingabe und suchte nach der Erlösung, nach der ich mich so verzweifelt sehnte. Er gab sanfte, zustimmende Laute von sich, was mich umso mehr anspornte. Ich näherte mich dem Abgrund viel schneller, als ich es für möglich gehalten hätte.

Dann hielt er mich dort fest.

Egal, wie ich mich bewegte oder wie sehr ich mich an ihn drückte, ich konnte mich nicht dazu bringen, zu kommen, und ich versuchte es. Mein Inneres wurde glühend heiß und ich wimmerte, überwältigt und vereinnahmt von meiner Erregung. So etwas hatte ich noch nie empfunden, nicht mit meinen eigenen Fingern und auch nicht mit der kleinen vibrierenden Kugel, die ich mir heimlich im Internet gekauft hatte, als ich mich mutig gefühlt hatte.

Bilder von der glühenden Hitze seiner stählernen Augen brannten in mir. Seine feste Erwartung zwischen meinen Beinen wankte nie. Das Einzige, was wankte, war meine Entschlossenheit. Sie verdampfte wie ein Topf mit kochendem Wasser, den man auf einem Lagerfeuer vergessen hatte. Dann tat ich das, was ich mir geschworen hatte, nicht zu tun.

Ich bettelte.

„Bitte! Ich halte es nicht mehr aus", flehte ich.

„Ich glaube, du bist noch nicht so weit", antwortete er.

Ich schrie auf, doch er machte einfach weiter. Ich wusste jetzt, dass das, was er mir gesagt hatte, stimmte. Seine Magie hinderte mich am Kommen und ich konnte nichts dagegen unternehmen. Er hatte die totale Kontrolle über mich und das Schlimmste daran war, dass ich es wollte.

Unbedingt.

„Bitte, mein König", versuchte ich als Nächstes.

Meine Augen tränten und ich blinzelte zum zweiten Mal an diesem Tag durch einen Tränenschleier, doch dieses Mal rührte er nicht von Schmerzen her. Er wurde von der totalen Verzweiflung verursacht. Meine Klitoris pulsierte schlimmer als das Herz in meiner Brust und meine Pussy verkrampfte sich um die leere Luft herum, weil ich mich mehr als alles andere danach sehnte, gefüllt zu werden.

„Bitte lass mich kommen, mein König … Ich kann nicht … Ich brauche …“, schaffte ich zu flüstern.

Ich würde nicht mehr lange sprechen können. Ein Schluchzen blieb mir im Hals stecken und ich unterdrückte die Tränen. Dieser Mann hatte mich ausgezogen, mir den Hintern versohlt, und jetzt flehte ich ihn wie eine lüsterne Schlampe an, mir Erlösung zu gewähren. Meine Scham rasselte durch mich hindurch, doch das sorgte lediglich dafür, dass die Flamme in meinen Adern verstärkt wurde.

„Bitte, es tut mir leid, mein König“, versuchte ich es erneut und schämte mich für das Begehren, das in jeder einzelnen Silbe, die mir über die Lippen trat, zum Ausdruck kam.

Er benutzte sein Bein, um die meinen weiter zu öffnen, und ich stöhnte auf, weil ich mir mehr als alles andere wünschte, dass er mich nur ein einziges Mal erlösen würde. Das Spanking hatte einzig dem Zweck gedient, meine Aufmerksamkeit zu erregen.

Dieser Moment jedoch, *genau dieser Moment,* sollte mich tatsächlich bestrafen.

Ich unterdrückte ein Schluchzen und die Qual der Verweigerung schnitt durch mein Inneres. Meine Brust bebte und meine Unterlippe zitterte.

„Komm für mich, böses Mädchen. Komm für deinen König.“

Seine Berührung wurde unendlich rauer. Drei Finger misshandelten meine Klitoris und ich konnte mich nicht einmal mehr dagegen wehren.

Ich kam heftig.

Dieser Moment veränderte mich vollkommen. Zum ersten Mal in meinem Leben hatte ein Mann meine schamhafte Hingabe erzwungen, und es war herrlich. Flüssige Hitze strömte durch mich hindurch und blendete mich mit ihrem grellen, weißen Licht. Ich drückte meine Augen zu und hatte das Gefühl, von einer Flutwelle erfasst zu werden, aus der es kein Entrinnen gab, bis sie mich vernichtete. Eine herrlich quälende Glückseligkeit überflutete mich und ich öffnete meinen Mund. Ich begann zu schreien. Meine Entschlossenheit, mich gegen ihn zu wehren, verbrannte in diesem Moment zu Asche. Ich wusste nicht, ob ich sie jemals wiedererlangen könnte.

Ich stellte mir das Bild vor, das wir beide abgaben, und mein Orgasmus verstärkte sich noch mehr. Beschämt krümmte ich mich auf seinem Knie, während er meine Klitoris quälte und meine Lust immer weiter in die Länge zog, bis ich darin ertrank. Erst als mein leidenschaftliches Begehren seinen Höhepunkt erreicht hatte, bemerkte ich, dass mir Tränen übers Kinn liefen.

Er hatte mich so heftig kommen lassen, dass ich geweint hatte.

Für ein paar lange Sekunden lag ich vollkommen reglos da und versuchte zu begreifen, was gerade passiert war. Seine Finger zogen sich von meiner überempfindlichen Haut zurück. In meiner Benommenheit bemerkte ich kaum, wie sich seine andere Hand in meinem Haar zu einer Faust ballte. Ohne Vorwarnung riss er mich hoch, sodass er mir direkt in die Augen sehen konnte. Meine Beine fühlten sich an wie Gelee und ich wehrte mich, aber das war nicht nötig. Er hielt mich hoch und irgendwo tief in mir wusste ein Teil von mir, dass er mich nicht fallen lassen würde.

Er hob seine Hand und ich bemerkte vage, dass seine Finger glitzerten. Mit einem plötzlichen Erröten erkannte ich, dass es sich dabei um meine eigene Nässe handelte, die sie benetzte. Er drückte sie an meine Lippen und ich wusste, was er wollte, ohne dass er es zu sagen brauchte. Ich öffnete meinen Mund. Er ließ die Finger auf meine Zunge gleiten und der Geschmack meiner eigenen Erregung war plötzlich meine ganze Welt. Ein süßer, moschusartiger Geschmack ergriff von mir Besitz und ich errötete, beschämt und erregt zugleich.

„Du bist wirklich atemberaubend“, flüsterte er und ich hatte das Gefühl, dass die Worte einfach herauskamen, bevor er sie zu Ende gedacht hatte. Er starrte mich mit plötzlichem, extremem Interesse an, fast, als ob er seine Faszination von mir nicht verstand und ich erschauderte vor ihm.

Er pumpte mit seinen Fingern in meinem Mund, während er sich seiner selbst entsann.

„Ich werde nie vergessen, wie du dich vor mir entblößt hast, die Spuren deiner hübschen Tränen noch feucht auf deinen Wangen, deine Pussy geschwollen und dein Arsch wund“, murmelte er.

Ich errötete stark. Er hielt mich fest im Griff, als er seine Finger mit einem hörbaren Ploppen aus meinen Lippen herauszog.

„Ich möchte, dass du dir das merkst und weißt, dass ich nicht zögern werde, dich zu bestrafen, wenn du dich mir widersetzt."

„Verstanden", antwortete ich mit zittriger Stimme.

„Gut."

KAPITEL SECHS

Kol

Ich wollte sie festhalten.

Aus mir unverständlichen Gründen setzte ich mich wieder auf den Baumstamm und zog sie sanft auf meinen Schoß. Vielleicht war es der funkelnde Schimmer von lebhaftem Trotz in ihren Augen gewesen, als sie mich angestarrt hatte – ein Blick, den ich noch nie zuvor bei einer ihrer Vorfahrinnen gesehen hatte. Er war eindringlich in seiner Intensität.

Als ob ich endlich meine Gefährtin gefunden hätte.

Ich schüttelte den Kopf und schlang meine Arme um ihre zitternde Gestalt. Als sich ihre Arme zaghaft um meinen Hals schlangen, seufzte ich erleichtert auf. Ich weiß nicht, warum, und vielleicht wollte ich es auch gar nicht wissen, aber ich tat es. Ein Gefühl der Ruhe überkam mich und ich schloss meine Augen.

Ihr Arsch war heiß an meinem Oberschenkel. Ich hatte ihr den Hintern grob versohlt, aber ich hatte nur einen Bruchteil meiner Kraft eingesetzt, denn ich wollte sie nicht verletzen. Ich hatte ihr eine Lektion erteilen wollen, mehr nicht.

Ich wollte ihr niemals wehtun.

Ich schloss meine Augen. Was war das für eine plötzliche Schwäche? Sie war nichts weiter als ein Mittel zum Zweck, und das auch nur vorübergehend. Wenn ich sie rannahm, wurde die Kluft für begrenzte Zeit versiegelt. Es war nie von Dauer, bot jedoch den einzigen dauerhaften Schutz für mein Volk vor den wahren Bestien der Hölle, die aus dem Reich des Dunklen Königs durchzubrechen drohten.

Sie war ein Ding, das benutzt und genommen werden konnte, ein Tribut an die Mächte, die die Reiche regierten. Sonst nichts. Nichts weiter als das.

Warum hatte ich dann diese Gefühle?

Mit einem Schniefen klammerte sie sich etwas fester an mich. Wollte sie mich nicht loslassen? Wollte sie von mir getröstet werden? Zögernd griff ich nach ihrem Gesicht und wischte ihr mit dem Daumen sanft die letzten Tränen weg. Ihre Unterlippe bebte, als sie einen Blick in meine Augen riskierte, was in meiner Heimat als viel zu kühn angesehen worden wäre.

Sie hatte es gewagt, dem König in die Augen zu schauen, ohne um Erlaubnis zu fragen.

In der tiefen Schwärze ihrer Pupillen war ein Glühen, eine dunkelrote Farbschattierung, die sich gerade zu entzünden begann. Ihre dunklen Iriden ließen die Glut umso heller aussehen. Es war, als schaute ich direkt in den Schlund eines Vulkans, der kurz vor dem Ausbruch stand. Die Brise wehte über die Lichtung, wischte ihr langes brünettes Haar von den Schultern und ließ die Glut in einem noch helleren Rot aufflackern.

Auf einmal umgab mich ihr Duft. Orangen, Äpfel, Wildblumen und eine unvergleichliche Süße überwältigten meine Sinne. Die pure Versuchung pulsierte in mir und ich tat das, was ich noch nie mit einer anderen Frau getan hatte.

Ich küsste sie.

Es geschah, bevor ich über eine Verhinderung nachdenken konnte. Sanft berührte meine Hand ihre Wange, hob ihr Kinn an und brachte ihre Lippen zu den meinen. Ich redete mir ein, dass ich nur einen Vorgeschmack wollte. Nur eine Kostprobe und nicht mehr.

Ihr Zögern war noch süßer, als ich es mir je hätte vorstellen können. Widerwille, gepaart mit neugieriger Erregung, kochte in mir auf. Die Weichheit ihrer Lippen schmiegte sich perfekt an meine und mein Blut brodelte dank meiner eigenen Gier.

Ich küsste sie fester und ihre Hingabe war alles und mehr.

Ich war stolz darauf, mit klarem Kopf und gesundem Verstand zu handeln. Ich traf rationale Entscheidungen, um diejenigen zu schützen, die in meinem Reich lebten, und nahm jede auserwählte Frau einfach aus Pflichtgefühl ran. Nachdem alles gesagt und getan war, löschte ich ihre

Gesichter aus meinem Gedächtnis. Sie bedeuteten mir nichts mehr.

Dieser Kuss jedoch schon.

Ihre Hand festigte ihren Griff an meinem Nacken, als ob sie sich noch näher an mich heranziehen wollte, als sie es ohnehin schon war. Mein Arm schlang sich um ihre Taille und meine Finger gruben sich in die dichte Mähne an ihrem Haaransatz. Ihre Brüste drückten gegen meinen Oberkörper und ihr Atem wurde eins mit meinem.

Sie stöhnte und ich schluckte den Laut hinunter.

Ein tiefes Schlagen klatschte um uns herum, eine donnernde Welle der Magie, die sich bedrohlich über das Land ergoss, und ich erstarrte abrupt. Ich hatte in den Tiefen der alten Prophezeiungen von solcher Magie gehört, doch bis zu dieser Sekunde hatte ich nicht geglaubt, dass es sich um mehr als einen Mythos oder Folklore handelte.

Es war ein Zeichen, ein Sirenenruf, den das Schicksal beherzigen sollte. Die erste Bedingung der Prophezeiung war erfüllt worden und die nächsten Entscheidungen würden über das Schicksal der Welt entscheiden. Nur eine einzige menschliche Kultur hatte in der Vergangenheit ihre wahre Existenz hier auf der Erde anerkannt. Die Wikinger hatten sie Ragnarök genannt. Sie hatten nicht gewusst, dass es sich um eine uralte Prophezeiung über das Ende der Zeiten handelte, die nicht für dieses Reich bestimmt war.

Sie war für *mein* Reich bestimmt.

Ich zog sie unsanft genug weg, wobei ich den verwirrten Blick auf ihrem Gesicht sah. Mit einem schweren Schlucken starrte ich auf ihre geschwollenen Lippen. Was auch immer es war, ich musste es aufhalten, und zwar sofort. Ich musste meine Pflicht tun und dann weiterziehen. Ich konnte nicht zulassen, dass mich die Gefühle wieder so beherrschten. Das Leben meines Volkes hing davon ab.

Ihre Augen suchten in den meinen nach einer Antwort, doch ich gab ihr keine. Ich stand auf und hob sie gewaltsam an den Haaren von meinem Schoß. Ihr Wimmern war mehr vor Schock denn vor Schmerz, aber der Laut war nicht ganz frei davon. Sie verzog die Lippen zu einer schmalen Linie und beobachtete mich aufmerksam. Ihre angespannte Haltung verriet, dass sie wieder stark war, ein Zeichen dafür, dass ich sie vielleicht für eine Weile gezügelt hatte. Gebrochen war sie jedoch nicht.

Irgendwann würde ich es tun. Alle brachen.

Ihr Kinn hob sich trotzig, auch wenn ihre Wangen noch immer vor Scham brannten. Ich schaute an ihr herab und bemerkte, dass ihre Erregung auf ihre Schenkel getropft war. Sie schimmerte in der Sonne wie Öl auf Wasser. Ich schaute weg, doch das Bild ihrer Brüste, die sich mit jedem heißen Atemzug hoben und senkten, war in mein Gedächtnis eingebrannt. Mit einem wütenden Brüllen warf ich meine freie Hand nach außen und rief die Macht herbei, die von Rechts wegen mir gehörte. Ich holte tief Luft und beruhigte Körper und Geist, während ich die feurige Magie zu mir zog. Mit einem leichten Kreisen aus dem Handgelenk stellte ich eine Verbindung zwischen den Welten her.

Das Licht der Sonne brannte auf mich nieder und konzentrierte sich auf einen einzigen Punkt. Die Bilder des Waldes begannen zu verschwimmen. Die Linien gingen ineinander über und drehten sich zunächst langsam im Kreis. Ich leitete mehr Energie in die Verbindung und sie drehte sich schneller, bis sie sich schließlich zu einem Portal stabilisierte, das mich zurück nach Hause führen würde. Ich riskierte einen Blick zu ihr und genoss kurz ihren faszinierten Gesichtsausdruck bei einem derartigen Anblick.

„Du wirst mit mir in mein Reich kommen. Dein Schicksal liegt dort bei mir“, erklärte ich, und ihr Blick schoss zu mir.

Wenn ein einziger Blick töten könnte, dann hätte dieser es getan.

Der Duft ihres Begehrens lag schwer in der Luft.

Grob packte ich sie am Oberarm und zog sie durch das Portal, in der Gewissheit, dass ihr nackter Arsch immer noch brannte, während ihre hübsche Pussy weiterhin nach mehr gierte.

Wenn die Zeit reif war, würde ich sie rannehmen.

* * *

Während der Reise verlor sie das Bewusstsein und ich hievte sie vorsichtig in meine Arme und drückte sie fest an meine Brust. Ich versuchte, nicht daran zu denken, wie gut sie sich dort anfühlte oder wie sie einem gefallenen Engel glich, als sie in meiner Umarmung fest schlief.

Es war nicht ungewöhnlich, dass ein Mensch während der Reise zwischen den Welten ohnmächtig wurde. Die Magie des Portals überwältigte oft ihre zerbrechlichen menschlichen Körper. Das gab mir ein wenig Zeit zum Nachdenken.

Ich musste mich gegen die Gefühle stählen, die ich für sie empfand – ich musste sie sofort in den Griff bekommen.

Ich trug sie, bis sich das Tor nach Blazelheim öffnete und ich hindurchging. Der vertraute Geruch von Schlacke und Asche umgab mich und ich atmete tief ein. Es war nicht so, dass ich nicht gerne zwischen den Welten hin und her reiste, doch die Rückkehr nach Hause war immer eine gewisse Erleichterung. Jedes Mal, wenn ich mein Königreich verließ, schwebte mein Volk in Gefahr. Es war meine Aufgabe, es zu beschützen.

Ich befand mich tief unter der Erde im Schwelenden Gebirge, wo meine Burg direkt in die Felswand des größten Gipfels gehauen war. Sie war vor vielen Jahren von meinen Vorvätern und deren Vorfahren erbaut worden. Dieser Ort war Tausende von Jahren alt. Es wurde nach wie vor darüber diskutiert, wann sie erbaut wurde, da es in unseren schriftlichen Aufzeichnungen keine Hinweise auf ihre Entstehung gab. Ich schaute mich um, begutachtete meine Gemächer und sah, dass Essen auf dem Tisch stand.

Ich ging zum Bett hinüber und legte sie darauf. Für einen langen Moment starrte ich sie einfach nur an und konnte meinen Blick nicht von ihren engelsgleichen Zügen losreißen. Ich setzte mich auf die Bettkante und öffnete vorsichtig die Schnürsenkel ihrer Stiefel, bevor ich sie auszog. Dicke Socken bedeckten ihre Füße und ich zog ihr diese ebenfalls aus, wobei ich erst jetzt bemerkte, dass ihre winzigen menschlichen Zehennägel in einem tiefen, glitzernden Rot lackiert waren. Ich schaute nach und sah, dass auch ihre Fingernägel diese Farbe hatten. Welch merkwürdige Sache. Hatte das in der Menschenwelt eine Bedeutung? Ich würde sie danach fragen müssen.

Erneut schüttelte ich den Kopf und erinnerte mich daran, dass ich so etwas nicht tun würde. Es gab keine Zeit für solche Höflichkeiten. Stattdessen wäre es besser, wenn ich meine Pflicht einfach hinter mich brächte. Ich konnte nicht zulassen, dass sie mir noch mehr unter die Haut ging, als sie es ohnehin schon getan hatte. Aus reiner Barmherzigkeit für ihre menschliche Schwäche hob ich die Decke an und deckte sie zu. Ich hätte weggehen sollen, doch stattdessen setzte ich mich wieder neben sie und starrte sie weiterhin an.

Ihre dunklen Wimpern standen in starkem Kontrast zu ihrer blassen Haut. Ihre Wangen glänzten noch immer rosig und ich streckte die Hand aus, um sie zu berühren. Ich strich mit meinem Fingerknöchel über ihren Wangenknochen und sie drückte sich mit einem leisen Seufzer an mich, denn sie suchte immer noch nach mir, obwohl sie fest schlief. Das Rosa verdunkelte sich ein wenig und ich konnte nicht anders, als ihre Schönheit zu bewundern.

Sie war perfekt.

Ich strich ihr ein paar verirrte Haare von der Schläfe und sie kuschelte sich in mein Bett, als wäre es ihr eigenes. Dann zog ich die Decke höher, um sicherzugehen, dass sie nicht fror. Ich würde sie so lange beschützen, wie sie es in meinem Reich nötig hatte, und wenn das alles vorbei war, würde ich sie in ihr eigenes zurückbringen, wo sie hingehörte.

Ich stand auf und wollte zu meinem Thron zurückkehren, um meine Pflichten wieder aufzunehmen, konnte mich allerdings noch nicht dazu durchringen, einfach zu gehen. Um Zeit zu schinden, warf ich einen Feuerstrahl in den Kamin. Mit einer Glutexplosion wurde er zum Leben erweckt. Ich sah ihn an, und die Erinnerung an den Kuss stürzte sich auf mich wie ein wilder Höllenhund. Ich schluckte und mein ganzer Körper spannte sich plötzlich an, als ich mich daran erinnerte, wie gut sich ihre Lippen auf meinen angefühlt hatten. Ihr dekadenter Geschmack war in meinem Kopf so lebendig, als wäre es gerade erst vor einer Sekunde passiert.

In diesen Momenten hatte ich zum ersten Mal in meinem Leben Schwäche gezeigt.

Für *sie*.

Diese Schwäche hatte eine Reihe von Ereignissen ausgelöst, die ich noch nicht kannte oder verstand, aber ich musste es herausfinden, um derer willen, die auf mich zählten. Ich würde nicht zulassen, dass sie mich noch einmal davon ablenkte, egal, wie verlockend diese weichen, hübschen Lippen für mich waren.

Ich zuckte mit den Schultern, als mein Temperament tief in der Magengrube explodierte. Welches Recht hatte sie eigentlich, solche Gefühle in mir zu verursachen, wenn ich doch ihr König war? Sie war nichts weiter als ein Mensch.

Ich war der Drachengeborene.

KAPITEL SIEBEN

Hayleigh

In einen warmen Kokon aus Decken gehüllt, wachte ich auf. Ich öffnete meine Augen noch nicht, um den erholsamen Schlaf nicht zu stören. Ich rollte mich zusammen und zog die weiche Bettdecke fester um mich herum. Dann erstarrte ich. Ich hatte kein einziges Kleidungsstück an meinem Körper.

Ich war *nackt*.

Ich schlief nie nackt.

In höchster Alarmbereitschaft öffnete ich die Augen und fand mich in einem Raum wieder, den ich nicht kannte. Ihn ein Zimmer zu nennen, wäre eigentlich eine Lüge. Das hier war eine Höhle.

Königlich dekoriert, aber dennoch eine riesige Höhle.

Ich war auf allen Seiten von einer enormen Menge Felsen umgeben. Wenn ich mich konzentrierte, konnte ich die Spuren von Steinwerkzeugen erkennen, die in den Fels gehauen waren. Als ich genauer hinsah, vermutete ich jedoch, dass sie auch von Krallen ausgehöhlt worden sein könnte. Ich konnte mir nicht sicher sein.

Meine Klitoris pulsierte und ich zwang mich in eine sitzende Position hoch. Ich zuckte zusammen, als mein Hintern auf das Bett gedrückt wurde, und mit einem Mal kam mir alles wieder in den Sinn.

Ich war nicht geflohen. Nein, ich war von einem Monsterkönig aus meiner Welt entführt und in seine Welt gebracht worden, aber das war noch nicht einmal das Schlimmste an der Sache. Ich zog meine Knie an meine Brust und streifte mit den Fingerspitzen zögernd über die unteren Rundungen meines Hinterns. Mit einem Keuchen schloss ich die Augen, als ich spürte, dass er noch warm war.

Wenn das Spanking echt gewesen war, bedeutete das, dass der unglaublich beschämende Orgasmus, den ich auf seinem Knie gehabt hatte, auch echt gewesen war.

Oh, mein Gott! Das war alles nur ein Traum, oder? Sag mir, dass es ein Traum war und er nicht real war.

Genauso schnell öffnete ich meine Augen und sah mich im Zimmer um, um zu erkennen, ob er mich beobachtete, doch ich sah niemanden.

Ich war ganz allein.

Erleichtert seufzte ich. Wenigstens für einen Moment würde ich mich sammeln können. Ich presste meine Finger an meine Lippen und erinnerte mich an seinen Kuss. Ich schloss die Augen, denn ich spürte noch immer das Kribbeln des Kusses. Es schien sich bei der Erinnerung fast noch zu verstärken und ich zuckte erschrocken mit der Hand weg, bevor ich meinen Mund wieder berührte. Der Blick in seinen Augen war warm gewesen, als wäre er für einen kurzen Moment kein kaltblütiges Monster gewesen. Er hatte mich mit Erstaunen und Ehrfurcht und, wenn ich mich nicht täuschte, mit aufrichtigem Interesse angeschaut.

Ich wusste nicht, was ich davon halten sollte. Ich sollte wütend sein, war es aber nicht. Warum milderte das meine Wut auf diese Weise? Warum musste ich daran denken, wie sich sein Kuss an anderen Stellen anfühlen könnte, zum Beispiel an meinem Hals? Auf meinem Schlüsselbein? Auf meiner Brust?

Ein heftiger Schauder durchlief meinen Körper und ich drückte meine Knie noch fester an meine Brust, während ich mich wieder umsah und die Höhle absuchte, als ob sie mir irgendwelche Antworten geben könnte. Es gab zwar keine, doch das lenkte mich für eine Weile ab.

Das Bett war riesig, groß genug, um vielleicht zehn Personen bequem unterzubringen. Das Material der Bettdecke war weich, eine Art Samt, aber irgendwie noch weicher. Sie besaß ein sattes Burgunderrot mit goldenen Metallstickereien, und ich folgte dem Muster mit meiner Fingerspitze, weil ich dachte, es sei ein Familienwappen oder etwas anderes. Ich war mir nicht sicher. Die Unterseite des Bettes bestand aus Stein. Die Matratze darauf war weich, fast, als würde man auf einer Wolke schlafen.

Es war ein Bett für einen König.

Meinen König.

Meine Muskeln spannten sich an und erinnerten mich daran, wie viel Feuer seine Berührung in mir entfacht hatte. Ich riss meinen Blick vom Bett los und begann, die dunklen Ecken dieser riesigen Kammer zu durchsuchen. Es gab mehrere schwere Möbelstücke, die aus schwerem Mahagoni geschnitzt waren und eine viel intensivere Farbe hatten als alles, was ich je zu Hause gesehen hatte. Mir fiel das Glitzern von Stahl ins Auge.

Ich wickelte mich in einen weichen Pelz, der auf der Bettkante lag, und drückte meine Füße auf den Boden. Ich hatte erwartet, dass der Fels unter meinen Füßen kalt wäre, doch es war, als würde er von irgendetwas weit darunter erwärmt werden. Unter mir war ein leises Rumpeln zu hören und ich starrte auf den Boden, wo ich ein leichtes rotes Leuchten wahrnahm, bevor es verblasste.

Was zum Teufel?

Mit einem nervösen Achselzucken schlenderte ich zu einer riesigen Rüstung hinüber. Als ich näher kam, wurde mir schnell klar, dass es sich nicht nur um einen geschnitzten Blechhaufen handelte, der einen Mann schützen sollte, sondern um ein Kunstwerk. Das matte Silber war mit rubinroten Edelsteinen besetzt, die wie ein gestickter Faden in die Rüstung eingelassen waren. Ich streckte die Hand aus, um sie zu berühren, ohne wirklich zu glauben, dass sie echt war, und die glitzernden Farben wurden heller, als ob das Metall selbst auf mich reagierte. Der Anblick raubte mir den Atem.

Als ich meine Finger wieder zu meiner Brust zurückzog, ließ das Leuchten nach. Ich betrachtete den Anzug noch ein paar Augenblicke lang, ehe ich meine Erkundungen fortsetzte. Es gab einen riesigen Holzschrank voller Kleidung für einen Mann, doch sie war viel zu groß für mich. Keines der Kleidungsstücke entsprach auch nur annähernd meiner Größe, also nahm ich ein übergroßes T-Shirt und schnürte es mit einer Lederschnur, die ich in einer Kommode in der Nähe fand, an der Taille zusammen.

Jemand räusperte sich unweit von mir und ich schreckte auf. Ich wirbelte mit dem Kopf herum und eine große Frau mit spitzen Ohren ließ ihren Blick an meinem Körper auf und ab schweifen, bis er schließlich auf meinem Gesicht landete. Ihre überweltliche Schönheit überrumpelte mich. Jeder einzelne Zentimeter von ihr war perfekt, von der taufrischen Haut bis zu den Grübchen. Sie sah aus wie eine Elbe, direkt aus Herr der Ringe oder so ähnlich. Einen Moment lang starrte ich sie nur an und konnte nicht glauben, was ich sah.

„Was bist du?", flüsterte ich und merkte nicht einmal, dass ich laut gesprochen hatte. Sie erwies mir keine Ehre und antwortete nicht.

„Der König hat angeordnet, dass Ihr heute Abend für ihn bereit sein sollt", sprach sie und ihre Stimme schwebte durch die Luft wie die Akkorde einer mystischen Flöte.

Ihr Kleid war blassblau und war mit funkelnden Silberfäden verziert. Ihr langes blondes Haar glänzte, als hätte sie den ganzen Morgen damit verbracht, es zu bürsten, und es hatte trotzdem ein Volumen, für das Mädchen wie ich sterben würden. Ihre Augen waren strahlend blau und standen in starkem Kontrast zu ihrer Haut. Sie waren ganz anders als das langweilige Braun meiner eigenen.

Als ich vor ihr stand, fühlte ich mich in meinem umfunktionierten T-Shirt wie ein heißer, dampfender Müllhaufen.

Erwartungsvoll sah sie mich an und ich wagte es nicht, mich zu rühren. Wir beide starrten einander an. Ich war mir fast sicher, dass sie nicht blinzelte, als eine andere Kreatur von hinten in den Raum hüpfte.

„Du könntest mal versuchen, nett zu sein, Elysia."

Er klang eindeutig genervt, hatte aber etwas an sich, das ich sofort mochte. Die Frau warf ihm einen verächtlichen Blick zu – mit einer Geringschätzung, mit der sie wahrscheinlich ein Insekt ansehen würde. Er rollte mit den Augen und stolzierte an ihr vorbei. Mit einem verständnisvollen Zwinkern sprang er zu mir hinüber und schien sich zu freuen, mich zu sehen. Ehrlich gesagt, das überraschte mich.

„Ignoriere sie. Sie ist immer so. Jetzt lass mich dich ansehen."

Seine Augen waren leuchtend grün und standen in Kontrast zu seiner karamellfarbenen Haut, die glänzte, als bestünde sie aus Kupfer. Sein Kinn wurde von einer weichen Linie aus gepflegten Stoppeln geziert, die sich entlang seines kantigen Kiefers bis zu den Ohrläppchen zog. Irgendwie glänzte sein langes dunkles Haar noch stärker als ihres.

Elysia rollte mit den Augen und ich stellte mir vor, dass es nur daran lag, dass er hübscher war als sie.

„Damit kann ich arbeiten." Er grinste mit ansteckender Freude.

Ich erwiderte sein Lächeln und ignorierte sie vorerst.

„Das kannst du dir nicht aussuchen", spottete Elysia, doch er schüttelte den Kopf und ignorierte auch sie. Ich beschloss, ihn noch mehr zu mögen.

„Mein Name ist Kenna. Wie heißt Ihr?", drängte er. Seine Augen schimmerten wie Smaragde. Es war wirklich faszinierend, in sie hineinzuschauen.

„Hayleigh", antwortete ich schüchtern. Er streckte die Hand aus und zupfte an meinem Ärmel.

„Nein, so geht das nicht", murmelte er und seine Augen verengten sich ein wenig vor Abscheu angesichts meiner Kleidungswahl. Er trat einen Schritt zurück und musterte mich noch einmal.

„Was meinte sie mit vorbereitet?", fragte ich ihn und sein Blick wurde weicher.

„Ihr werdet gebadet und in ein von mir angefertigtes Kleid gekleidet. Es wird ein Kleid sein, das einer Königin angemessen ist", antwortete er.

„Ich kann mich selbst waschen", sagte ich schnell.

„Das mag nach irdischen Maßstäben ja stimmen, aber hier reicht das nicht", antwortete er.

„Wo bin ich?", fragte ich leise.

„Ihr seid in Blazelheim, dem Reich des Feuers, meine Liebe."

Ich blinzelte ihn an, als ob er zwei Köpfe hätte.

„Blazelheim? Das kann doch nicht dein Ernst sein", echote ich.

„Doch, ich fürchte schon", antwortete er. Sein Gesichtsausdruck blieb sanft, seine Augen ruhig.

Ich atmete tief durch und er griff nach meinen Händen.

„Du verschwendest Zeit, Kenna. Wir müssen sie auf die Rückkehr des Königs vorbereiten", beschwerte sich Elysia hinter ihm.

Er rollte wieder mit den Augen und zwinkerte mir zu.

„Du bist hübscher, wenn du die Klappe hältst, Elysia", sagte er frech, und ich konnte mir ein Kichern nicht verkneifen.

Ich versuchte zu verstummen, aber da war es schon zu spät. Sie warf mir einen finsteren Blick zu, während Kenna böse und amüsiert grinste.

„Es tut mir leid für diesen ersten Teil, aber Ihr werdet mit ihr in die Badekammern gehen müssen, während ich Euer Kleid für heute Abend vorbereite. Ertragt sie, so gut Ihr könnt, und seid gewiss, dass Ihr sie vergessen werdet, wenn Ihr zu mir kommt", sagte er leise und schaute Elysia misstrauisch an, als wolle sie sich gleich auf ihn stürzen.

„Ich kann dich immer noch hören", sagte sie rundheraus.

„Ich werde mein Bestes tun." Ich grinste Kenna an und sein Blick tanzte förmlich vor Freude.

„Gut. Nimm ihr nicht zu viel von ihrem irdischen Glanz, Elysia. Den werde ich zu meinem Vorteil nutzen", rief er ihr zu.

Sie sah ihn mit spürbarer Verachtung an.

„Wenn du darauf bestehst", antwortete sie, aber es war klar, dass sie darüber nicht glücklich war.

Kenna hüpfte aus dem Zimmer und ich vermisste sofort seine Ausstrahlung. Es war schön, einem freundlichen Gesicht zu begegnen, während meine eigene Realität buchstäblich auf den Kopf gestellt wurde.

„Folgt mir", forderte Elysia. Sie drehte sich um, um zu gehen, und ich warf ihrem Hinterkopf noch einen finsteren Blick zu, bevor ich tat, was sie wollte.

Ich redete mir ein, dass ich mich nicht von ihr einschüchtern ließ, sondern einfach mehr von Blazelheim sehen wollte. Trotzig hob ich mein Kinn, als sie mich aus dem höhlenartigen Schlafgemach in einen breiten Flur führte. In die Wände waren Steinmetzarbeiten eingemeißelt, daneben standen Statuen von mutig aussehenden Männern in Kampfrüstungen. Wenn ich genau hinsah, konnte ich Drachen und andere Kreaturen sehen, die ich auf den ersten Blick nicht erkannte. Elysias Beine waren lang und sie bewegte sich schnell, sodass ich sie nicht so genau unter die Lupe nehmen konnte, wie ich wollte, denn ich befürchtete, sie zu verlieren und die Konsequenzen zu spüren, die das mit sich bringen könnte.

Wir erklommen mehrere Treppen. Als wir schließlich an einem Fenster vorbeikamen, aus dem wir hinausschauen konnten, blieb ich wie erstarrt stehen.

Das Einzige, woran ich denken konnte, war Höllenfeuer.

Da waren Felsen, Asche und Feuer. Versteckt zwischen den Tälern lag eine Stadt, die direkt in die abfallenden Felswände gemeißelt zu sein schien. Von oben konnte ich die

Straßen nicht sehen, also wusste ich, dass sie weit unter uns sein mussten. Ich konnte auch nicht erahnen, wie viele Stockwerke es in den einzelnen Häusern gab. Die Felsen selbst schienen mit glänzender, feuriger Glut zu schimmern, und wenn der Wind auffrischte, konnte ich sehen, wie glühende Teilchen durch den Himmel wehten. Es war, als wären wir in einen Vulkan eingeschlossen.

„Wir haben nicht den ganzen Tag Zeit", brummte Elysia.

Aus lauter Trotz schaute ich noch einen Moment hinaus und nahm den lebenden, atmenden Vulkan in Augenschein, bevor ich mich abwandte und schweigend vor ihr herging. Sie stürmte vor und ich grinste, als sie an mir vorbeihastete. Sie führte mich eine Wendeltreppe hinauf, wo der süße Duft des Jasmins in der Luft lag. Wir gingen durch einen steinernen Torbogen zu den herrlichsten heißen, dampfenden Becken, die ich je gesehen hatte.

Elysia führte mich in den hinteren Bereich, wo eine Gruppe von Frauen auf uns zustürmte. Sie waren in lange violettfarbene Umhänge gekleidet, ähnlich wie Druiden. Ihre Ohren waren spitz, als wären sie Elfen, aber sie wirkten menschlicher als Elysia. Bevor ich etwas sagen konnte, um sie aufzuhalten, griffen sie nach dem Tuch, das meinen Körper bedeckte. Mit geschickten Fingern lösten sie die Schnürung von meiner Taille und mindestens drei von ihnen zogen mir das Hemd mühelos über den Kopf. Ich quietschte überrascht und bedeckte schnell meine Brüste mit meinen Armen.

„Wartet!", rief ich, doch es war bereits zu spät.

Was, wenn mein Arsch noch rosa war?

Mein Gesicht entflammte vor Scham, doch keine von ihnen sagte etwas dazu. Vielmehr schwiegen sie und führten mich in aller Ruhe zu einem der Becken. Elysia trat zur Seite und ich konzentrierte mich stattdessen auf die freundlichen Mienen der Frauen, die sich um mich kümmerten. Eine reichte mir ihre Hand und half mir, in das schwach leuchtende Becken zu steigen. Als ich meinen Zeh ins Wasser tauchte, leuchtete es in einem gedämpften Rot und wurde immer heller, je tiefer ich unter die Oberfläche tauchte.

Es war so herrlich warm.

Die Frauen betraten den Pool mit mir, immer noch in den weichen violettfarbenen Stoff ihrer Gewänder gehüllt. Bald strichen ihre Hände mit duftenden Ölen und Parfüms über meine Haut. Vor Vergnügen stöhnte ich auf, als sie anfingen, meine Haare zu waschen.

Bald fingen sie an, leise etwas zu singen. Ich konnte ihre Worte nicht verstehen, wusste aber instinktiv, dass sie nicht Englisch waren, sondern etwas Uraltes von dieser Welt. Eine seltsame Ruhe überkam mich, und dann begann Elysia zu singen. Das Wasser um mich herum leuchtete heller und pulsierte mit einer Magie, die durch meine Adern kribbelte. Ich schaute auf meine Hände hinab und sah, wie Fäden davon in meine Fingerspitzen flossen.

„Was ist los?“, fragte ich.

Elysia hörte nicht auf zu singen, und die anderen sangen um mich herum weiter. Einige Minuten lang schwieg ich, dann durchströmten mich Wellen mystischer Energie.

Ich fühlte mich lebendig.

Als ich schließlich aufblickte, merkte ich, dass meine Haut mehr glänzte. Ich konnte mein Spiegelbild im Wasser sehen und mein dunkles Haar glänzte vor Volumen. Außerdem war es anscheinend mindestens einen Meter länger geworden. Ich streckte die Hand aus, um es zu berühren, ohne wirklich zu glauben, was ich da sah. Nun wurde ich aus der heißen Quelle zu einem flachen Steintisch geführt. Eine der Druidenfrauen begann, meine Haut mit erhitztem Öl einzureiben, und ich lag da, errötet, völlig nackt und fühlte mich lebendiger als je zuvor in meinem Leben.

Als das mystische Bad beendet war, fühlte ich mich gestärkt und erfrischt. Elysia kam mit einem dünnen roten Slip nach vorn. Eine der Druidenfrauen nahm ihn ihr mit einer Verbeugung ab und brachte ihn zu mir herüber. Sorgfältig und ehrfürchtig zog sie mir das fast durchsichtige Kleidungsstück an, bevor sie sich hinkniete und meine Füße in Ballerinas presste.

Dafür war ich sehr dankbar. In Stöckelschuhen würde ich mir wahrscheinlich das Genick brechen.

Die Druidinnen zogen sich daraufhin in den hinteren Teil des Raumes zurück und überließen mich der mürrischen Elysia, mit der ich mich zurechtkommen musste. Sie führte mich wieder durch den Torbogen und ein paar weitere Treppen hinauf. Ich schnaufte und stellte mir vor, wie stark meine Beine hier werden würden.

Ich schüttelte den Kopf. Das hier war nicht meine Welt. Ich gehörte nicht hierher.

Ich war langsamer geworden, also beeilte ich mich, um sie einzuholen. Zum Glück war es nicht mehr weit, und sie blieb vor einer Holztür stehen, die mit einer Art keltischem Kreuz bemalt war. Es strotzte nur so vor mystischer Energie. Elysia klopfte an die Tür und diese öffnete sich, aber ich sah niemanden dahinter. Ich spähte hinein und sah Kenna in der Mitte des Raumes, der seinen Arm in meine Richtung ausstreckte.

„Kommt rein, Hayleigh. Ihr könnt Elysia an der Tür lassen", rief er mir zu.

„Ich wollte dich sowieso nicht sehen", höhnte sie ihn an.

„Das hast du gestern Abend aber nicht gesagt", grinste er.

„Ekelhaft", sagte sie mit einem Schnauben. Sie warf sich ihr langes Haar über die Schulter und schlenderte davon, aber nicht bevor ich den leichten Rosastich auf ihren Wangen bemerkt hatte.

„Sie will mich." Kenna zwinkerte anzüglich und ich kicherte, als er auf mich zukam. Mit den Fingerspitzen fuhr er durch mein Haar und begutachtete dessen neue Länge. Seine Handfläche drückte auf meinen Rücken, als er um mich herumging.

„Die Magie dieser Welt hat Euch wahrlich willkommen geheißen", sagte er erstaunt und blickte dann zu meinen Augen auf. „Wie fühlt Ihr Euch?"

„Lebendig", antwortete ich ehrlich.

„Gut. Ich habe etwas Besonderes für Euch gewebt", neckte er und ich beobachtete ihn neugierig.

Er zog seine Handflächen auseinander und ich schnappte nach Luft, als goldene, mystische Fäden dazwischen auftauchten. Er fing an, um mich herumzugehen, und in wenigen Augenblicken wickelte sich ein glitzernder grauer Stoff Faden nach Faden um mich. Bald schon war ich in ein langes Gewand gekleidet. Der untere Saum des Rocks knisterte mit einem Feuer. Der herzförmige Ausschnitt war in ein sattes Schwarz gefärbt. Der Stoff glitzerte, als wäre er mit Diamanten besetzt, doch als ich mit der Hand über den Stoff strich, war er seidenweich.

Kenna schnippte mit den Fingern und ein riesiger, schwebender Spiegel erschien vor mir. Ich stieß einen lauten Schrei aus.

War das etwa ich? Das konnte ich nicht sein …

„Meine Arbeit hier ist getan." Er grinste.

Das Kleid war wunderschön. Es war so gestaltet, dass eine Schulter mit schwarzen Rosen bedeckt war, die glühten, als hätten sie Feuer gefangen. Der pechschwarze Torso wurde durch die funkelnden Fäden, die in den Stoff eingewebt waren, betont. Das Kleid schmiegte sich eng an meinen Körper, nur unterhalb des Knies verbreiterte es sich in einem Flammenregen. Ich starrte es lange an, bevor ich die Unterschiede an mir selbst bemerkte.

Meine Augen schienen heller zu sein, fast, als hätten meine Iriden einen leichten Scharlachton. Meine Haut strahlte und sah aus, als hätte ich ein Makeover bekommen, ohne auch nur einen einzigen Klecks Make-up zu tragen. Meine Wimpern waren lang und meine Augenbrauen schienen voller zu sein. Ich strich mit den Fingern durch mein Haar und bemerkte, wie viel dichter und länger es war.

„Wow", flüsterte ich.

„Danke, dass ich Euch zu meinem Meisterwerk machen durfte." Er nickte und ich konnte nicht anders, als in seine Richtung zu lächeln.

„Mir fehlen die Worte", gab ich zu und er schüttelte den Kopf.

„Das ist kein Problem. Ihr müsst nur meinen Arm nehmen, damit ich Euch in den Thronsaal führen kann. Dort werden wir mit der Inanspruchnahme beginnen", sagte er mit einer leichten Verbeugung seines Kopfes.

Ich nahm seinen Arm, als er ihn mir anbot, und er führte mich tief in die Burg, oder das, was ich für eine Burg hielt, bis wir unser Ziel erreichten.

„Inanspruchnahme?", fragte ich.

Kenna ging nicht näher darauf ein. Ich vermutete, dass er das vielleicht nicht durfte.

Ich schluckte, als wir eintraten und feststellten, dass der Thronsaal noch größer und höhlenartiger war als das Schlafzimmer des Königs. Kenna ließ mich los und ich ging ein paar Schritte vorwärts, bevor sich die Tür hinter mir schloss. Ich schaute hinter mich, um ein letztes Mal seine freundlichen, tröstenden Augen zu sehen, doch er war bereits weg.

Also drehte ich mich wieder um, und blickte dann dem König in die Augen. Ich fühlte mich wie neu geboren, hob mein Kinn und starrte ihn mit offenem Trotz an. Falls er vorhatte, mich zu besiegen, würde ich es ihm nicht leicht machen.

Er stand auf und mit einem Mal knisterte die Luft zwischen uns vor Spannung. Ich ertappte mich dabei, wie ich auf seine riesigen Hände starrte – dieselben, die mich vor nicht allzu langer Zeit so schändlich bestraft und verwöhnt hatten. Mein Herz hämmerte in meiner Brust und ich schluckte meine Erregung hinunter, so gut ich konnte.

Seine Schritte klangen wie Gewehrschüsse auf dem Steinboden, und jeder einzelne brachte ihn näher zu mir, bis er schließlich direkt vor mir stand. Ich wollte die Hand ausstrecken und ihn berühren, widerstand jedoch der Versuchung.

In seine Augen zu schauen, war, als würde ich direkt in die feurigen Abgründe der Hölle blicken.

Er griff zuerst nach mir, schob seine Finger unter mein Kinn und hob mein Gesicht an, damit er mich besser betrachten konnte.

„Du bist das faszinierendste Geschöpf, das ich je gesehen habe", murmelte er.

Seine Augen durchsuchten die meinen und sein Daumen strich über meine Wange. Mein Blick fiel auf seine Lippen, denn plötzlich wollte ich sie wieder auf den meinen spüren. Ich wollte ihre Sanftheit spüren, die in scharfem Kontrast zu dem rauen Brennen seines Bartes auf meiner Haut stand.

„Ich kenne nicht einmal deinen Namen", flüsterte ich.

„Kol", antwortete er.

Lange starrte er mich einfach nur an, während ich versuchte, seine Gedanken zu entschlüsseln. Alles an ihm war eine Maske des Geheimnisses, nur eines konnte ich sehen: Neugierde.

Irgendwann wurde das Schweigen zu unangenehm und ich sprach: „Was ist los?“

„Keine von denen, die vor dir da waren, hat je daran gedacht, zu fragen“, antwortete er.

Ich schluckte schwer, denn ich wusste, was er meinte. Zögernd verringerte ich den Abstand zwischen uns ein wenig und schaute wieder auf seine Lippen hinunter. Sein Daumen strich etwas unsanft über meine Unterlippe und mir entwich ein leiser, vergnügter Laut. Einen Moment lang schien er von der schwachen Energie zwischen uns eingenommen zu sein, bevor er sich erschrocken zurückzog.

„Kol?“, fragte ich.

Er schüttelte den Kopf, bevor er mich losließ und mit plötzlicher Wut von mir wegschritt. Wortlos schritt er auf und ab, und ich wusste, dass ich ihn nicht weiter ausfragen sollte. Er brannte heiß oder kalt und im Moment war es sicherer, Vorsicht walten zu lassen.

Dies war nicht mein Reich.

Es war seins.

KAPITEL ACHT

Kol

Verdammt noch mal. Warum konnte ich mich nicht beherrschen?

Ich verstand nicht, was da vor sich ging. Ich konnte nicht aufhören, daran zu denken, sie in meine Arme zu nehmen und wieder zu küssen. Vor ihr hatte ich noch nie eine Frau geküsst, und jetzt konnte ich nicht aufhören, an sie zu denken. Sicher, ich hatte Frauen gefickt, aber es war nie darüber hinaus gegangen. Sie war anders. Von dem Moment an, als ich sie in meinem Bett zurückgelassen hatte, dachte ich ununterbrochen an sie.

Als Vorbereitung auf ihre Rolle war sie in den natürlichen heißen Quellen von Blazelheim gebadet worden. Seit Anbeginn der Zeit hatte dieses Wasser eine stärkende Wirkung und machte sie stark genug für die Inanspruchnahme. Gelegentlich erweckte es Magie in Wesen, die nicht von dieser Welt waren, und das war anscheinend auch bei ihr der Fall. Ihr feuriger Blick schimmerte vor Magie, und ich konnte meine Augen nicht abwenden.

Nichts an ihr hatte sich grundlegend verändert. Sie war noch genauso schön wie damals, als ich sie zum ersten Mal gesehen hatte, doch es schien, als wäre ihre Schönheit noch verstärkt worden. Ihr glänzendes Haar war länger. Ihre Wimpern schienen dichter zu sein. Ihre Haut hatte einen deutlicheren Schimmer als zuvor.

Verwirrt schaute sie mich an, als ob sie herausfinden wollte, was ich dachte. Aber sie würde es nie erfahren, weil ich es ihr nie sagen würde. Ich musste beenden, was auch immer dies war. Ich konnte nicht riskieren, mich an sie zu binden. Das würde das meine Pflicht nur noch schmerzhafter gestalten. Am besten wäre es, wenn ich die Inanspruchnahme einfach hinter mich brächte und sie dann wieder nach Hause schickte. Ich holte tief Luft, schloss die Augen und brachte meine Gedanken zur Ruhe. Ich würde mich unter Kontrolle bringen. Das musste ich.

Als ich sie im Nacken packte, wich sie erschrocken einen Schritt zurück. Ich zog ihren Körper fest an meinen heran. Dabei war ich nicht sanft. Ich genoss das Gefühl, wie sie sich an mich schmiegte, und mein Schwanz wurde zu Stahl.

„Kannst du das spüren, Mensch?"

Ihr fauchender Versuch, zu knurren, erregte mich, und ich spreizte meine Hand auf ihrem unteren Rücken, damit sie jeden Zentimeter meines Schwanzes an ihrem Bauch spüren konnte.

Sie war ein Mittel zum Zweck, mehr nicht. Wenn ich mir das immer wieder einredete, würde ich es wahr machen. Sie antwortete mir nicht, doch ihr Blick glühte vor Wut. Ihr menschlicher Körper rief mit jeder Faser ihres Seins nach mir. Ich konnte den Duft ihrer Feuchte in der Luft wittern. Ich brauchte ihre Brüste nicht zu sehen, um zu wissen, dass ihre Nippel hart und ihre Schenkel glitschig waren. Selbst jetzt waren ihre Pupillen durch ihre Erregung geweitet.

Mein Blick fiel wieder auf ihre Lippen. Ich war so abgelenkt, dass ich die Ohrfeige nicht einmal kommen sah, bevor sie mich traf. Das Stechen überraschte mich. Die Dreistigkeit noch mehr.

Meine Brust hob und senkte sich vor unterdrückter Wut. In ihrem darauffolgenden Blick steckte mehr als nur Wut. Tief in ihren feurigen Pupillen lag noch etwas anderes verborgen, das ihre wahren Gefühle verriet. Ich schmunzelte, als ich erkannte, worum es sich handelte.

Sie war nicht wütend auf mich. Sie war stinksauer auf sich selbst.

Sie wollte mich für das hassen, was ich ihr auf der Lichtung angetan hatte, dafür, dass ich sie überwältigt und ihr die Kleider vom Leib gerissen hatte, bevor ich sie auf mein Knie gelegt und ihren Hintern knallrot versohlt hatte. Doch damit nicht genug …

Sie dachte darüber nach, wie ich sie trotz alledem hatte kommen lassen. Wahrscheinlich stellte sie sich gerade meinen Schwanz zwischen ihren Beinen vor und fragte sich, wie er sich anfühlen und wie heftig sie dabei kommen würde.

Wollte sie das mit der Ohrfeige provozieren? Wollte sie, dass ich sie mitten in meinem Thronsaal gegen die Wand schleuderte und rannahm?

Sie war anders als alle Menschen, denen ich in all meinen Jahrhunderten als König begegnet war. Alle, die vor ihr gekommen waren, waren sanftmütig und unterwürfig gewesen. Aber sie nicht.

Nein. Hayleigh war etwas Besonderes.

Ihre Brust drückte gegen die meine, ihr Ausschnitt bot einen verführerischen Anblick von oben. Sie starrte mich finster von unten an, ihr Blick war stürmisch mit einer Emotion nach der anderen, und ich konnte der Verlockung nicht länger widerstehen.

Ich küsste sie, denn ich musste diese feurige Wut in ihrem Inneren spüren. Zuerst wehrte sie sich und knabberte an meiner Unterlippe, als sie versuchte, sich mir zu verweigern. Im Laufe der Sekunden spürte ich jedoch, wie ihr Körper dem meinen nachgab. Ich griff fest in ihr Haar am Hinterkopf, umklammerte es und ächzte, als sie in meinen Mund wimmerte. Ihr erregter Schrei verwandelte sich schon bald in ein Stöhnen, was mich umso härter machte.

Gerade als ich spürte, wie sie an meinem Körper zu schmelzen begann, wurde die Tür zu meinem Thronsaal aufgerissen und ich knurrte mit unverhohlener Verärgerung. Schließlich löste ich mich widerwillig von dem wilden Kuss, um zu sehen, wer es gewagt hatte, mich in einer derart wichtigen Nacht wie dieser zu stören. Es war der Anführer der niederen Drachenarmee, Syr.

„Verzeiht mir, mein König, aber ich bringe Neuigkeiten, die nicht warten können", hauchte er. Er blieb außer Reichweite an der Tür stehen, als wüsste er, wie gefährlich es war, wenn ich zu einem so wichtigen Zeitpunkt ausrastete.

„Was ist los?", verlangte ich mit unmissverständlich klarer Verärgerung.

Er wich ein wenig zur Tür zurück, während ich mich langsam auf ihn konzentrierte. Gleichzeitig achtete ich darauf, meinen Griff um sie nicht zu verstärken. Sie war immer noch ein Mensch und ich musste mit meiner Kraft vorsichtig umgehen.

„Ein Konvoi von Höllenbestien ist durch die Kluft gebrochen, Sire. Es sind mehrere Rudel Höllenhunde, Werwölfe und mindestens ein Dutzend Untote. Die Soldaten halten nur knapp die Stellung", erklärte er, und ich schloss verärgert die Augen.

Es war nicht seine Schuld. Dies war ein alarmierender Anstieg der Bewegungen durch die Kluft und ich befürchtete, was das für das Schicksal meines Volkes bedeuten könnte. Mit einem Seufzer ließ ich den Kopf sinken. Die Inanspruchnahme musste warten. Ich musste mich erst um das hier kümmern.

Ich schlang meine andere Hand um ihren Hals, während ich gleichzeitig ihr Haar fester packte. Vorsichtig strich ich mit meinen Lippen über ihre Wange und knurrte leise in ihr Ohr. Sie zitterte äußerst köstlich in meinen Armen.

„Für diese Ohrfeige wirst du bald bezahlen", versprach ich.

Der verwegene, unschuldige Blick, den sie mir zuwarf, brachte mich fast um den Verstand. Es kostete mich meine ganze Kraft, sie loszulassen und Syr aus dieser Tür zu folgen.

Die ganze.

KAPITEL NEUN

Hayleigh

Für einen langen Moment stand ich da, während sein Versprechen in meinem Ohr widerhallte. Ich hatte jede Silbe davon in meinem Inneren gespürt und rang nach Atem. Ich presste meine Hand auf meine Brust und folgte zögernd den Spuren des Königs. Aus einem Schritt wurden zwei, und schon bald rannte ich hinter ihnen her, bis ich vor einem großen Bogenfenster stehenblieb.

Ich hatte ihn also doch nicht eingeholt.

Ich blickte hinaus und sah unter mir den Eingang zur Burg. Von hier aus konnte ich mehr von der Weite dieser neuen Welt sehen. Als ich nach unten blickte, hielt ich inne und erblickte den Mann, der mein ganzes Leben in weniger als vierundzwanzig Stunden auf den Kopf gestellt hatte. Kol schritt über die hölzerne Zugbrücke und blieb stehen, als er eine steinige Felsnase erreichte. Er warf einen Blick über seine Schulter und sah mir direkt in die Augen.

Der Abstand zwischen uns half nicht, das aufkeimende Verlangen in meiner Magengrube zu unterdrücken. Aber ich wusste jetzt noch etwas: Ich hatte ihn genauso erregt, wie er mich erregt hatte. Ich hatte gespürt, wie hart sich sein Schwanz an mich gedrückt hatte, und dadurch zog sich mein Inneres zusammen. Als er den Blick abwandte und die Arme ausbreitete, holte ich endlich Luft.

Ich hielt den Atem an, als ich sah, was als Nächstes geschah.

Seine Arme verwandelten sich in riesige, ausgestreckte Flügel. Seine Wirbelsäule rundete sich auf unnatürliche Weise und ich beobachtete, wie aus jedem Wirbel Stacheln hervorschossen und er schneller an Größe zunahm, als ich es für möglich gehalten hätte.

Er verwandelte sich in einen verdammten Drachen.

Ich blinzelte und versuchte, das, was ich vor meinen Augen sah, mit dem in Einklang zu bringen, was mein Verstand glauben wollte – und scheiterte. In Sekundenschnelle hatte er sich in einen voll entwickelten Drachen verwandelt, der alle in Film und Fernsehen in den Schatten stellte. Seine Augen leuchteten furchterregend rot. Drei unglaublich scharfe Hörner ragten wie eine unnatürliche Krone aus seinem Schädel. Sein Körper war in einen dunkelgrauen Schuppenpanzer gehüllt und bei jedem Atemzug konnte ich den Rauch des Feuers in seinem Bauch sehen. Seine Flügelspannweite war gewaltig. Alle vier Gliedmaßen hatten scharfe Krallen, mit denen er zweifellos sogar Stein zerreißen könnte, wenn er es wollte.

Als er sein Maul öffnete und brüllte, erbebte das ganze Königreich. Ich konnte sehen, wie sich die Sehnen in seinen Muskeln anspannten, als er vom Boden abhob und seine gewaltigen Flügel benutzte, um seinen enormen Körper in den Himmel zu heben. Staunend sah ich zu, wie er in die Ferne segelte.

Die ganze Zeit über hatte ich mich gegen ihn gewehrt. Als ich ihm vor ein paar Augenblicken eine Ohrfeige gegeben hatte, war ich davon ausgegangen, gewonnen zu haben. Jetzt wusste ich, dass ich gegen ihn nicht gewinnen würde. Egal, was ich auch tat, er würde immer stärker sein. Ich konnte ihn treten und schlagen, so viel ich wollte, aber das würde ihn nicht davon abhalten, sich zu nehmen, was er von mir begehrte. Zögernd wich ich einen Schritt zurück, als ich etwas anderes bemerkte, das mich ebenso erschreckte.

Bis jetzt war er sanft mit mir umgegangen. Daran gab es mittlerweile keinen Zweifel mehr.

Als er mir die Kleider vom Leib gerissen hatte, hatte er darauf geachtet, meine Haut nicht zu zerkratzen. Selbst als er mich überwältigt hatte, war er nur weit genug gegangen, um meine Aufmerksamkeit zu erregen – nicht weiter. Mein Arsch tat nicht einmal mehr weh, und irgendwo tief in meinem Inneren enttäuschte mich dieses kleine Detail. Selbst jetzt, als er mich trotz meines Widerwillens bei den Haaren gepackt und geküsst hatte, hatte es nur ein klein wenig geziept.

Ich brauchte niemanden zu fragen, um zu wissen, dass er mir im Handumdrehen das Genick hätte brechen können, wenn er gewollt hätte. Warum fand ich ein Monster wie ihn attraktiv? Warum dachte ich an die Dinge, die er mir in seinem Bett antun würde, wenn ich doch an Flucht denken sollte?

Zitternd versuchte ich, meine lüsternen Gedanken in den Griff zu bekommen. Frustriert klatschte ich meine Hände auf den Felsvorsprung. Der Stein tat meinen Handflächen weh und ich zog sie weg, nur um sie um meine Taille zu wickeln. Ich wusste nicht einmal mehr, was ich wollte.

Schließlich lehnte ich mich an die Wand und beobachtete das Geschehen der Welt unter mir. Von diesem neuen Aussichtspunkt aus konnte ich mehr von den steinernen Gebäuden erkennen, die in den Boden gegraben waren. Einige von ihnen waren fünf oder mehr Stockwerke hoch. Schmale Steinbrücken verbanden sie auf mehreren Ebenen. Ich konnte mehrere humanoide Wesen sehen, die sie überquerten, konnte aber nicht genau erkennen, um welche Spezies es sich handeln könnte. Ich wusste bereits, dass es hier Elfen und Drachen gab. Es wäre also nicht abwegig, dass auch Zwerge und alle möglichen anderen Wesen in diesem Reich leben könnten.

Ich schaute in den grauen Himmel und bemerkte, dass die riesige rote Sonne am Horizont unterzugehen begann. Schon bald war es dunkel geworden und mehrere Fackeln leuchteten an den Wänden in meiner Nähe auf, ohne dass jemand sie anzünden musste. Ich versuchte, nichts zu hinterfragen.

Da ich unter mir nichts mehr erkennen konnte, wanderte ich weiter und fand mich schließlich in einer riesigen, weitläufigen Bibliothek wieder. Sie war mehrere Stockwerke hoch, ein atemberaubendes Ausmaß an architektonischer

Gestaltung. Die Regale waren direkt in die umliegenden Felswände gehauen. Gewaltige Holzbalken überspannten die Decke. Wendeltreppen führten von einem Stockwerk zum nächsten und ich fuhr langsam mit meinen Fingern über die Buchrücken, die an diesem besonderen Ort aufbewahrt wurden.

Ich hielt am verwitterten Lederrücken eines Buches inne, dessen goldener Einband trotz seines Alters immer noch schimmerte. Vorsichtig zog ich es heraus und bewunderte den bedrohlichen Drachen, der auf dem Einband eingraviert war. Ich fand ein Eckchen mit mehreren weichen Kissen, rollte mich dort zusammen und öffnete die Buchklappe, woraufhin ich eine Sammlung alter Geschichten und Mythen dieser Welt fand. Ich verlor mich in Geschichten über Götter, Göttinnen und Fabelwesen, die auf der Erde nicht real, hier aber sehr real waren. Immer wieder redete ich mir ein, dass sie nicht mehr nur Fantasie waren, sondern dass ich Kols Verwandlung in einen Drachen mit eigenen Augen gesehen hatte, aber es war trotzdem sehr schwer zu akzeptieren.

Ich erfuhr, dass er kein Mensch war, sondern ein sogenannter Drachengeborener. Seiner Art wurde ein unnatürlich langes Leben und übernatürliche Stärke verliehen. Es gab Studien, die darauf hindeuteten, dass er nicht mit einfachen Mitteln getötet werden konnte, sodass es unmöglich war, ihn im Schlaf zu töten. Ich seufzte. Vielleicht sollte ich es trotzdem versuchen.

Seine Familienlinie war uralt. Offenbar regierten sie Blazelheim schon seit Jahrtausenden, manche mit eiserner Faust, andere mit Furcht, wieder andere mit einer gerechten Herrschaft, die Respekt erntete. Kols Herrschaft hatte vor mehr als vierhundert Jahren begonnen. Während seiner Zeit herrschte viel Frieden, doch in den letzten fünfzig Jahren hatte sich zunehmend Unruhe breitgemacht. Seine Welt war in fünf Reiche aufgeteilt, die alle durch magische Barrieren voneinander getrennt waren. Die zwischen Blazelheim und Helheim begann zu reißen und die Versiegelung erforderte die Freisetzung einer mächtigen Magie, die von anderen Welten gesammelt wurde, doch es schien, dass dies nur temporär hielt.

Ich hatte gerade einen Abschnitt erreicht, in dem eine Prophezeiung erwähnt wurde, als die Lichter um mich herum zu flackern begannen. Ich schreckte auf und sah mich um. Fast hätte ich laut aufgeschrien, als ich bemerkte, dass ich nicht mehr allein war. Mehrere Elfen in tiefroten Lederrüstungen warteten in einiger Entfernung. Einer von ihnen trat vor und räusperte sich. Er hatte die Hände auf dem Rücken, doch es stand außer Frage, dass es nur einen Sekundenbruchteil dauern würde, sein Schwert aus der vergoldeten Scheide an seiner Hüfte zu ziehen.

„Ihr kehrt auf Befehl des Königs in seine Gemächer zurück", befahl er, und ich starrte ihn finster an.

Für einen kurzen Moment hatte ich mich wie eine freie Frau gefühlt, doch jetzt war mir klar, dass das nur vorübergehend gewesen war. Ich war hier eine Gefangene. Daran musste ich mich erinnern.

Ich stand auf, straffte die Schultern und hob mutig mein Kinn. Mein Kleid verlieh mir einen Hauch von Königswürde und ich schritt zurück in Richtung der königlichen Gemächer, ohne dem Soldaten eine Antwort zu geben. Zielstrebig schritt er vor mir her und ich folgte ihm mehrere Treppen hinunter, bis sich eine Tür hinter mir schloss und mich geräuschvoll wieder in Kols Flügel der Burg einsperrte.

Ich ging davon aus, dass er auf mich wartete, aber da war nichts als ein Tisch voller Essen und Wein. Ich seufzte und konnte mich nicht entscheiden, ob ich enttäuscht oder erleichtert war, allein zu sein. Mein Magen knurrte und ich setzte mich auf einen der übergroßen geschnitzten Holzstühle, für deren Anfertigung jemand wahrscheinlich Monate gebraucht hatte. Ich starrte auf die massive Stahltür, die mich einsperrte, und wurde mit jedem Moment wütender und frustrierter.

Was wollte ich eigentlich? Wollte ich zurück nach Hause?

Ich streckte die Hand aus, sah einen silbernen Becher mit etwas, das wie Wein aussah, und erinnerte mich daran, dass heute immer noch mein Geburtstag war. Vielleicht sollte ich einfach ganz alleine feiern.

Ich nahm einen Schluck und seufzte, als der köstliche Geschmack von Beeren über meine Zunge strömte. Sie erinnerten mich an Himbeeren und Brombeeren, aber da war noch eine andere Note, eine nicht identifizierbare Frucht, die irgendwo zwischen Erdbeere und Traube lag, aber vielleicht auch ein Hauch von Ananas. Ich war schon immer schlecht im Erkennen von Geschmäckern gewesen und schluckte einen weiteren Bissen, um ihn einfach zu genießen, wie er war.

Es gab einen Block Käse, der bereits in Scheiben geschnitten war, und etwas, das wie selbstgebackenes

Weizenbrot aussah. Als ich ein Stück in die Hand nahm, kreischte ich vor Freude, weil es noch warm war. Es gab mehrere Gerichte, die ich nicht direkt erkannte, aber zumindest sahen sie wie Essen aus meiner Heimat aus, sodass ich mich traute, sie zu probieren. Auf einer Platte lag ein Fleischstück, das nach Hühnchen schmeckte. Ich stellte mir vor, dass es Fasan oder etwas Ähnliches war, während ich auf einer Scheibe Räucherkäse kaute. Als ich mich satt gegessen hatte, spürte ich schon den sanften Rausch des Weins unter meiner Haut. Irgendwie war der ganz nett, wirklich.

Seine Drohung hallte immer noch in meinem Kopf nach.

„Für diese Ohrfeige wirst du bald bezahlen."

Meine Nippel zogen sich unter meinem Kleid zusammen und ich streckte zögernd die Handflächen aus, um über meine Brüste zu streichen. Ich spürte, wie sich bei meiner eigenen Berührung ein sanftes Kribbeln auf meiner Haut ausbreitete. Ich blickte nach unten und bemerkte, dass der Stoff meines Kleides glühte. Erschrocken strich ich mit den Fingern über die rötliche Glut, ohne zu wissen, was los war. Mein Inneres zog sich fest zusammen und ich schloss die Augen.

Was würde passieren, wenn er zurückkäme? Würde er doch noch Hand an mich legen? Würde er seine Drohung wahr machen?

Ich atmete, unfähig, meine fast rasende Erregung bei diesem Gedanken zu zügeln. Ich sah mich um, weil ich Angst hatte, dass mich jemand sehen könnte, obwohl niemand hier war. Seufzend suchte ich den Tisch ab und fand einen ganzen

Krug des Weins, an dem ich gerade genippt hatte. Ich schenkte mir nach und nahm den Kelch in die Hand, während ich tiefer in den Raum ging. Mein Blick fiel auf das Bett und ich musste erregt einatmen. Trotz aller Widerstände, die in meinem Kopf herumschwirrten, sehnte sich mein Körper nach seiner Rückkehr, danach, dass er sein Versprechen einlöste, selbst wenn es wehtat.

Vor allem, wenn es wehtat.

Irgendetwas stimmte nicht mit mir. Daran konnte es jetzt keinen Zweifel mehr geben.

Ich stellte den Kelch ab und griff hinter meinen Rücken, um langsam die Kordel zu lösen, die mein Kleid festhielt. Es lockerte sich um meine Taille und ich schob es allmählich über meine Hüften nach unten. Ich fühlte mich nackt, als ich aus dem prächtigen Kleid heraustrat. Ich hob es an und legte es auf die äußerste Ecke des Bettes. Für einen Moment starrte ich es an, ehe ich mich abwandte und eines seiner weichen weißen Hemden aus seiner Truhe zog. Es roch nach ihm, und als ich ins Bett kroch, konnte ich ihn nicht mehr vergessen. Ich atmete tiefer ein, und es war, als ob er mich umgab, der Duft von Rauch, Feuer, Orangen, Jasmin und all dem, was er war.

Ich glaube nicht, dass meine Nippel noch härter hätten werden können. Meine Finger suchten sie und drückten gerade so fest zu, dass ich nach Luft schnappte. Als ich meine Augen schloss, leuchtete das Bild von uns beiden im Wald hinter meinen Lidern auf. Ich biss mir auf die Unterlippe und schlug die Augen schnell wieder auf, doch die Vision ließ mich nicht los.

Falls er zurückkam, was würde er mit mir machen?

Ich zog die Decke hoch und keuchte leise, als der Stoff über meine empfindlichen nackten Beine strich. Das Hemd rutschte hoch und ich machte mir nicht die Mühe, es wieder herunterzuziehen. Mit einem Schauder fuhren meine Fingerspitzen über meinen Bauch und wanderten zögernd Zentimeter für Zentimeter nach unten, bis ich meine Pussy berührte. Die Gewissheit, dass ich ihn ebenfalls erregt hatte, stellte alles auf den Kopf und brachte meinen Körper auf Hochtouren.

Fuck.

Ich schob meine Finger zwischen meine Schenkel und kniff die Augen zusammen, als ich merkte, dass ich vor lauter Lust ganz glitschig war. Ich zog meine Finger weg, als hätte ich mich gerade an einem heißen Ofen verbrannt. Für eine Weile lag ich so da und starrte auf die scharfen Stalaktiten an der Decke. Die Spitzen glühten und erinnerten mich an alles, was ich zu vermeiden versuchte.

Keiner wird es merken, wenn du diese bedürftige Pussy berührst.

Ich schrie auf und bedeckte mein Gesicht, weil ich mich schämte, so etwas zu denken, obwohl es die Wahrheit war. Eine Weile hielt ich mich noch zurück, doch die Hitze, die unter meiner Haut brodelte, war zu viel. Ich ließ meine Hand wieder nach unten gleiten und fand das gierige Nervenbündel zwischen meinen Schenkeln. Es war leicht, meine Nässe darüber zu verteilen, und ich unterdrückte ein Stöhnen. Langsam umkreiste ich es und stöhnte leise auf, als die Lust in mir aufstieg. Ich fing an, etwas schneller zu werden und stellte mir vor, was passieren würde, wenn er zurückkäme und mich so vorfand.

Würde er reinkommen und mir die Decke vom Leib reißen, um mich hochzuheben und auf sein Knie zu legen? Würde er mir den Hintern knallrot versohlen, bevor er mich auf den Rücken warf und mich dann fickte? Würde sein Schwanz wehtun? Würde es mir gefallen?

Ich schloss meine Augen und kam mir ungezogen vor, während ich immer näher an die Grenze kam. Ich trieb mich selbst an, indem ich meine Finger so gut wie möglich einsetzte, und schon bald stand ich am Abgrund.

„Böses Mädchen. Hast du gedacht, du könntest vor mir weglaufen?“

Mein Körper wurde steif und meine Schenkel pressten sich zusammen, wobei meine Muskeln vor Hitze brannten. Ich unterdrückte einen Schrei, als ich kam. Weißglühende Glückseligkeit brodelte in meinen Adern und drohte überzukochen. Meine Hüften wippten vor und zurück und pressten sich gegen meine Fingerspitzen, während mich die Ekstase widerwillig übermannte. Als mein Orgasmus schließlich seinen Höhepunkt erreichte, war ich atemlos und mein Brustkorb hob und senkte sich mit jedem brennenden Atemzug in meiner Lunge.

Mit einem Seufzer zog ich meine Finger zurück und schmolz auf der weichen Matratze dahin. Ich hoffte, dass ich ihn jetzt vielleicht loswerden könnte, doch je mehr Zeit verging, desto klarer wurde mir, dass seine starke Anziehungskraft auf mich nicht so einfach verschwinden würde.

Ich griff nach dem Kelch und richtete mich gerade so weit auf, dass ich noch einen Schluck nehmen konnte, bevor ich mich unter der Bettdecke zusammenrollte und meinen Kopf auf das Kissen legte. Ich schloss meine Augen, befriedigt zumindest für die Nacht und zu müde, um darüber nachzudenken, was der morgige Tag bringen könnte.

Ich redete mir ein, dass die Erschöpfung der Grund war, warum ich das Hemd nicht wieder herunterzog, doch es war eine Lüge. Die Wahrheit war, dass ich hoffte, er würde mich mitten in der Nacht so vorfinden.

KAPITEL ZEHN

Kol

Die Mächte von jenseits der Kluft wurden immer dreister und die Einwohner der Grenzgebiete hatten darunter zu leiden. Ich war mir nicht sicher, ob die Kreaturen von Helheim aus eigenem Antrieb kamen, doch ich bezweifelte es. Der Dunkle König hatte sich noch nie damit zufriedengegeben, sein eigenes Reich zu regieren. Er war ein Eroberer und die Barriere zwischen den Reichen war etwas, das er immer schon auf die eine oder andere Weise überwinden wollte.

Mein Volk hatte darunter zu leiden.

Erst letzte Nacht war ein junger Mann in Stücke gerissen worden, als er versucht hatte, seine Familie vor einem Rudel Höllenhunde zu verteidigen, das eine der äußeren Städte überfallen hatte. Ich hatte nicht die nötige Truppenstärke, um sie alle zu bewachen. Ich tat mein Bestes mit denen, die mir zur Verfügung standen, doch das bedeutete manchmal, dass mein Reich darunter litt.

Mit Gebrüll flog ich über mein Land. Seit Stunden kämpfte ich gegen Schwärme von ihnen, und meine Kräfte gingen zur Neige. Sie hatten sich auf meine Ankunft vorbereitet. In dem Moment, als ich den Boden berührt hatte, waren Schwärme von ihnen durch die Kluft gekommen. Seitdem kämpfte ich sowohl auf dem Boden als auch in der Luft. Ich raste im Sturzflug herab, um alle noch verbliebenen Bestien aufzuspüren.

Ein einzelner Warg sprang hinter einem kleinen Schuppen hervor und rannte mit einem wilden Knurren über die Ebene. Die Kreatur schien in eine bestimmte Richtung zu laufen und ich schaute nach vorn, wo ich ein kleines Kind erblickte, das auf der Suche nach Sicherheit in die Felder rannte. Erschöpft zog ich die letzten Reste an Energie aus meinen leeren Vorräten und schoss vorwärts. Meine Flügel brannten vor Anstrengung, als ich durch die Luft wirbelte. Der Warg musste mich wahrgenommen haben, denn er rannte noch schneller, doch es war zu spät.

Ich flog so dicht über dem Boden, dass mein Bauch fast die langen Gräser streifte. Das Kind blickte über seine Schulter nach hinten, sah mich und riss seine Augen weit auf. Es wich nach rechts aus und ich nutzte diesen Richtungswechsel zu meinem Vorteil. Ich öffnete meinen Mund und rief alles hervor, was noch in mir streckte. Ich strich mit der Zunge über meinen Gaumen und entfachte mein Feuer, bevor ich den Mund öffnete und es freisetzte. Meine Flamme züngelte über den Boden und heftete sich an die

Fersen des Wargs, als wollte ich ihn warnen, doch er konnte mir nicht entkommen. Ich schlug heftig mit den Flügeln und stürzte mich mit einem spiralförmigen Manöver nach unten, wobei ich mein Maul weit öffnete.

Ich drückte fest zu und die Kraft meines Kiefers war zu stark für den Warg. Knochen knackten dank der Schärfe meiner Zähne und der faulige Geschmack von Höllenblut breitete sich auf meiner Zunge aus. Im Bruchteil einer Sekunde verstummte das monströse Heulen. Ich spuckte die Überreste der Kreatur auf den Boden und sah auf, um die Ebene nach einem Lebenszeichen abzusuchen.

Das Kind rannte weiter – in Sicherheit. Erleichtert atmete ich auf, erhob mich wieder in den Himmel und kehrte zu den Bergen zurück. Ein letztes Mal suchte ich mein Land ab, bevor ich mich wieder auf den Heimweg machte.

Die Zeit drängte jetzt. Ich musste die Kluft so schnell wie möglich schließen.

* * *

Als ich durch die Burg schritt, konnte ich nur daran denken, wie sie auf mich wartete. Ich versuchte, mich gegen meine Gefühle zu stählen und die Pflicht über alles zu stellen, doch das war noch schwieriger, als ich es mir vorgestellt hatte. Fragen schwirrten in meinem Kopf herum und ich wollte ausschließlich Antworten.

Empfand sie, was ich empfand? Wollte sie mich so, wie ich sie wollte? Würde sie bereit sein, wenn die Zeit ihrer Eroberung endlich gekommen war?

Ich schüttelte den Kopf, straffte die Schultern und zwang mich, meine Gefühle dieses eine Mal zu vergessen, damit ich tun konnte, was zu tun war. Ich schloss meine Kammer auf und trat über die Schwelle. Als ich sie schließlich in meinem Bett erblickte, hielt ich kurz inne.

Ihr Haar war engelsgleich hinter ihr ausgebreitet. Sie schlief so friedlich. Ich sah sie für einen langen Moment an und dann rammte mich der Duft ihrer Erregung wie ein plötzlicher Sturm. Der davon ausgelöste Rausch ließ mich beinahe die Beherrschung verlieren und ich klatschte meine Handfläche gegen die Wand, um mich aufrecht zu halten.

Mein Schwanz verhärtete sich und meine Eier zogen sich vor schrecklichem Begehren wie ein Schraubstock zusammen. Ich sah an mir herab, angewidert von dem schwarzen Blut der Monster, die ich heute getötet hatte, das noch immer auf meiner Brust geronnen war. Ich drehte mich um und verließ den Raum, um meine innere Bestie unter Kontrolle zu bringen, bevor ich mich ihr wieder näherte.

Ich wollte sie nicht verletzen, nicht mit so etwas.

Ich stürmte in mein Bad und riss mir vor lauter Ungeduld den Rest meiner Kleidung vom Leib. Mein Schwanz war so hart, dass er schmerzte, und in der Hoffnung auf etwas Erleichterung glitt ich unter den warmen, natürlich plätschernden Wasserfall in der Mitte des Raumes. Der Druck auf meiner Haut war unsanft, doch er milderte das ungezügelte Begehren, das in mir brannte.

Zumindest für einen Moment.

Ich griff nach dem Krug mit der frisch hergestellten Seife und goss sie über meine Haut. Ich benutzte meine Finger, um meine Haut vom Blut zu befreien, und zögerte so lange wie möglich, bevor ich nach unten griff und mein pralles Glied in die Hände nahm. Bilder von ihr tauchten unaufgefordert vor meinen Augen auf. Die Art, wie sich ihre Lippen öffneten, wenn sie zu mir aufblickte. Das Feuer, das in diesen seelenvollen Tiefen loderte. Der süße Geschmack ihres Kusses. Das alles wiederholte sich, und ehe ich mich versah, strichen meine Finger auf meinem Schwanz auf und ab.

Als ich sie in ihrer Heimatwelt zum Orgasmus gebracht hatte, war sie mit dem Gesicht nach unten auf meinem Knie gelegen. Ich hatte sehen können, wie sich ihr Körper anspannte, als sie gekommen war, doch mein einziges Bedauern ist, dass ich nicht in der Lage war, den süßen Ausdruck auf ihrem Gesicht zu genießen, als sie sich in Ekstase gewunden hatte. Morgen würde ich sie für mich beanspruchen und dieses Versäumnis korrigieren, wenn ich mehr Kontrolle über mich hatte. Wenn ich jetzt in das Zimmer ginge, würde ich ihr zweifellos wehtun. So erschöpft, wie ich war, wäre ich nicht in der Lage, meinen Drachen zu beherrschen. Ihr Schicksal bestand darin, unter mir zu zersplittern, aber das war nicht das Einzige, woran ich dachte.

Ich wollte sie schwängern.

Das war ein dummer Gedanke, wirklich. Keiner meiner Art hatte jemals Kinder gehabt. Empfängnis war nicht möglich. Wir wurden tief im Bauch des Berges geboren, aus der ewig brennenden Glut, die unter uns lag. Meinesgleichen verließ das Feuer als ausgewachsener Mann.

Ich dachte trotzdem daran, sie mit meinem Samen zu füllen.

Ich wollte sie so heftig ficken, dass sie für mich schrie, während sich ihr Körper immer wieder um meinen Schwanz zusammenzog, bis ich sie mit meinem Samen ausfüllte. Der Anblick ihres mit meinem Baby angeschwollenen Bauches brannte sich in meine Gedanken und mein Schwanz zuckte. Ich versuchte, meine Gedanken wieder auf die Vision ihres roten Arsches auf meinem Knie zu lenken, doch ich musste immer wieder an sie denken, wie sie barfuß und schwanger in meinem Bett lag. Meine Finger bewegten sich immer schneller auf und ab, während ich mir vorstellte, wie mein schöner Engel mein Kind austrägt. Egal, was ich tat, ich bekam das Bild nicht aus meinem Kopf, also nahm ich es schließlich einfach hin.

Mein Herz raste, ich warf meinen Kopf in den Nacken und kam mit einem lauten Brüllen. Meine Lust schoss von der Basis meiner Wirbelsäule nach vorn und meine Finger drückten fester zu, als mein Samen in den Wasserstrom spritzte, der quer durch den Raum und dann hinaus floss.

Es war eine Verschwendung.

Ich stand noch lange unter diesem Wasserfall, bevor ich heraustrat und mir ein Handtuch um die Hüfte wickelte. In dieser Nacht ging ich nicht zurück in meine Gemächer.

Stattdessen schlief ich in einem der Gästetrakte.

KAPITEL ELF

Hayleigh

Am nächsten Morgen wachte ich auf und war mal wieder allein. Ich versuchte, meine Enttäuschung zu zügeln, während ich meine Müdigkeit wegblinzelte. Seufzend richtete ich mich auf, zog das Hemd wieder über meine Taille und bemerkte, dass die Tür zu den Gemächern des Königs einen Spalt offenstand. Jemand war letzte Nacht hier gewesen. War er es? Hatte er sich doch von mir abgewandt?

Ich tappte ins Bad und versuchte, mir den Schlaf aus dem Gesicht zu waschen, während ich mir mit einem Spritzer kalten Wassers den Kopf frei machte. Zum ersten Mal fühlte sich mein Verstand an, als hätte er wieder die Kontrolle und mein Körper war endlich ausgeglichen.

Das war gut.

Je länger ich hierblieb, desto mehr schwebte ich in Gefahr. Worauf wartete ich hier? Wollte ich, dass er zurückkam und mich vergewaltigte? Was würde passieren, nachdem er mich hatte? Was war es, das all die Frauen vor mir gebrochen hatte?

Ich könnte nicht abwarten, bis mein Schicksal mich fand. Es gab keine Zeit zu verlieren.

Ich durchsuchte den Raum und fand schließlich in einer der Truhen im Nebenraum ein kleines Set mit Frauenkleidern. An manchen Stellen war sie etwas zu groß und an anderen zu eng, doch es war besser, als nur in einem langen Hemd und mit flachen Schuhen herumzulaufen. Ich hatte keine Ahnung, wem die Klamotten ursprünglich gehört hatten, ich wollte es auch gar nicht wissen und hatte auch nicht vor, hierzubleiben, um es herauszufinden.

Auf einem der Tische lag ein kleiner Münzbeutel, ich hob ihn auf und schüttelte ihn gerade so stark, dass ich das Klirren von Metall auf Metall hörte. Ich steckte ihn in meine Tasche und hoffte, dass er sich irgendwann als nützlich erweisen würde.

Ich packte eine kleine Tasche mit Essen, bevor ich mich durch die Gänge schlich. Die Burg war bewacht, doch ich stellte fest, dass immer weniger Leute da waren, je tiefer ich ging. Ich stieg den ganzen Weg zum Fuße des Berges hinab und stolperte zufällig über die Gemächer der Bediensteten. Sie waren noch viel umfangreicher, als ich erwartet hatte. Überall waren Leute, doch sie hielten sich zurück und konzentrierten sich eher auf ihre Arbeit als auf ihre Umgebung. Die Kleidung, die ich trug, war abgenutzt und ich fügte mich in die Menge ein, bis ich endlich einen Ausgang fand.

Keiner sagte etwas, als ich vorbeiging. Mein Magen knurrte, aber ich ignorierte ihn, denn ich wollte so vielen Blicken wie möglich entgehen, bevor ich es riskierte, anzuhalten und einen Happen zu essen. Es war früher Morgen und die Stadt schien gerade zu erwachen. Die Arbeiterklasse war bereits auf den Beinen, doch die scharlachrote Sonne begann gerade erst, ihren Weg in den Himmel zu finden.

Ich schaute zu beiden Seiten von mir empor und betrachtete die hoch aufragenden Felswände, die mich umgaben. Es gab Fenster, die in den Fels gehauen und mit dunkelroten Blumen oder trocknender Wäsche dekoriert waren. Ich sah mehrere Kreaturen, die ich nicht erkannte, sowie einige Menschen, die an dampfenden Bechern nippten, von denen ich annahm, dass es sich um Kaffee oder etwas Ähnliches handelte, bevor ich mich daran erinnerte, meinen Blick wieder auf den Boden zu richten. Falls mich einer von ihnen erkannte, wäre mein Fluchtversuch vorbei, bevor er überhaupt begonnen hatte.

Der Fels war glatt unter meinen Füßen und ich bemerkte, dass kleine Wasserrinnsale über den Boden flossen. Ich wich einigen von ihnen aus, um nicht auszurutschen. Hier unten fühlte sich die Luft schwül an, doch ich hatte das Gefühl, dass sie sich nahe der Oberfläche nicht mehr so anfühlen würde. Ich ging so schnell weiter, wie ich mich traute.

Die Sonne stand schon hoch am Himmel, als ich es endlich wagte, in die Tasche auf meinem Rücken zu greifen, um ein Stück Brot und Käse herauszunehmen. Beim Gehen knabberte ich daran, um meinen Magen so weit zu sättigen, dass ich mir einen Plan zurechtlegen konnte. Bis jetzt hatte ich nur aus einem Impuls heraus gehandelt und eine unverschlossene Tür und abgelenktes Personal ausgenutzt. Ich musste mir etwas Konkreteres einfallen lassen.

Die Wahrscheinlichkeit, dass ich zur Erde zurückkehren konnte, war gering, also konzentrierte ich mich fürs Erste auf andere Möglichkeiten. Vielleicht könnte ich ein sicheres Versteck finden und hier mein Leben verbringen, frei vom König und jeglicher Art von Schicksal oder Bestimmung. Vielleicht könnte ich weit weg von hier gehen und ein eigenes Zuhause haben. Die Möglichkeiten waren endlos. Ich musste nur dorthin gelangen, wo auch immer das war.

Ich bog in eine andere Straße ein und erreichte etwas, das wie ein Stall aussah. Ein junger Mann mit einem struppigen blonden Bart neigte seinen Kopf in meine Richtung, während er Heu schaufelte. Seine Ohren waren gespitzt. Vielleicht bedeutete das, dass er eine Art Elf war, aber ich konnte mir nicht sicher sein.

„Habt Ihr ein Pferd zu verkaufen?“, fragte ich, und er zuckte zusammen.

Er hatte anscheinend nicht damit gerechnet, dass ich etwas zu ihm sagen würde. Sein Blick suchte mein Gesicht ab und ich beobachtete ihn ängstlich und hoffte, dass ich nicht gerade einen großen Fehler gemacht hatte.

„Ja“, bot er schließlich an. Ich griff in meine Tasche und nahm eine einzelne Münze heraus. Ich hielt sie hoch und seine Augen wurden groß.

„Was kann ich damit kaufen?“, fragte ich.

„Jedes beliebige Pferd im Stall, Miss", antwortete er schnell.

Er ließ die goldene Münze nicht aus den Augen und bedeutete mir mit einer Geste, ihm zu folgen, als er das Tor öffnete. Er schritt in das Gebäude und blickte immer wieder über seine Schulter. Instinktiv wusste ich, dass die Münze wertvoll war und ich im Begriff war, zu viel für das Pferd zu bezahlen, das er mir zur Verfügung stellte. Ehrlich gesagt, es war mir ziemlich egal.

Er wartete auf mich, während ich in den Ställen auf und ab ging. Eine der grau gescheckten Stuten schnupperte an meiner Schulter, als ich vorbeiging, und ich blieb kurz stehen und sah in ihre freundlichen, dunkelgrauen Augen.

„Sie?", fragte ich.

„Sie ist ein gutes Pferd. Sehr zuverlässig", antwortete er.

„Sattelt sie für mich und wir haben einen Deal", bot ich an.

Er machte sich sofort an die Arbeit, in nur fünf Minuten war mein Pferd fertig. Er hielt mir die Hand hin und ich legte die Münze direkt in seine Handfläche.

„Schönen Tag, Miss." Er senkte den Kopf.

„Schönen Tag", erwiderte ich.

Dann drückte ich meinen Fuß in den Steigbügel und zog mich auf ihren Rücken. Als ich mich nach ihm umsah, war er bereits weg.

Mit dem Reiten war ich genug vertraut. Ich hatte als Kind ein paar Reitstunden genommen und war zu Hause durchaus in der Lage gewesen, einen leichten Ausritt zu machen. Sie wippte mit dem Kopf und fing sofort an zu laufen. Ich führte sie aus den Ställen heraus und folgte weiterhin den Straßen der Stadt, bis die Klippen in weniger zivilisiertes Gebiet übergingen. In den Außenbezirken der Stadt herrschte Ruhe, viele Gebäude waren verlassen. Die wenigen Personen, die ich sah, hielten ihre Köpfe gesenkt und sagten kein einziges Wort, als ich vorbeikam. Alle waren auf dem Weg in die Stadt hinein. Kein einziger verließ sie.

Außer mir.

Nervös zog ich den Mantel, den ich gestohlen hatte, etwas höher über meinen Kopf und bedeckte mein Haar für den Fall, dass jemand danach suchte. Ein nervöser Schauder lief mir über den Rücken, während ich weiterritt. Schließlich überwogen die Schmerzen in meinem Körper meinen Willen und ich hielt auf einer Grasebene an. Das Gelände war einzigartig. Die hohen Gräser waren sehr lebendig, aber von tiefroter Farbe. Es sah aus wie ein scharlachrotes Meer, das sich im Wind wog.

Ich band die Zügel meiner Stute an einem Baum in der Nähe fest und ließ ihr so viel Spielraum, dass sie grasen konnte. Der Baumstamm war in einem gedämpften Grau gehalten und die Blätter hatten einen leicht helleren Farbton als die umliegenden Gräser. Sie schüttelte den Kopf und ich streichelte ihren Nacken.

„Ich sollte dir einen Namen geben, was?“

Sie wieherte, als wollte sie mir antworten, und ich kicherte.

„Wie wäre es mit Luna?“

Ihre Farben erinnerten mich an die gesprenkelte Oberfläche des Mondes zu Hause, was irgendwie beruhigend wirkte. Sie hob ihren Kopf und beschnupperte meine Schulter. Sie schien den Namen zu akzeptieren und ich nahm mir einen langen Moment Zeit, um ihre Schnauze zu streicheln. Schließlich wandte sie sich wieder zum Grasen ab, und ich setzte mich an den Baumstamm. Luna graste um mich herum und ich kramte in der Tasche und nahm ein paar Fleischstücke heraus, um mich zu stärken.

Dann zog ich einen Apfel heraus, der sofort ihr Interesse weckte. Ich gab nach und hielt ihr den Apfel hin und freute mich, als sie ihn mir direkt aus der Hand nahm. Sie kaute ihn in Sekundenschnelle und kam kurze Zeit später für Nachschub zurück. Lachend schüttelte ich den Kopf und drückte meine Knie fest an meine Brust.

Die Sonne ging bereits unter und der Himmel verdunkelte sich schnell zu einem Pechschwarz, das nur von den funkelnden Sternen hoch oben erhellt wurde. Über den Himmel zogen sich Bänder aus silbernem Gestein, schön und unheimlich zugleich. Ich hoffte, dass der Mond aufgehen würde, um mehr Licht zu spenden, doch das tat er nicht. Schließlich akzeptierte ich, dass es in dieser neuen Welt vielleicht gar keinen Mond gab, oder dass er heute Nacht einfach nicht aufgehen würde.

Die Temperatur begann zu sinken, als ein kalter Wind über die größtenteils offene Ebene fegte. Ich wünschte, ich hätte die Fähigkeit, ein Feuer zu machen, doch das war noch nie nötig gewesen. Mein Vater war kein Waldmensch. Einem Baum kam er nur dann am nächsten, wenn er in seinem unglaublich schön angelegten Garten spazieren ging und seinem Gärtner Anweisungen gab, welche Blumen er neben dem Haus gepflanzt haben wollte.

Als der Wind auffrischte, zitterte ich vor Kälte und wickelte den Mantel enger um mich. Ich lehnte meinen Kopf an den Baum und schloss die Augen, in der Hoffnung, wenigstens für eine Weile einzuschlafen, um die Zeit bis zum Morgen zu überbrücken. Ich war so müde, dass ich für eine Weile eindöste, bis mir irgendetwas die Nackenhaare zu Berge stehen ließ.

Sofort war ich hellwach.

Ich bewegte keinen Muskel und öffnete meine Augen nicht, als ich lauschte, in der Hoffnung, etwas von dem zu hören, was mich geweckt hatte. Luna wieherte alarmiert neben mir und warf ihren Kopf vor und zurück, und auf der Suche nach einer Bedrohung in der Nähe schaute ich mich zögernd um.

Ich konnte rein gar nichts erkennen.

So vorsichtig, wie ich konnte, stemmte ich mich mit Hilfe des Baumes auf die Beine und schritt leise zu ihr hinüber. Ich hatte sie nicht abgesattelt, weil ich nicht wusste, wie, also löste ich vorsichtig die Zügel und stieg auf ihren Rücken.

Ich blickte über die Grasebene, um nach einer drohenden Gefahr Ausschau zu halten, und da sah ich, dass mich mindestens ein halbes Dutzend blutroter Dämonenaugenpaare aus einiger Entfernung anstarrten. Ich wurde gejagt. In diesem Moment waren sie dabei, mich einzukreisen, bevor sie über mich herfallen würden, und ich war gerade noch aufgewacht, bevor es zu spät wäre.

Ich beugte mich hinunter, schloss meine Beine um Luna und schnalzte fest mit den Zügeln.

„Lauf!", rief ich ihr zu.

Angetrieben von ihrer eigenen Angst und der meinigen, rannte Luna in vollem Galopp los. Ihre Hufe stampften auf dem Erdboden und ich riskierte einen Blick über die Schulter, wobei ich sah, dass mir all diese roten Augen im Eiltempo folgten. Schnell drehte ich meinen Kopf wieder nach vorn und konzentrierte mich auf die dunkle Ebene vor mir. Luna rannte, so schnell sie konnte, aber das, was uns verfolgte, war noch schneller. Ich konnte den heißen Atem der Monster fast auf meinen Fersen spüren. Die Gruppe kläffte und heulte vor Aufregung über die Jagd, während in meinem Bauch die Angst brodelte.

Ich hatte schreckliche Angst. Wenn Luna ihnen nicht entkommen konnte, welche Hoffnung hatte ich dann noch?

Ihre Augen waren vor Panik weit aufgerissen und sie hatte Schaum an den Rändern ihres Mauls. Er spritzte gegen meine Finger und ich packte die Zügel noch fester. Ich wusste, dass sie nicht schneller galoppieren konnte, doch ich trieb sie immer wieder an, indem ich mit den Zügeln schnippte und ihren verschwitzten Hals streichelte, um ihr etwas Trost und Unterstützung zu bieten.

Es war nicht genug.

Das Rudel umzingelte uns und sie bäumte sich auf, schlug mit den Vorderhufen um sich und schleuderte den Kopf eines der wolfsähnlichen Geister zur Seite. Es war fast so, als wäre es gar nicht passiert, denn er zuckte nicht einmal mit der Wimper. Die wilde Kreatur schnappte nach ihr, doch Luna wich schnell aus und vermied den Biss. Ich hielt mich fest, aber für so etwas war ich nicht ausgebildet. Als sie sich erneut aufbäumte, rutschten meine Finger ab und ich stürzte mit einem panischen Schrei ab und landete so hart auf dem Boden, dass mir die Luft wegblieb.

Fuck.

Ihre Hufe stampften neben meinem Kopf auf den Boden, während sie versuchte, mich zu verteidigen. Ich kämpfte, immer noch benommen von dem Aufprall, bevor ich es schaffte, mich auf die Beine zu erheben. Ich taumelte und kreischte, als ich direkt in das Gesicht eines Dämons starrte.

Einst war er vielleicht ein Wolf oder ein Hund gewesen, doch die kugelförmigen roten Augen machten ihn zu einem Monster, das einem Albtraum entsprungen war. Das verfaulte Fleisch löste sich von seiner Schnauze, während er knurrte, und seine Zähne waren scharf und gezackt. Speichel schäumte an seinen Mundwinkeln und tropfte auf den Boden unter seinen Füßen.

Ich würde hier sterben.

Ein Feuerblitz erhellte den Himmel über mir, warf einen bedrohlichen roten Schein über das Land und beleuchtete die fast ein Dutzend Bestien, die uns jagten und umkreisten. Ihre Augen richteten sich nach oben und suchten nach der Quelle der Flamme, als ein eindringliches Brüllen den Boden unter meinen Füßen erbeben ließ. Ich kniete nieder und versuchte, mein Gleichgewicht wiederzufinden, als eine riesige Kreatur neben mir in den Sturzflug ging.

Es war ein Drache, derselbe, in den sich Kol erst gestern verwandelt hatte. Er brüllte vor Wut, doch die Wolfsgespenster wichen nicht zurück. Sie stürzten sich mit aller Macht auf ihn und vergaßen mich, als wäre ich gar nicht da. Ich warf mich wieder auf Lunas Sattel und lenkte weg zu einem sicheren Bereich. Hinter mir tobte der Kampf weiter, und ich wagte einen Blick zurück und sah, wie Kols Krallen und Zähne die schrecklichen Kreaturen zerfetzten. Sein Feuer wütete durch das Tal und verbrannte die Wesen bei lebendigem Leib. Sie kämpften weiter, sogar als sie in Flammen standen. Ich versuchte, nicht daran zu denken, wie wenig Chancen ich gegen sie gehabt hätte.

Es war nicht einmal eine Schlacht. Es war ein Massaker.

Meine Finger verkrampften sich um die Zügel. Stumm saß ich da und überlegte, was ich als Nächstes tun sollte, falls es überhaupt etwas zu tun gab.

Kol brüllte etwas, das mehr nach Schmerz als nach Wut klang, und ich strauchelte. Ich weiß nicht, warum ich innehielt oder ob es mir überhaupt etwas ausmachte, dass er verletzt wurde, doch das bösartige Schnappen seiner Zähne hielt eine der wilden Bestien mitten in ihrem Lauf an. Das Geräusch von zerfetztem Fleisch ließ mich innerlich erschaudern. Als die Zahl der Monster auf ein paar wenige schrumpfte, zitterte ich schon ganz offen.

Ich würde nicht in der Lage sein, ihm zu entkommen. Das war mir jetzt klar. Er hatte mich wahrscheinlich gewittert und war meinen Spuren gefolgt. Welche Hoffnung hatte ich gegen eine so mächtige Kreatur wie ihn, zu entkommen?

In meiner Niederlage rutschte ich von Lunas Rücken und wartete an ihrer Seite, während der Kampf weiterging. Als er endlich vorbei war, richtete Kol seine glühenden Augen auf mich. Er brauchte mir nicht einmal zu sagen, dass er wütend war. Ich konnte es an der Art seines Atmens spüren. Rauch quoll aus seinen Nasenlöchern, als er mich mit einem bedrohlichen Blick bedachte. In der Ferne schlugen Hufe auf den Boden. Kurze Zeit später war ich von Männern umringt, die seine Insignien trugen. Ich bemerkte kaum, dass die Sonne am Horizont aufging, als einer von ihnen mir Lunas Zügel abnahm. Eine Kralle schloss sich um mich und ich kreischte, als meine Füße den Boden verließen.

Ich würde nicht auf dem Pferderücken zur Burg zurückkehren. Kol würde mich persönlich zurücktragen.

Immer ängstlicher schlang ich meine Arme um seine dicken, geschuppten Gliedmaßen und hielt mich fest, so gut es ging. Seine Rüstung fühlte sich hart an, wie eine natürliche Form von Metall, die noch stärker war als Stahl. Ich legte meine Wange darauf und spürte die Wärme seines gewaltigen Körpers, was mich auf seltsame Weise tröstete.

Ich erwartete, dass er sich hoch in die Luft erheben würde, doch er blieb dicht über dem Boden, als ob er meine ängstliche Anspannung spüren konnte. Mein Herzschlag raste in meiner Brust und ich schloss meine Augen, doch alles, was ich sehen konnte, waren die schrecklichen roten Augen der Monster, die mich hatten zerfetzen wollen. Ich öffnete sie wieder und starrte lieber auf den Boden, der unter mir vorbeiflog, als in die furchterregenden Tiefen der Erinnerung und das, was hätte sein können.

Kol schlug mit den Flügeln und wir stiegen höher in den Himmel empor. Von oben konnte ich die Straßen der Stadt sehen, die sich tief unter uns eingruben. Die Gesichter hoben sich, um den Drachen zu betrachten, der über ihre

Häuser flog, und kein einziges sah auch nur das geringste bisschen ängstlich aus. Stattdessen schienen viele von ihnen bei seinem Anblick erleichtert zu sein. Er begann seinen Sinkflug, indem er über der Burg kreiste, und ich nahm mir viel Zeit, um einfach die Weite seines Reiches zu bewundern.

Schließlich schwebte Kol im Tiefflug über den Boden und ich schrie erschrocken auf, bevor sich seine Hinterbeine in die Erde gruben. Vorsichtig setzte er mich auf dem Boden ab und ich stolperte, als ich versuchte, mich zu orientieren, weil ich das Gleichgewicht verloren hatte. Langsam richtete ich mich auf und starrte in seine brennenden Augen. Er stöhnte und Rauch quoll aus seinen Nasenlöchern.

Als sich sein Kopf senkte, griff ich nach vorn und legte meine Fingerspitzen zaghaft auf das Ende seiner Schnauze. Ich bin mir nicht ganz sicher, was in diesem Moment geschah, doch es war, als ob die Wut aus ihm herausfloss und die Flamme seines Blicks zu einem glühenden Köcheln wurde.

Er erweichte direkt vor meinen Augen.

Mit einer raschen Bewegung verwandelte er sich direkt vor mir. Er nahm nicht meine Hand und fragte auch nicht, ob ich neben ihm gehen wollte. Er ließ mir keine Wahl. Stattdessen schritt er einfach auf mich zu und hob mich in seine Arme, als ob ich nicht mehr als eine Feder wöge. Die Frau in mir wollte wütend sein, doch ich verdrängte sie und schlang meine Arme um seinen Hals. Seine Finger gruben sich in meine Haut, fast, als wollte er mich nicht loslassen.

Hatte er Angst, mich zu verlieren? War ich ihm wichtig?

Ich verbarg mein Gesicht an seiner Brust, weil ich nicht sehen wollte, wohin wir gingen. Schließlich hörte ich das vertraute Knarren der Stahltür, die seine Gemächer beschützte. Sie schloss sich hinter ihm und er schritt zielstrebig in den Raum. Ich verspannte mich und erwartete seine schmerzhafte Vergeltung.

Würde er mich jetzt rannehmen? Würde er mich in das verwandeln, was diese Frauen geworden waren, bevor er mich für immer aus seiner Welt verstieß?

Ich wimmerte und erwartete fast, dass er mich auf das Bett werfen, mir die Kleider vom Leib reißen und sich auf mich stürzen würde, doch er tat Derartiges nicht einmal im Entferntesten. Vorsichtig setzte er sich hin und platzierte mich auf seinem Schoß. Es fiel mir schwer, mich zu entspannen, da ich jeden Moment mit seinem Zorn rechnete.

Stattdessen hielt er mich einfach nur fest.

Ich klappte meinen Mund auf und zu, denn ich war zu geschockt, um wirklich zu begreifen, was da geschah. Seine Arme schlangen sich fester um mich, und als ich meine Wange an seine Brust legte, bemerkte ich, dass ich den gleichmäßigen Schlag seines Herzens hören konnte. Ich lauschte und die Angst, die mich durchströmte, seit ich zum ersten Mal diese dämonischen Augen gesehen hatte, begann zu schwinden.

Schließlich löste sich meine Angst in Nichts auf, und ich versuchte, nicht daran zu denken, dass es seine schützende Umarmung war, die mich beruhigt hatte. Bald darauf begannen seine Finger, über meine Wirbelsäule auf und ab zu streichen. Das besänftigte mich. Er seufzte leise, drückte seine Wange an meinen Kopf und ich wurde das Gefühl nicht los, dass ich nicht die Einzige war, die heute Angst gehabt hatte.

War es möglich, dass es ihm genauso ergangen war?

Zögernd hob ich mein Kinn an, um ihm in die Augen zu sehen. Da war keine Wut. Da war auch keine Erwartung. Stattdessen spürte ich seine warme Bewunderung, und das überraschte mich mehr als alles andere. Zum ersten Mal sah ich den Mann in ihm. Zögernd griff ich nach seinem Hinterkopf, bevor ich es wagte, meine Fingerspitzen in sein Haar zu stecken. Ich wartete auf die unvermeidliche Zurechtweisung, doch sie kam nicht. Mit einem melancholischen Staunen suchten seine Augen die meinen, und ich bewegte meinen Körper so, dass ich immer noch auf seinem Schoß saß, ihm aber jetzt zugewandt war.

„Ich kann gar nicht beschreiben, was ich bei deinem Anblick empfunden habe, als du da draußen vom Pferd gefallen bist. Als die Wargs dann angerückt sind, um ihre Jagd zu beenden, habe ich rotgesehen. Ich habe gedacht, ich würde dich verlieren“, murmelte er mit einer Stimme voller Emotionen.

„Es tut mir leid“, flüsterte ich, weil ich nicht wusste, was ich sonst sagen sollte, und er schüttelte den Kopf.

„Ich weiß nicht, was es mit dir auf sich hat“, fuhr er fort und ich rutschte auf seinem Schoß hin und her. Er ließ nicht zu, dass ich mich wegbewegte, stattdessen umklammerte er meine Taille und drückte mich noch fester an sich.

„Ich bin nur ein Mensch", flüsterte ich, und seine Finger bewegten sich nach vorn, hoben mein Kinn an und zwangen mich, ihn anzusehen.

„Nein, du bist mehr", meinte er und sein Blick fiel auf meine Lippen.

Ich schluckte schwer und dann bewegte er sein Gesicht näher zu meinem. Die Spannung zwischen uns brodelte vor Hitze und mein Herz pochte so stark, dass ich glaubte, es würde platzen. Ich atmete seinen Duft ein und verlor mich in allem, was er war. Ich konnte die süße Salzigkeit seines Schweißes und die Rauchigkeit seines Feuers wittern, aber auch das verbliebene Aroma des Kampfes und seiner ungezügelten Männlichkeit. Mein Inneres kribbelte vor Verlangen.

Diesmal wartete ich nicht darauf, dass er mich küsste. Ich küsste ihn zuerst.

Ich weiß nicht, was sich in diesem Moment veränderte, doch die Magie, die mich durchströmte, wurde stärker. Die Welt fiel komplett weg. Hätte es direkt vor dem Zimmer eine Explosion gegeben, ich hätte sie nicht gehört. Nichts war mehr wichtig, außer uns beiden.

Meine Brüste drückten gegen seinen Oberkörper, während sich meine Hände an seine Schultern klammerten. Seine Finger gruben sich mit der gleichen Verzweiflung in mich und seine Lippen nahmen die meinen mit einer überraschend wilden Inbrunst in Besitz.

Er wollte mich genauso sehr, wie ich ihn wollte.

Dieser einzelne Kuss weckte etwas tief in meinem Inneren und ich wusste, dass ich es nie wieder würde verdrängen können. Meine Hüften wippten und ich merkte sofort, dass er steinhart war. Die Art seines Kusses war brutal und ließ keinen Zweifel daran, dass meine Lippen am Ende vollkommen wund sein würden.

Seine Handfläche glitt langsam meinen Rücken hinauf. Ich stöhnte, als sie meinen Nacken streifte, und ich unterdrückte einen Aufschrei, als er das Haar an meinem Hinterkopf fest in seiner Faust packte. Ein feuriges Kribbeln breitete sich auf meiner Kopfhaut aus. Er zog gerade so stark daran, dass er meinen Blick auf sich richtete, und ich sah, dass sich die Emotionen in seinen Augen von vorhin deutlich verdunkelt hatten. Mein Magen zog sich vor Angst zusammen.

„Wage es ja nicht, jemals wieder ohne mich oder meine Soldaten, die dich beschützen, aus dieser Burg herauszugehen. Hast du mich verstanden?"

Sein Knurren grollte durch meinen Körper wie ein Erdbeben und ich zitterte auf seinem Schoß.

„Ja", flüsterte ich, weil ich plötzlich Angst hatte, dass das vorige Geschehen ein Nachspiel haben würde, und ich war bereits zu überwältigt, um mich noch mit irgendetwas zu befassen.

„Nie wieder", drängte er.

„Niemals", versprach ich.

Er griff zur Seite, und erst jetzt bemerkte ich den Teller mit dem Essen, der neben uns stand. Als er ein Stück Brot abriss und es mir an die Lippen drückte, öffnete ich meinen Mund. Er fütterte mich Stück für Stück, bis mein Bauch voll war. Mit äußerster Sorgfalt hob er einen Kelch an und kippte ihn, damit ich einen Schluck Wein trinken konnte. Als ich versuchte, ihn ihm abzunehmen, zog er ihn weg und schnalzte warnend mit der Zunge. Seine leise Ermahnung ließ mich erröten und ich nickte, wobei meine Bewegung nur so leicht war, dass er sie sehen konnte.

„Braves Mädchen", lobte er, bevor er mir den silbernen Becher wieder an die Lippen führte.

Ich trank genug, und als ich fertig war, stellte er ihn zurück auf den Tisch. Ich schmiegte mich mit dem Rücken an ihn und wurde von plötzlicher Erschöpfung übermannt. Mit geschlossenen Augen seufzte ich, dankbar, noch am Leben zu sein.

Ich redete mir ein, dass es nicht daran lag, dass ich in seinen Armen sicher war.

„Danke, dass du mich gerettet hast", flüsterte ich, wobei meine Stimme kaum zu hören war, und seine Handfläche legte sich schützend um meinen Hinterkopf.

„Ich weiß nicht, was ich getan hätte, wenn ich dich verloren hätte", antwortete er.

Um ehrlich zu sein, war ich mir nicht einmal sicher, ob ich ihn richtig verstanden hatte. Dann übermannte mich der Schlaf und ich ruhte sicher in seiner Umarmung.

Als ich aufwachte, lag ich in seinem Bett – seine starken Arme umschlossen mich noch immer. Die anhaltende Hitze seines Kusses brannte auf meinen Lippen, und ich versteifte mich nur leicht an ihm. Er drückte mich fester an sich, seine Handfläche legte sich auf leicht besitzergreifende Weise an meinen Bauch.

Es war mir viel lieber, so aufzuwachen, als ganz allein zu sein.

Mir wurde klar, dass er mich irgendwann ausgezogen haben musste, denn ich lag entblößt an ihm. Sein Oberkörper lag nackt an meinem Rücken, doch er trug eine weiche Hose, die seine Beine bedeckte. Er war die ganze Zeit bei mir geblieben. Ein warmes, beruhigendes Gefühl durchströmte mich und ich schmiegte mich an ihn und wünschte mir, dass dieser einzigartige Moment für immer anhielt.

Vielleicht war das nicht nur eine vorübergehende Sache. Vielleicht war da sogar etwas mehr …

Er küsste den Scheitelpunkt meiner nackten Schulter und sandte feurige Stöße der Erregung direkt in mein Inneres. Ich keuchte ungewollt und er zog mich noch näher an sich, als ich es für möglich gehalten hätte.

„Bist du wütend auf mich, wegen dem, was gestern passiert ist?", fragte ich zaghaft und seine Arme umschlossen mich mit ihrem scheinbar immerwährenden Trost. Nervös hielt ich den Atem an, während ich seine Antwort abwartete.

„Nein. Gestern ist vorbei. Wir werden nicht mehr darüber sprechen", antwortete er.

Ich seufzte erleichtert, und wir lagen noch eine Weile schweigend da und genossen die Gesellschaft voneinander in einer Art unausgesprochenem Waffenstillstand. Ich wusste nicht, warum, doch alles fühlte sich richtig an. Dann räusperte er sich und die Energie im Raum änderte sich augenblicklich.

„Als ich das letzte Mal in den Fingern hatte, habe ich dir ein Versprechen gegeben, nicht wahr?"

Ich erschauderte, als seine Hand über meinen Bauch glitt und meinen nackten Schamhügel berührte. Ich errötete, als seine Fingerspitzen über meine feuchte Mitte glitten und schämte mich dafür, wie mein Körper auf ihn reagierte.

„Für diese Ohrfeige wirst du bald bezahlen."

Ich erinnerte mich an diese Worte, als hätte er sie gerade erst in mein Ohr geflüstert. Mein Herz flatterte und ich stellte mir nervös vor, was er mir auf dieser Lichtung angetan hatte. Würde er mir den Hintern versohlen? Würde er mich erneut bestrafen?

„Ja", hauchte ich. Meine Brust hob und senkte sich bei dieser Anspielung in seinem Tonfall.

Unsanft packte er mich an der Schulter und drückte mich flach aufs Bett. Seine massige Gestalt beugte sich über mich und starrte mir in die Augen, während seine Fingerspitzen über meine Klitoris streichelten.

„Du bist ja klatschnass, mein kleiner Mensch", murmelte er und suchte mein Gesicht nach einem Hinweis auf das ab, was in meinem Kopf herumschwirrte.

Meine Wangen wurden noch heißer und ich versuchte alles, um meinen Gesichtsausdruck zu verbergen, damit ich nicht verriet, was ich gerade dachte. Seine rauen Finger umkreisten weiterhin meine gierige Knospe und meine

Schenkel zogen sich um ihn herum zusammen, doch das hielt ihn nicht auf.

„Hast du von mir geträumt?“

Ich biss mir auf die Unterlippe und schluckte schwer. Bruchstückhafte Visionen von ihm, in denen er mich übers Knie legte und dann tief zwischen meinen Schenkeln versank, tauchten vor meinen Augen auf. Ich erinnerte mich nicht oft an meine Träume, doch diese schienen so intensiv zu sein, dass sie fast real gewesen sein könnten. Seine Finger hörten nicht auf, über meine Klitoris zu tänzeln, und es fiel mir schwer, mich auf etwas anderes zu konzentrieren als auf seine erfahrenen Berührungen.

„Kol, bitte“, flüsterte ich, während meine Stimme noch immer vor Müdigkeit brach.

„Sag mir, was du denkst“, drängte er. Zwischen den Zeilen war die Andeutung einer Warnung versteckt und ich verkrampfte mich leicht, weil ich mir vorstellte, was er tun würde, wenn ich ihn provozierte.

„Ich habe an gar nichts gedacht“, log ich. Ich versuchte mein Bestes, konnte aber nicht verhindern, dass sich mein rechter Mundwinkel zu einem Grinsen nach oben verzog.

Ich bemerkte nicht, dass er meine Beine auseinandergedrückt hatte, bis es zu spät war. Er starrte mir direkt in die Augen und fasste mir so fest an die Pussy, dass es wehtat. Dann hob er seine Hand und versohlte sie mit der flachen Seite seiner Finger. Das feuchte Geräusch ließ mich noch mehr erröten.

Sein Blick bohrte sich in den meinen, als ich den Hieb endlich spürte. Ich schrie auf und verkrampfte meine Schenkel, als ich versuchte, mich zu schützen, doch ich rührte mich kaum einen Zentimeter. Er hatte seine Beine benutzt, um die meinen zu öffnen, und ich konnte sie nicht mehr schließen. Ein leises Wimmern entkam mir und er räusperte sich.

„Wenn du mich noch einmal anlügst, versohle ich dir deine hübsche kleine Pussy rosa“, warnte er.

„Ich kann nicht …“, begann ich.

Seine Handfläche bestrafte mich erneut und ich jaulte auf, atmete durch den schrecklich stechenden Schmerz, während sich meine Muskeln anspannten. Als der Schmerz nachließ, folgte etwas anderes, viel Stärkeres.

Verlangen.

Sosehr ich es auch leugnen wollte, ich konnte es nicht, besonders als seine Finger über meine durchnässte Haut glitten. Ich wusste instinktiv, dass ich noch feuchter war als bei seiner ersten Berührung, und konnte nichts tun, um es zu verbergen.

„Du genießt es, wenn ich dich bestrafe“, bemerkte er und seine Stimme verriet seine eigene Erregung. Er beendete die Aussage mit einem dritten groben Klaps auf meine Pussy und ich errötete stark.

„Ich will nicht …“

„Lüg mich nicht an“, tadelte er.

Er verpasste mir zwei weitere Klapse zwischen die Schenkel und das Brennen überwältigte mich schnell. Trotz der Schmerzen pochte meine Klitoris unaufhörlich unter seinen Berührungen und ich schrie auf.

„Ja! Ich mag es!", brachte ich schließlich heraus und seine Handfläche legte sich erneut auf meine Pussy.

Ich war mir nicht sicher, ob er mich weiter bestrafen oder mit seinen Fingern zum Orgasmus bringen wollte, wie er es schon einmal getan hatte. Ich zitterte vor Angst vor dem Unbekannten und hoffte irgendwie auf ein bisschen von beidem.

Während seine Finger langsam meine Klitoris neckten und mich immer näher an den Rand des Abgrunds brachten, kaute ich auf meiner Unterlippe herum. Das war das Einzige, woran ich denken konnte.

„Kol", wimmerte ich.

Seine Berührung wurde langsamer und quälender, als ich es je für möglich gehalten hätte. Ich kämpfte darum, die Ruhe zu bewahren, und verkrampfte mich immer wieder unter seinen Fingern, weil ich dringend Erlösung brauchte.

„Ich habe von dir geträumt", gestand ich, und sein Mund verzog sich zu einem siegreichen Grinsen.

„Mach schon", drängte er. Er küsste mich auf die Wange und fuhr mit seiner warmen Zärtlichkeit meinen Hals hinunter. Ich stöhnte auf und es fiel mir unglaublich schwer, mich zu konzentrieren.

„Dass du mich bestrafst", fuhr ich fort und zitterte unter ihm.

Sein Körper drückte nur leicht gegen meinen, aber gerade genug, um mich daran zu erinnern, dass er so viel größer und stärker war als ich. Er könnte mich mit Leichtigkeit überwältigen, doch das tat er nicht.

Zumindest … *noch* nicht.

„Wie?“, knurrte er und meine Pussy verkrampfte sich heftig.

„Auf deinem Knie“, flüsterte ich. Ich hoffte, dass das reichen würde, doch er neckte mich weiter und schon bald schrie ich vor lauter Frust auf.

„Mehr, Engel“, drängte er.

„Ich habe gedacht, du wirst mir ein … Sp… *Spanking* verpassen, weil ich dich geohrfeigt habe“, jammerte ich und haderte mit meiner schamhaften Erregung. Meine Stimme zitterte vor Verlegenheit und ungezügeltem Begehren.

„Du hast gedacht, ich lege dich auf mein Knie und versohle dir den Hintern wie einem bösen Mädchen?“

„Ja“, hauchte ich, und seine Berührung wurde etwas fester.

Er bewegte sich über mich und plötzlich hatte seine Hand meine Pussy verlassen. Ich schrie auf und schmollte sichtlich, als er meine Handgelenke packte und sie über meinem Kopf festhielt. Ich runzelte die Stirn, als er ein seidenes Seil erst um ein Handgelenk und dann um das andere band. Schließlich wickelte er es um den Bettpfosten. Überrascht starrte ich auf die seidenen Fesseln, als könnte ich nicht glauben, was ich da sah.

Damit hatte ich nicht gerechnet.

Er bewegte sich auf mich und küsste meine Lippen. Dann eroberte er mich mit einem brutalen, wilden Kuss, der meinem Mund Schmerzen verpasste. Im Gegensatz dazu küsste er zärtlich meine Kehle, Stück für Stück nach unten, langsam und sicher, bis ich unter ihm bebte. Meine Schenkel bebten noch stärker, als seine Lippen träge zu meinem Schlüsselbein und dann zwischen meine Brüste hinab wanderten.

Meine Nippel waren hart genug, um Stein zu zerschneiden. Er griff nach oben und zupfte sanft an einem davon. Mein Rücken wölbte sich vom Bett hoch und er zwickte ihn noch fester, sodass ein köstlich schmerzhaftes Vergnügen über meine Brüste strömte. Seine Handfläche wanderte nach unten und streichelte die flachen Kurven meines Oberkörpers, bevor er meine Hüfte so fest packte, dass ich nach Luft schnappte.

Das war es. Das musste es sein. Er würde mich ficken.

Er ließ meinen Nippel los und umschloss ihn mit seinem Mund. Glückseliges Vergnügen ersetzte schnell den quälenden Schmerz, als seine Zunge über meinen erigierten Zipfel strich. Seine andere Hand strich über meine Brust und reizte mich mit sanfter Rauheit, während jeder Nerv in meinem Körper zum Leben erwachte.

„Kol", flehte ich.

Ich fühlte mich, als würde ich aus den Fugen geraten. Ich wollte seinen Körper auf meinem spüren. Ich wollte, dass er mich rannahm.

Dabei spürte ich, wie unsere Verbindung tief in meinen Knochen kochte, und zum ersten Mal hatte ich das Gefühl, dass er mein Schicksal war, dass ich dazu bestimmt war, hier bei ihm zu sein. Zeit bedeutete nichts, wenn man die Person gefunden hatte, die für einen bestimmt war. Ich wölbte mich in seinem Kuss, als seine Zähne sanft auf meine harte Knospe bissen und mir mit Schmerzen drohten, auf die schließlich ein seelenerschütterndes Vergnügen folgen würde.

„Dieses Versprechen gebe ich dir erst morgen, kleiner Mensch. Heute will ich mich nur um dich kümmern."

Ich weiß nicht, warum, doch ein Teil von mir war ein wenig enttäuscht. Ich weiß nicht, ob man das in meinem Gesicht ablesen konnte. Seine sanfte Liebkosung auf meiner Wange sagte mir, dass dem so war.

„Du solltest aber eine Sache wissen", neckte er, und ich zitterte vor Vorfreude.

„Und die wäre?", fragte ich zaghaft.

„Ich werde dir mehr als nur ein Spanking verpassen, bevor ich dich ins Bett bringe", knurrte er und unterstrich seine Worte mit sinnlichen, sanften Küssen auf meine Brustwölbung.

„Aber …"

„Ich werde deinen widerspenstigen kleinen Hintern mit meinem Gürtel markieren", beendete er.

„Deinem Gürtel?" Ich erstarrte, weil ich das Schweigen brechen wollte. Das konnte ich doch nicht richtig verstanden haben. Meine Stimme zitterte und verriet meine Beklemmung.

Sein dunkles, erwiderndes Lächeln war die einzige Bestätigung, die ich nötig hatte, doch er antwortete mir trotzdem.

„Ja, freches Mädchen. Mein Gürtel", grummelte er und meine Pussy verkrampfte sich stark.

Meine Erregung steigerte sich und ich konnte nicht aufhören, an seinen breiten Ledergürtel zu denken und wie meinen nackten Hintern auspeitschen würde. Sein Mund wanderte meinen Bauch hinab bis zur Stelle zwischen meinen Oberschenkeln. Ich zappelte in den Stoffbändern und war mir plötzlich bewusst, dass er in diesem Moment einen·beschämend klaren Blick auf mich hatte.

Meine Handgelenke ließen sich nicht befreien.

Er sah wissend zu mir auf, während mein Herz raste. Sein Blick war glühend heiß und ich erschauderte angesichts des intensiven Versprechens in seinem flackernden Blick. Dann richtete er seinen Blick wieder nach unten und starrte direkt auf meine klatschnasse Pussy, wobei ich noch heftiger errötete. Ich versuchte, mit den Hüften zu wippen, um mich wenigstens ein bisschen zu verstecken, doch seine Arme hielten meine Beine weit auseinander.

Was auch immer als Nächstes kommen würde, es gäbe kein Entrinnen, und das erregte mich.

Meine Erregung stieg in gefährliche Höhen. Ich versuchte mein Bestes, sie zurückzudrängen, doch sie war wie ein Tiger, der aus seinem Käfig befreit war. Mein Körper hatte jetzt die Kontrolle und ich konnte nichts dagegen tun.

Dann küsste er mich direkt auf die Klitoris. Seine Zähne streiften meine empfindliche Haut und ich wimmerte vor plötzlicher Angst. Bevor meine Nerven mich überwältigen konnten, kniff er in meine bedürftige Knospe und ich schrie auf, unsicher, wie ich meine Reaktion deuten sollte. Meine Schenkel bebten nun und seine Zunge leckte sanft über meine Klitoris, als wolle er sie trösten.

Dies war ein Wirbelsturm der Gefühle, aus dem es keinen Ausweg gab.

Obwohl ich mich schämte, ihn zwischen meinen Beinen zu haben, konnte ich nicht leugnen, dass ich es auf gewisse Weise genoss. Die warme Nässe seines Mundes senkte sich erneut auf mein empfindliches Nervenbündel und mein Körper reagierte umgehend darauf. Ich schrie auf und zerrte an meinen Armen, damit ich seinen Kopf zwischen meinen Schenkeln wegschieben konnte. Gefesselt und entblößt vor ihm, blieb mir nichts anderes übrig, als mich zurückzulehnen und in Ekstase als seine verzweifelt nasse und willige Gefangene unter seinen Lippen zu leiden.

War ich willig? Wollte ich das?

Meine Gedanken schweiften rasch zu seinem Versprechen für den morgigen Tag ab, zu dem breiten Gürtel, mit dem er mich auspeitschen wollte, und mein ganzer Körper erhitzte sich. Meine Nippel schmerzten, als ich versuchte, mir vorzustellen, wie es sich anfühlen würde.

Würde es wehtun? Würde ich in der Realität genauso feucht werden, wie ich es mir in der Fantasie vorstellte?

Seine Finger strichen über die Innenseiten meiner Oberschenkel und ich bebte, unfähig, die rasende Hitze zu stoppen, die mich bei der Kühnheit seiner Berührung durchströmte. Wieder und wieder spannte ich mich an und lockerte mich, während Funken mystischer Energie zwischen uns hin und her strömten.

Dies konnte nicht nur Anziehung oder gar Lust sein. Es war mehr.

Er kam mir wie der *Eine* vor.

Seine Zunge strich über meine Klitoris und meine Wirbelsäule wölbte sich vom Bett hoch. Meine Hüften wippten auf und ab und pressten mein empfindliches kleines Nervenbündel an die raue Oberfläche seiner Zunge. Zittrig holte ich Luft und versuchte, mich zu beherrschen, doch ich geriet schnell außer Kontrolle.

„Bitte", flehte ich.

Sein Mund zwischen meinen Beinen war zu beschämend, seine Zunge zu perfekt, und als die Sekunden verstrichen, wusste ich, dass meine Erlösung unausweichlich war.

So konnte ich nicht kommen. Ich *sollte* nicht kommen.

Er würde mir keine Wahl lassen.

Meine Finger klammerten sich an die seidenen Fesseln und ich schloss die Augen, um mich gegen das zu wehren, was unweigerlich ein aussichtsloser Kampf sein würde. Mein Inneres verkrampfte sich. Mein Blut raste und kleine Schweißperlen tränkten meine Stirn. Als ob er meinen inneren Zwist spüren konnte, saugte er noch fester an meiner Klitoris und ließ seine Finger meinen Schenkel hinaufgleiten.

Überwältigt von den Gefühlen, zersplitterte ich mit einem Schrei. Meine Beine fingen an, heftig zu zittern, und er hielt mich mit seinen Lippen auf mir reglos, während er jede Sekunde dieses verheerenden Orgasmus so weit wie möglich in die Länge zog.

Ich drückte meine Augen zu und war geblendet von der weißglühenden Ekstase, die in seelenschütternden Wellen über mich hereinbrach. Ich ertrank in der benebelten Glückseligkeit und schwebte irgendwo zwischen den Tiefen eines großen Meeres und den hellen Lichtern der Wolken hoch oben. Meine Erlösung erreichte noch nie zuvor erlebte Höhen, und als sie schließlich ihren Höhepunkt erreichte, hatte ich Schwierigkeiten, einen vollen Atemzug zu machen.

Er hörte nicht auf. Er zog sich nicht einmal für eine Sekunde zurück und ich schrie angesichts der plötzlichen Intensität zwischen meinen Schenkeln auf.

„Bitte! Ich bin zu empfindlich!"

Seine einzige Antwort bestand darin, meine Klitoris noch stärker mit seiner Zunge zu bearbeiten als zuvor. Ich stöhnte auf, doch der Laut verwandelte sich langsam in einen Schrei, als er über meinen anfänglichen Schmerz hinaus zu etwas noch Größerem vordrang.

Er würde mich *wieder* kommen lassen.

Ich war noch nie in meinem Leben zweimal so kurz nacheinander gekommen, und ich schrie auf und zerrte an dem Seidenseil über meinem Kopf, obwohl ich wusste, dass ich mich nicht würde befreien können. Meine Augen verdrehten sich, als er erneut fest um meine Klitoris kreiste, und ich wusste, dass die Schwelle zur zweiten Erlösung viel schneller kommen würde als die erste.

Ich versuchte trotzdem, dagegen anzukämpfen.

Erfolglos.

Mein Körper gab nach, doch mein Verstand hinkte hinterher. Seine Hände gruben sich in meine Oberschenkel und erinnerten mich daran, dass ich keine andere Wahl hatte, als dies zu akzeptieren. Ich schrie auf, der Schmerz pulsierte durch die wahnsinnige Lust, die sich in meinem Inneren verdrehte. Meine Nippel zogen sich zu festen Spitzen zusammen und ich sehnte mich danach, sie zu berühren, was mein Begehren umso mehr anheizte.

„Ich habe noch nie", versuchte ich meinen Satz, doch die Worte waren schon bald zu viel für mich. Meine Stimme brach mit einem erstickten Stöhnen und ich ritt schamlos auf seiner Zunge wie eine lüsterne Schlampe.

Seine Hand glitt nach oben, um die Falten meiner Pussy weit aufzuspreizen. Dann zog er mit seinem Finger die Haube meiner Klitoris zurück, damit er sich direkt darauf konzentrieren konnte. Ich stöhnte vor nervöser Erregung, als er meine empfindliche Knospe in seinen Mund saugte und mich mit seiner Zungenspitze im Handumdrehen überstimulierte.

Mit einem spitzen Schrei kam ich ein zweites Mal.

Brutale, wilde Lust durchfuhr mich und meine Beine bebten. Ich verlor völlig die Kontrolle. Mein Körper krümmte sich unter ihm und er drückte mich mit Leichtigkeit zu Boden. Aus irgendeinem Grund machte das Wissen darum meinen Orgasmus noch viel stärker.

Es war, als käme diese zweite Erlösung aus den dunklen Tiefen meiner Seele.

Ich schrie und meine Kehle wurde heiser. Meine Muskeln waren so angespannt, dass sie schmerzten, doch mein Orgasmus ging trotzdem ununterbrochen weiter. Mit einem erstickten Schrei fragte ich mich, wie lange er noch so weitergehen würde. Sein Mund gab mir die Antwort. Meine Erlösung würde anhalten, bis er beschloss, dass sie vorbei war.

Als der zweite Orgasmus schließlich seinen Höhepunkt erreichte und mein Körper auf dem Bett zusammensackte, hörte er auch da nicht auf. Er erzwang einen weiteren. Seine Finger bewegten sich zu meinem Eingang und mit einem groben Stoß schob er zwei dicke Finger in mich hinein. Ich schrie auf, verlor sofort die Kontrolle und kam ein drittes und letztes Mal.

Der anfängliche Schmerz dieses Orgasmus war stärker als die Freude, die damit einherging. Ich durchlitt mehrere Momente köstlicher Qualen, bevor sie in eine überwältigende, perfekte Ekstase übergingen, die mich völlig vernichtete.

Er pumpte seine Finger immer wieder in mich und mein Körper klammerte sich an ihn. Er stieß so tief in mich hinein, dass es wehtat, doch das ließ mich umso heftiger kommen. Seine rauen Finger in mir waren wie der Himmel und ich wollte plötzlich wissen, wie sich sein Schwanz anfühlen würde, wenn er stattdessen in mich eindrang.

Er war so viel größer als nur seine Finger.

Ich murmelte unverständliche Worte, bettelte und flehte um mehr, während ich gleichzeitig glaubte, dass ich es nicht mehr aushielt. Sein Mund zerrte den dritten Orgasmus immer weiter in die Länge und als er schließlich abklang, pochte mein Herz so stark, dass ich befürchtete, es könnte mir aus der Brust springen. Ich keuchte und versuchte zu Atem zu kommen, während er langsam an meiner übersensibilisierten Pussy leckte. Jede Berührung brachte meine Beine zum Beben und meine Hüften zum Wackeln. Mein Körper reagierte, als hätte er ein Eigenleben und ich schmolz auf dem Bett zusammen, als ich endlich akzeptierte, dass ich ihm gehörte und er mit mir tun und lassen konnte, was er wollte.

Er hatte mir die Unterwerfung aufgezwungen und ich hatte sie genossen.

Er legte sich auf mich und küsste mich. Ich hob mein Kinn an und bebte in seinen Kuss hinein. Seine Lippen schmeckten nach mir und ich errötete. Der Kuss vertiefte sich und nahm eine besitzergreifende Note an, die meinen ohnehin schon erschöpften Körper in Flammen setzte. Seine Zunge drang zwischen meine Lippen und zwang mich, meine eigene Erregung zu schmecken. Sie war süß, moschusartig und beschämend cremig und erinnerte mich an Vanilleeis, das auf einem Stück Apfelkuchen schmolz.

Eigentlich wollte ich es leugnen, doch es gefiel mir sehr.

Ich drückte mich ihm entgegen, als er über meinen Kopf griff und die seidenen Seile löste.

„Du schmeckst noch süßer, als ich es mir erhofft hatte", flüsterte er und mein Herz schwoll an.

Ich starrte in seinen glühenden Blick, während ich meine Arme um seine Taille schlang. Ich errötete stark und konnte meine eigene glitzernde Nässe auf seinen Lippen sehen. Seine Hand umfasste meinen Hinterkopf und hielt mich sanfter, als ich es ihm zugetraut hätte.

„Ich weiß nicht, was es mit dir auf sich hat, aber ich will dich niemals verlieren. Ich will, dass du mir gehörst", gestand er.

Er zog mich an sich und ich drückte mich fest an ihn.

Ich konnte es nicht aussprechen, doch ein Teil von mir wollte auch hier bei ihm bleiben.

KAPITEL ZWÖLF

Hayleigh

Der Rest des Tages verging wie im Fluge. Ich schlief immer wieder in seinen Armen ein, bis ich durch ein Klopfen an der Tür geweckt wurde. Kol machte sie auf und rollte einen Wagen voller Silbertabletts herein. Er erlaubte mir, ein schlichtes Wickelkleid anzuziehen, warnte mich aber, dass es nicht lange bleiben würde.

Nachdem wir gemeinsam ein köstliches Abendessen genossen hatten, führte mich Kol in einen riesigen Baderaum, den ich bei meinen ersten Erkundungen nicht gefunden hatte. Als ich meine Finger unter das Wasser hielt, war es dampfend und warm. Der ganze Raum war um natürliche heiße Quellen herum angelegt und genau in der Mitte befand sich ein frei fließender Wasserfall, der aus mindestens drei Metern Höhe über meinem Kopf auf den

Boden herabstürzte. Ich schaute auf und genoss gerade das heiße Wasser auf meiner Haut, als er mein Handgelenk packte und mich grob an sich zog. Er riss mir das Kleid vom Leib, als wäre es ein Blatt Papier.

Spielerisch schmollte ich und er hob nur eine Augenbraue. Ich zitterte, doch ich schob meine Unterlippe noch ein bisschen weiter vor. Er beugte sich vor und knabberte mit seinen Zähnen an meinen Schmolllippen, woraufhin ich erschauderte und versuchte, mich zu beherrschen – leider erfolglos. Ich starrte ihn an und erinnerte mich daran, wie unglaublich sich diese Lippen zwischen meinen Beinen angefühlt hatten.

Wer war ich überhaupt noch?

„Das Kleid hat mir gefallen", sagte ich und konnte mir ein Lächeln nicht verkneifen, als die Worte meinen Mund verließen.

„Ich werde dir ein anderes anfertigen lassen, ein besseres", antwortete er.

„Ach ja?"

„Ich bin der König, mein süßer Mensch. Ich glaube nicht, dass du das nach dem morgigen Tag jemals wieder vergessen wirst", stichelte er. Seine Augen funkelten voller dunkler Versprechen und mein Hintern spannte sich reflexartig an.

Ich konnte mich nicht zurückhalten und zitterte vor Vorfreude.

„Warum machst du das nicht einfach heute Abend?"

Ich blickte auf und versuchte, seinen Gesichtsausdruck zu deuten. Er war auf geheimnisvolle Weise verführerisch, als ob er sich die ganze Sache in diesem Moment ausmalte. Er legte den Kopf schief und zog sich grinsend das Hemd über den Kopf. Als Nächstes zog er seine Hose aus und enthüllte zum ersten Mal seinen nackten Körper vor meinen Augen.

Mir lief das Wasser im Mund zusammen, als ich überlegte, was ich tun sollte, doch ich erstarrte.

Ich konnte meinen Blick nicht von ihm losreißen. Es war, als hätten die Götter die absolute Perfektion erdacht und ihn dann erschaffen. Sein Körper sah aus, als wäre er aus Marmor gemeißelt, jede muskulöse Fläche war fest und mit tadelloser Sorgfalt geformt. Mein Blick wanderte nach unten und schweifte über die prächtige Fläche seiner Bauchmuskeln. Ich schluckte schwer, als ich das riesige Biest zwischen seinen Beinen sah. Sein Schwanz war so groß, dass ich einen nervösen Schritt rückwärts machte, als ob ich ihm entkommen könnte.

Den konnte ich auf keinen Fall anmutig hinnehmen. Ein Fick mit dem Ding würde wehtun.

Ich wusste nicht, wie mein Körper das alles aushalten sollte, aber gleichzeitig konnte ich nicht anders, als mich danach zu sehnen. Meine erregte Befürchtung zeigte sich, als ich von einem Fuß auf den anderen trat und nicht aufhören konnte, meine Hände vor mir zu ringen. Als ein einzelner Tropfen Erregung an meinem Innenschenkel herunterrann, biss ich mir auf die Unterlippe, um meinen beschämten Schrei zu unterdrücken.

Irgendetwas musste mit mir los sein. Ich redete mir ein, dass es sich nur um einfache menschliche Lust handelte, doch ich wusste, dass es weit mehr war. Er räusperte sich und ich erinnerte mich daran, meinen Blick zu heben und in sein Gesicht zu schauen. Er griff nach mir und packte mich am Nacken, als ob ich ihm gehörte. Ehrlich gesagt, gefiel mir das irgendwie. Sein Griff war so fest, dass es wehtat und mir der Atem in der Kehle steckenblieb.

„Es gibt einen Grund, warum ich dich heute Abend nicht bestrafen werde", begann er.

Mit angehaltenem Atem klammerte ich mich an jedes seiner Worte und suchte in seinen Augen nach Antworten, doch er gab sie mir noch nicht.

„Welchen denn?", flüsterte ich und erschauderte ein wenig an ihm. Sein anderer Arm legte sich um mich und drückte auf meinen unteren Rücken, um mich auf den Beinen zu halten. Ich bin mir nicht sicher, ob er es wusste, doch er bot mir damit Trost.

Er beugte sich vor und drückte seine Lippen auf mein Ohr, was mein Innerstes mit schwelender Hitze füllte. „Ich will, dass du davon träumst, was passieren wird, wenn du heute Nacht neben mir in meinem Bett schläfst, und ich will, dass du morgen den ganzen Tag daran denkst, damit du klatschnass und bereit für den harten Fick bist, der dich erwartet, wenn ich wieder durch die Tür komme", schwor er und ich keuchte, während mein ganzer Körper in Flammen stand.

Sanft ergriff er meinen Oberarm und führte mich zu dem natürlichen Wasserfall. Nebliger Dampf umgab uns, und in diesem Moment fühlte es sich an, als gäbe es nichts anderes auf der Welt als ihn und mich. Um ehrlich zu sein, war ich schon ganz erschöpft von der Lust, die er mir mit seiner Zunge aufgezwungen hatte. Ich errötete, als ich daran dachte, dass er mich aus dieser Nähe sah, wurde jedoch schnell von meinen Gedanken abgelenkt, als er begann, mich zu baden. Seine Berührungen waren sanft und dennoch gründlich, als er meinen Körper einseifte. Als er das Shampoo in meine Kopfhaut einmassierte, stöhnte ich auf, während ein Gefühl der Freude durch meinen Körper strömte. Mit einem weichen Tuch streichelte er meine Haut und wischte die Ereignisse des vergangenen Tages endgültig weg.

Ich stöhnte auf, als mit dem seifigen Tuch zwischen meinen Schenkeln hin und her strich. Meine Klitoris war wund und er wusste es. Ich wimmerte noch verzweifelter, als er das Tuch zwischen meine Pobacken drückte und mit seiner Fingerspitze direkt auf meinem Arschloch innehielt.

„Da ist noch etwas“, flüsterte er und sein Atem kitzelte mich im Nacken.

„Kol“, hauchte ich, verlegen und unbehaglich angesichts des unerwarteten Verlangens, das von dieser unglaublich beschämenden Berührung ausging. Ich biss mir auf die Unterlippe, schwieg und hoffte, dass er nicht bemerkte, wie sehr sich meine Pussy dank dieser schlichten Berührung verkrampfte.

„Mein Drachenschwanz wird es auch genießen, dieses enge kleine Loch morgen Nacht ranzunehmen“, flüsterte er und ich erstarrte.

Mein Kopf sagte mir, dass ich mich ekeln oder vielleicht sogar wütend werden sollte, aber mein Körper sagte mir etwas völlig anderes. Ich sollte dort nicht berührt werden wollen, doch als sein Finger begann, mein widerstrebendes Loch zu umkreisen, raste eine Welle der Lust direkt zu meiner Klitoris.

„Dein Drachenschwanz?", echote ich.

Er hielt seine andere Hand hoch und ich sah, wie sich ein Teil von ihm vor meinen Augen leicht verwandelt hatte. Seine Finger verdickten sich, doch es waren seine Nägel, die meine Aufmerksamkeit erregten. Sie wurden zu spitzen Krallen und dann glitt er mit ihnen leicht über die empfindliche Haut meines Halses. Ich zitterte, liebte aber das stechende Vergnügen, das damit einherging.

„Ja", bestätigte er, und in diesem Moment wagte ich einen Blick nach unten.

Ich schluckte schwer, als ich sah, wie er es zuließ, dass sich auch dieser Teil von ihm veränderte. Er wies alle Merkmale seines Drachenschwanzes auf, aber er war nicht ganz so groß. Die Schuppen, die seine Oberfläche bedeckten, waren irgendwie weicher, als er mit einer sanften Liebkosung über meinen Knöchel glitt. Ich kaute auf meiner Unterlippe herum, als er sich um meinen Oberschenkel schlängelte und mich so neckte, als wären es seine Finger. Ich konnte nicht umhin zu bemerken, dass die Spitze abgerundet war und allmählich größer wurde. Ich versuchte, nicht daran zu denken, was das bedeuten könnte …, wie sehr es wehtun könnte, wenn er dort in mich eindrang.

Wie es mir vielleicht gefallen würde.

Die Muskeln meines Arsches verkrampften sich und er gluckste, während seine Finger immer noch zwischen meinen Pobacken steckten. Ich fühlte mich so entblößt, konnte jedoch nichts tun, um die Reaktion meines Körpers zu verbergen.

Einerseits war es befreiend. Andererseits fühlte es sich so unglaublich beschämend an.

„Habe ich es mir doch gedacht, dass dich das interessieren könnte, mein frecher kleiner Mensch. Mach dir keine Sorgen. Ich werde mich morgen in jeder Hinsicht mit dir befassen. Du kannst so viel protestieren, wie du willst, aber ich habe das Gefühl, dass du am Ende um alles betteln wirst", versprach er und seine Stimme schoss wie ein Blitz immer wieder durch mich hindurch.

„Ich werde nicht …", protestierte ich und versuchte, so zu tun, als ob mich ein solch schmutziges Versprechen nicht interessierte. Ein weiterer Tropfen Erregung kullerte auf meinen Oberschenkel und ich redete mir ein, dass es sich nur um Seife handelte.

Er lächelte und sagte einige Augenblicke lang nichts, sondern ließ das Gewicht seines ungläubigen Blicks auf mir ruhen. Ich wandte meinen Blick ab, um nicht noch mehr zu verraten, während er mich badete. Als er mit dem Waschen fertig war, zogen sich seine Krallen zurück und sein Drachenschwanz verschwand.

„Warum ich?", fragte ich schließlich und brach das Schweigen zwischen uns.

„Ich brauche dich. Mein Reich braucht dich auch", sagte er leise.

Seine Hand legte sich um meinen Hals, als er mich herumwirbelte und mit dem Rücken an seine Brust zog. Ich spürte, wie sich sein hartes Glied zwischen meine Arschbacken schmiegte, und ein furchtbar beschämender Gedanke kam mir in den Sinn.

Würde er mich jemals dort auf diese Weise rannehmen?

Ich versteifte mich, denn der Schrecken meiner Gedanken überraschte mich. So schnell ich konnte, verdrängte ich sie und versuchte, mich auf seine großen, starken Hände zu konzentrieren, die mich festhielten. Aber das war nicht genug. Zögernd nahm ich ihm den seifigen Lappen aus der Hand.

„Ich glaube, ich brauche dich auch“, gab ich zu. Ich wagte nicht, ihn anzusehen, als ich diese Worte aussprach, denn ich wusste nicht einmal, woher sie kamen und warum ich das Bedürfnis verspürte, sie auszusprechen.

Um mich abzulenken, goss ich mehr Seife aus dem Holzkrug auf das Tuch und begann, ihn ebenfalls zu waschen. Langsam schrubbte ich den Schmutz und den Schweiß von seiner Haut und erfreute mich an dem feurigen Glühen, das darunter funkelte.

Ich ließ den Schwamm über die harten Flächen seiner Brust gleiten und nahm die festen Muskeln seines Körpers in Augenschein. Ich atmete tief ein und beobachtete, wie die Seife über die muskulösen Weiten seines Bauches tropfte. Ich hörte ganz auf zu atmen, als die Seife auf die harte Länge seines Schwanzes hinunterglitt. Er pulsierte und die Adern zu beiden Seiten seines Schafts pumpten voller Blut.

Ich sollte langsamer machen, wollte es aber nicht.

Ich hob meinen Blick zu ihm, als ich mit dem Schwamm über seine Länge strich. Seine Augen funkelten plötzlich vor Interesse. Er hatte nicht damit gerechnet, dass ich ihn so berühren würde, und das sah man seinem Gesicht an. Ich blickte wieder nach unten und er nahm mir den Lappen mit zärtlicher Vorsicht ab. Vielleicht war ich zu weit gegangen, oder er wollte mich nicht so haben. Plötzlich fühlte ich mich sensibel und unsicher und starrte auf den Steinboden unter meinen Füßen, während ich überlegte, was ich sagen sollte. War das eine Ablehnung? Sollte ich mich entschuldigen?

Ohne ein Wort zu sagen, ergriff er meine Hand und drückte sie mit der flachen Seite ganz an seinen Schaft, um mir im Stillen mitzuteilen, dass es für ihn mehr als in Ordnung war, dass ich ihn berührte – dass er es genauso wollte wie ich. Ich keuchte laut auf, ein wenig beschämt und erregt, als er in meiner Handfläche pochte. Einen Moment lang zauderte ich, weil ich nicht wusste, was ich tun sollte. Dann schlossen sich meine Finger zögerlich um seinen Schaft. Er war so groß, dass meine Fingerspitzen einander nicht berührten, und ich konnte nicht anders, als mir vorzustellen, wie er sich wohl anfühlen würde, wenn er tief zwischen meinen Schenkeln versank.

„Willst du dir morgen eine sanftere Bestrafung verdienen?“, fragte er, wobei seine Stimme vor Lust heiser klang.

Ich leckte mir über die Lippen, nervös, was er damit andeuten wollte, aber auch voller Sehnsucht, es herauszufinden.

„Ja“, flüsterte ich.

„Knie dich hin", befahl er. Er stellte sich unter den warmen Wasserstrahl und spülte die Seife ab, die noch auf seinem Körper war, während ich mich langsam auf die Knie sinken ließ.

Ich haderte und drückte zaghaft meine Hände an seine Oberschenkel, um mich abzustützen.

„Mach deinen Mund auf", schnurrte er, und ich konnte nicht anders, als ihm zu gehorchen. Er bewegte sich auf mich zu und berührte meine Wange sanft mit der harten Länge seines Schwanzes. Ich erschauderte und das Gewicht fühlte sich wie ein beschämender Klaps an.

„Du siehst schön aus, wenn du so kniest", fuhr er fort.

Ich errötete heftig.

„Ich werde morgen meinen Gürtel an deinem nackten Hintern anwenden, mein kleiner Mensch. Dieser Teil steht nicht zur Diskussion."

Ich wimmerte und schaute direkt auf seinen Schwanz hinab. Seine Erinnerung ließ mich die Unausweichlichkeit des morgigen Tages spüren und setzte meinen Körper in Brand. Er gluckste leise und hob mein Kinn mit seinem Finger an.

„Du willst wissen, wie sich mein Gürtel anfühlt, nicht wahr?"

„Ja", hauchte ich und war ein bisschen entsetzt über mich selbst, weil ich etwas derart Schändliches zugegeben hatte.

„Du hast schon oft an die Bestrafung auf meinem Knie gedacht, oder?"

„Ja", gestand ich. Ich war mir nicht einmal sicher, ob ich laut gesprochen hatte, bis seine Augen gefährlich vor Vorfreude funkelten. Mein Mund wurde trocken. So etwas hatte ich noch nie gemacht.

„Dann zeig mir mit deinen hübschen Lippen, wie sehr du dich auf morgen Abend freust", knurrte er und ich öffnete meinen Mund weit.

Mit meinen Fingern führte ich die Spitze seines Schwanzes leicht vor meine Lippen. Ich beugte mich vor und spürte, wie sich meine Pussy verkrampfte, als ich mit meiner Zungenspitze über sein pralles Glied strich. Der Geschmack purer Männlichkeit strömte über meine Zunge. Er war salzig und süß, aber auch leicht bitter und unglaublich perfekt. Ich wollte mehr davon.

Schon früher hatte ich Videos von Frauen gesehen, die das getan hatten, und ich hatte nie nachvollziehen können, warum sie so begeistert waren – jetzt verstand ich es. Ich fühlte mich mutiger, öffnete meine Lippen und nahm die Spitze seines Schwanzes in meinen Mund. Er war so dick, dass er meinen Mund weit aufriss, aber davon ließ ich mich nicht abschrecken. Langsam wirbelte ich mit meiner Zunge um seinen Schaft. Meine zaghaften Erkundungen wurden bald mutiger, als ich begann, an ihm zu saugen und mehr von ihm in meinen Mund zu nehmen. Als die Spitze seines Schwanzes schließlich den hinteren Teil meiner Kehle erreichte, hielt ich inne und zog mich zurück.

„Du musst schon etwas mehr Enthusiasmus an den Tag legen, hübsches Mädchen, sonst werde ich meinen Gürtel auch zwischen deinen wunderschönen Schenkeln anwenden", warnte er.

Meine Pussy zuckte fast bei dem Gedanken daran. Warum war ich nur so? Warum erregten mich seine Drohungen, mir Schmerzen zuzufügen, so sehr?

Ich schloss meine Lippen um seinen Schwanz und gab alles, als ich daran saugte. Mit meiner Zunge wirbelte ich um ihn herum und nahm ihn langsam und Stück für Stück tiefer auf. Als ich etwas zu weit vordrang, würgte ich und zog mich zurück, gewann aber schnell die Kontrolle und saugte wieder an seinem Schwanz – er stöhnte vor Vergnügen. Der Laut durchfuhr mich wie ein Eisendorn. Ich wimmerte, als sein Schwanz auf meiner Zunge pochte.

„Du wirst alles schlucken, was ich dir gebe", knurrte er.

Ich wimmerte laut. Über diesen Teil hatte ich bisher noch gar nicht nachgedacht. Er musste mein sofortiges Zögern gespürt haben, denn er knurrte und griff nach mir. Seine Hand wickelte sich in das nasse Haar auf meiner Kopfhaut und ballte sich zu einer festen Faust, während er begann, in meinen Mund zu pumpen. Ich schrie auf, als er plötzlich so grob mit mir umging.

„Ich wollte eigentlich sanft sein, aber bei dir kann ich mich nicht beherrschen", grummelte er.

Ich wimmerte, plötzlich verängstigt und unheimlich erregt.

Er fing an, mein Gesicht derbe zu ficken. Sein Schwanz drückte sich in meine Kehle und ich versuchte, ihn anmutig aufzunehmen, musste allerdings würgen. Er spürte meine Schwierigkeiten und zog sich gerade so weit zurück, dass ich wieder zu Atem kommen konnte, doch er gewährte mir nur ein bisschen Erleichterung. Dann stieß er von Neuem in mich hinein. Ich schluckte um ihn herum und kämpfte, ihn so gut wie möglich aufzunehmen.

Sein Schwanz pochte auf meiner Zunge, und er stöhnte. Ich gab in diesem Moment alles, was ich zu geben hatte, und wirbelte und saugte so enthusiastisch, wie ich nur konnte. Mit einem Brüllen stieß er heftig zu und ich schluckte ihn, während meine Augen tränten. Sein Samen spritzte in meinen Mund und ich musste kurz würgen, ehe ich meine Kehle öffnen und ihn hinunterschlucken konnte. Es fiel mir schwer, alles zu schlucken, doch ich machte keinen Rückzieher.

Meine Schenkel spannten sich an, als ich vor ihm kniete, und meine eigene Klitoris pochte zwischen meinen Beinen genauso hart wie sein Schwanz auf meiner Zunge. Als seine eigene Erlösung nachließ, zog ich mich zurück und begegnete seinem schmutzigen Blick, während ich seinen Schwanz gründlich mit meinem Mund reinigte. Sein Geschmack auf meiner Zunge war deutlich wahrnehmbar. Er stöhnte auf und mein Inneres verdrehte sich. Mit einem zufriedenen Seufzer griff er nach meiner Hand, um mir beim Aufstehen zu helfen.

„Das ist mein braves Mädchen“, lobte er, griff nach meinem Hinterkopf und zog für einen besitzergreifenden Kuss heran, der meine Lippen wund und gequetscht fühlen ließ.

Als er sich schließlich von mir löste, glühten seine Augen förmlich vor Hitze. Meine eigene, geschmolzene Erregung ließ mich in seinen Armen zittern. Er hob mich vom Boden auf und trug mich zurück ins Schlafzimmer. Als er mich schließlich absetzte, griff er zur Seite und holte eine weiche

Decke. Sanft trocknete er mich ab, bevor er mich ins Bett steigen ließ.

Als er sich zu mir setzte, konnte ich nicht anders, als mich eng an ihn zu kuscheln. Mit meiner Handfläche glitt ich die harte Fläche seiner Brust hinauf und kuschelte meine Wange an ihn. Seine Hand glitt über meinen Rücken und er küsste meinen Hals so sanft, dass ich vor Freude aufseufzte. Als mein Arsch seinen Schwanz berührte, schnappte ich nach Luft.

Er war noch immer hart.

„Gibt es etwas, das du begehrst, Engel?"

Seine Stimme war ein heiseres Flüstern, das mich wieder einmal in Flammen setzte. Seine Finger glitten nach unten, um meinen Schamhügel zu streicheln und glitten dann noch weiter zwischen meine getränkten Falten.

„Hat das Saugen an meinem Schwanz deine kleine Pussy feucht gemacht?"

Mein Gesicht fühlte sich an, als ob es in Flammen aufgegangen wäre, doch das ließ sich nicht verbergen. Langsam umkreisten seine Finger meine Klitoris und ich keuchte vor Lust.

„Ja", antwortete ich.

„Möchtest du vor dem Schlafengehen noch einen Orgasmus haben?", fragte er.

„Bitte, mein König", hauchte ich, wobei meine Stimme vor Begehren zitterte. Ich spürte, wie sich seine Mundwinkel mit einem zufriedenen Grinsen gegen meinen Kopf erhoben.

„Na, wenn du so *überzeugend* für mich bettelst", knurrte er.

Sofort nahm der Druck seiner Berührungen zu und mein Verlangen steigerte sich mit glühender Intensität. Da ich bereits gut benutzt war, gab es keine Hoffnung mehr, meine Erlösung zu bremsen. Mein Wimmern begann leise, ehe es in Schreie überging, als mein Orgasmus über mich hereinbrach.

Ich kam heftig und schnell, wobei mein ganzer Körper vor Lust bebte. Ich versuchte, stillzuhalten, doch es war sinnlos, da sein Finger meine Klitoris mit Nachdruck bearbeitete und mir jede mögliche Sekunde der Glückseligkeit abtrotzte. Als es schließlich nachließ, überkam mich eine Welle der Erschöpfung, und meine Augen fielen zu.

Ich wachte erst am Morgen wieder auf.

* * *

Als ich endlich die Augen öffnete, drehte ich meinen Kopf und streckte meine Hand in Kols Richtung aus. Seine Seite des Bettes war kalt. Schmollend öffnete ich die Augen und suchte nach ihm, fand aber den riesigen Raum leer vor. Enttäuscht seufzte ich, doch dann bemerkte ich, dass ein Zettel auf seinem Kopfkissen lag. Vorsichtig nahm ich ihn in die Hand und las die saubere Schrift, die er in seiner Abwesenheit verfasst hatte.

. . .

Auf dem Tisch steht ein Frühstück für dich bereit. Ich muss mich heute noch um einige Dinge kümmern, also gehört die Burg den Nachmittag über dir.

Du wirst bei Sonnenuntergang in meine Gemächer zurückkehren.

Zwing mich nicht, nach dir zu suchen.

Kol

Ich biss mir auf die Unterlippe, als ich seine Drohung mehrmals durchlas. Meine Beine hatten sich abwehrend zusammengepresst und ich wimmerte, obwohl niemand da war, der mich hören konnte.

Hatte er wirklich gemeint, was er sagte? Würde er heute Abend wirklich seinen Gürtel benutzen? Und noch viel mehr: Würde er mich ficken?

Meine Pussy verkrampfte sich, als ob mich das allein schützen könnte, und ich legte sofort meine Hände auf meinen Arsch. Würde er seinen Drachenschwanz wirklich dort hinten verwenden? Würde er es tun, während er meine Pussy fickte?

Leck mich.

Mit einem Schnauben lehnte mich auf dem Bett zurück und war schon jetzt ein geschmolzenes, erregtes Durcheinander. Ich musste mich ablenken. Ich musste aufhören, darüber nachzudenken, wie dringend ich wissen wollte, was er heute Abend mit mir vorhatte, und ob es mir überhaupt gefallen würde, oder wie heftig ich dabei für ihn kommen würde.

Ich blickte zum Tisch hinüber und sah, dass dort mehrere Servierteller mit Essen auf mich warteten. Auf einem Stuhl lag ein weicher roter Samtmantel und ich zog ihn an, wobei ich in der morgendlichen Kälte ein wenig zitterte. Es war keine Unterwäsche zu sehen und ich war gezwungen, mit der Erinnerung an meine feuchte Erregung zwischen meinen Schenkeln bei jedem Schritt zum Tisch zu gehen.

Ich hasste es, dass er mir das antat.

Ich setzte mich hin, schlug die Beine übereinander und schmollte ein wenig. Frustriert nahm ich einige der Servierhauben ab und fand eine Auswahl an Früchten, die ich nicht kannte, sowie verschiedene Wurst- und Käsesorten. Es gab einen Stapel mit süßem Gebäck, das mit einer orangefarbenen Himbeerglasur überzogen war. Ich probierte viele der Gerichte und nahm kleine Bissen. Es war alles unglaublich lecker. Es gab sogar ein Heißgetränk, das so schmeckte, als hätten sich eine heiße Schokolade und ein Espresso zusammengetan und ein Baby bekommen.

Je mehr ich aß, desto besser fühlte ich mich. Als ich satt war, zog ich mich an und entschied mich, das Kleid zu tragen, das Kenna für mich entworfen hatte, weil ich mich darin wunderschön fühlte. Ich hoffte, Kol würde es mir später vom Leib reißen.

Mit einem finsteren Blick verließ ich seine Gemächer, denn ich brauchte etwas Abstand zu dem Bett, in dem ich in dieser Nacht meine Jungfräulichkeit verlieren würde. Gott, ich war hoffnungslos. Vollkommen wahnsinnig.

Voller Verzweiflung, mich abzulenken, ließ ich mir Zeit und erkundete so viel von der Burg wie möglich. Ich verlor mich zwischen den Büchern der Bibliothek und den endlosen Gästeflügeln, privaten Wohnzimmern, Speisesälen, Waffenkammern und Küchen. Das Personal blieb unter sich und machte keine Anstalten, mich zu behelligen. Ein paar von ihnen fragten, ob ich etwas begehrte, doch ich schüttelte den Kopf und bedankte mich so freundlich, wie ich konnte. Als es Zeit für das Abendessen war, machte ich mich auf den Weg zurück in die Gemächer des Königs, wo frische Teller auf dem Tisch standen. Beim Essen warf ich einen Blick auf das Bett und konnte die Gedanken an das, was schon bald geschehen würde, nicht unterdrücken. Ich nippte an einem Glas Wein.

Hatte er all diese Dinge nur gesagt, um mich anzutörnen? Hatte er sie wirklich ernst gemeint? Ich redete mir ein, dass ich vielleicht verrückt war, dass das alles nur Dirty Talk oder Vorspiel war, um mich zu erregen, und dass es heute Abend nicht so sein würde. Er würde nicht seinen Gürtel ausziehen und damit meinen Hintern auspeitschen, um mich dann anschließend zu ficken. Wahrscheinlich hatte er all diese Dinge nur gesagt, damit ich keinen weiteren Fluchtversuch unternahm. Das hatte auch geklappt, denn jetzt saß ich an seinem Tisch und genoss seinen Wein.

Das war's. Ich musste eingewiesen werden.

Mein Blut gerann, als die Tür aufging, und ich starrte einen langen Moment auf die rote Flüssigkeit in meinem Becher, bevor ich es wagte, meinen Blick in Richtung Tür zu heben. Seine Augen waren wie kleine Lagerfeuer, so hell loderten sie. Er schritt auf mich zu und sah in seinem weinroten, mit Samt gefütterten Hemd und seiner dunkelgrauen Hose geradezu königlich aus. Seine schwarzen Lederstiefel glänzten im Licht und ich stand zögernd auf, um ihn zu begrüßen.

Er schlang seine Arme um meine Taille und küsste mich so zärtlich, dass ich mich fragte, ob ich mir das alles nur eingebildet hatte. Seine Handfläche legte sich an meine Wange und sein Daumen streichelte mich, während er mir zärtlich in die Augen blickte.

Als wäre er nicht der Mann, der mir die Kleider vom Leib gerissen und mir auf der Lichtung den Arsch versohlt hatte.

Als wäre er nicht der Mann, der mich erst gestern an sein Bett gefesselt hatte …

„Hast du mich vermisst?“, fragte er mit brummiger, verführerischer Stimme.

„Ein wenig“, antwortete ich und holte zittrig Luft.

„Ich habe den ganzen Tag lang an dich gedacht“, antwortete er, wobei sein Tonfall absichtlich heiser war, und ich konnte nicht verhindern, dass mir ein Schauder über den Rücken lief. Seine Mundwinkel hoben sich und ich wusste, dass er es bemerkt hatte.

„Ach ja?“, fragte ich zittrig.

„Ich habe darüber nachgedacht, wie herrlich dieser kleine Arsch aussehen wird, wenn er von meinem Gürtel markiert worden ist, und wie feucht diese hübsche kleine Pussy sein wird, bevor ich sie ficke“, knurrte er mit vor Verlangen rauer Stimme, und ich hätte schwören können, dass mein Magen direkt unter mir absackte.

„Das kann nicht dein Ernst sein“, spottete ich, und mein Herz klopfte vor hoffnungsvoller Angst in meiner Brust.

Er drückte seine Hand auf meinen unteren Rücken und presste damit meinen Körper fest an den seinen. Sein Schwanz war steinhart und meine Pussy zog sich reflexartig zusammen, als er an meiner Hüfte pulsierte.

„Ich habe jedes Wort ernst gemeint, mein hübsches kleines Ding“, murmelte er.

Seine Finger glitten meinen Rücken hinauf und lösten geschickt die Schnüre, die mein Kleid an seinem Platz hielten. Die Hitze zwischen uns war spürbar, als mein Kleid gerade so weit gelockert wurde, dass meine Brust zum Vorschein kam. Er atmete durch die Zähne ein und griff nach meiner linken Brust, wobei er seine Finger grob in meine Haut grub.

„Gestern habe ich alles tun wollen, um dich zum Lächeln zu bringen und sicherzustellen, dass es dir nach deiner schrecklichen Begegnung mit den Wargs gutgeht, aber heute Abend werde ich ganz andere Saiten aufziehen“, warnte er.

Ich schnappte nach Luft und konnte nicht ertragen, wie mein Inneres bei seinen Worten zu schmelzen begann.

„Heute Nacht werde ich mir endlich nehmen, was mir gehört.“

„Kol“, hauchte ich.

„Du gehörst mir, Engel“, knurrte er.

Er griff mir grob in den Nacken und zog mich für einen Kuss heran. Sein Mund plünderte den meinen, sein Kuss war hart und besitzergreifend. Überrascht keuchte ich vor plötzlichem Begehren, und als sich seine Zunge zwischen meine Lippen drängte, verwirbelte ich meine mit seiner. Als er sich zurückzog, fehlte mir vor lauter Verlangen der Atem. Ich schwankte von einer Seite zur anderen und meine Beine fühlten sich an wie Gelee. Ohne ein Wort zu verlieren, löste er das Kleid vom Rest meines Körpers. Er schob es mir über die Hüften und stöhnte, als er mich darunter nackt vorfand.

„Ich glaube nicht, dass ich dir jemals erlauben werde, diese wunderschöne kleine Pussy zu bedecken."

Ich hasste es, wie das meine Klitoris zum Pochen brachte.

„Weißt du auch, warum?"

„Nein", hauchte ich.

„Ich habe bereits den süßen Duft deiner Erregung riechen können, als ich durch die Tür gekommen bin. Bevor ich auch nur einen Finger an dich gelegt habe, war mir schon bewusst, dass du für mich durchnässt bist", murmelte er und ich erschauderte heftig.

„Bitte", hauchte ich.

Er sagte nichts, sondern reichte mir nur seine Hand, damit ich mich von dem Kleid befreien konnte. Er wich zurück und ließ seinen Blick an meinem nackten Körper auf und ab schweifen. Ich nahm mir einen Moment Zeit, um mein Kleid vom Teppich zu heben und es auf den grauen Ledersessel neben mir zu legen. Als ich fertig war, schaute ich ihn wieder nervös und erregt an. Er hatte seinen Blick nicht von mir abgewandt, und das ließ mein Gesicht heiß werden. Er machte einen Schritt auf mich zu, und ich ging einen zurück. Sein geschmolzener Blick brannte sich in mich, als ob er eine direkte Verbindung zu meinem Inneren hätte, und ich erschauderte.

Das war verrückt. Ich war verrückt, oder?

„Was habe ich dir gesagt, was heute Nacht passieren wird, Engel?"

„Dein Gürtel", wagte ich zu sagen.

„Das war nur der erste Teil, oder?"

„Ja." Ich errötete, weil ich mir sofort vorstellte, wie der dicke Schwanz, den ich erst gestern Abend gelutscht hatte, in meine jungfräuliche Pussy eindringen würde. Allerdings wurde ich noch röter, als ich an sein Versprechen darüber dachte, was er mit seinem Drachenschwanz vorhatte.

„Komm her und knie dich vor mich, kleiner Mensch", befahl er, doch ich bewegte mich nicht sofort, sondern war wie erstarrt. Er reichte mir seine Hand und ich fand endlich den Mut, sie zu ergreifen.

„Du hast mich geohrfeigt, nicht wahr?"

Seine Hand wanderte gefährlich nahe an meine Brust, umspielte meinen Nippel und ich schnappte nach Luft. Meine empfindliche Knospe verhärtete sich schmerzhaft unter seiner Berührung.

„Ja", wagte ich zittrig, zu sagen.

Unerwartet gab er mir einen Klaps auf die Brust. Ich schrie auf, weil ich das plötzliche Stechen nicht erwartet hatte, und war entsetzt, als ich sah, wie sich die rosafarbene Spitze vor Lust noch stärker zusammenzog. Er drehte mich um, sodass ich von ihm abgewandt war, und versohlte mir die andere Seite genauso fest, sodass der stechende Schmerz über beide Brüste ausstrahlte. Er machte weiter und ich wehrte mich, während er mich mit den flachen Fingern bestrafte. Meine Haut färbte sich rosa und seine Fingerabdrücke röteten langsam die blasse Stelle. Es brannte viel heftiger, als ich je erwartet hätte. Meine Augen tränten, als er lange genug innehielt, um meinen Nippel fest zu kneifen, ihn zu verdrehen und mich aufschreien zu lassen.

„Heute Abend erwarte ich Gehorsam. Jegliches Zögern hat eine sofortige Bestrafung zur Folge“, warnte er, und mein Körper errötete vor heißer Lust.

„Ja, mein König“, flüsterte ich und versuchte, das Hämmern meines Herzens zu unterdrücken. Ich fühlte mich so unendlich bedürftig und presste meine Schenkel zusammen, um das Gleichgewicht zu halten. Er hatte mich noch kaum berührt und ich sehnte mich jetzt schon danach, dass er mich flach auf das Bett drückte, damit er sich an mir vergehen konnte.

„Knie dich hin“, befahl er leise.

Diesmal tat ich ohne Fragen, was er verlangte. Meine brennenden Brüste erinnerten mich daran, wozu er fähig war, falls ich ungehorsam war. Seine Finger streichelten zärtlich meinen Hinterkopf und ich lehnte mich in seine beruhigende Sanftheit.

„Ich möchte, dass du meinen Gürtel abnimmst und ihn mir gibst."

Ich quiekte nervös und zögerte nur eine Sekunde, bevor ich nach oben griff und den dicken schwarzen Lederriemen an seiner Taille berührte. Ich verspannte mich und erwartete Vergeltung, doch es kam keine. Er war weich, als wäre er frisch geölt, und ich fragte mich, ob er das absichtlich für mich getan hatte. Die geölte Oberfläche war trügerisch, denn ich hatte das unangenehme Gefühl, dass es ziemlich brennen würde, wenn sie meinen nackten Hintern auspeitschte.

Mein Herz flatterte vor Aufregung, obwohl ich mir sagte, dass ich mich fürchten sollte. Ich schob das Ende des Gürtels durch die Schnalle und zog den Metallstift heraus. Mit einem tiefen Atemzug hörte ich zu, wie der Riemen aus seiner Hose glitt. Ich hielt das Leder in meinen Fingern und ließ meinen Daumen über die Oberfläche hin und her gleiten, bevor ich es schließlich hochhielt und ihm mit wachsender Beklommenheit präsentierte. Er nahm es mit einem finsteren Lächeln entgegen, faltete es in der Mitte und ließ es bedrohlich an seiner Seite herabhängen.

Mit der anderen Hand griff er nach unten und packte meinen Oberarm. Er zog mich auf die Beine und führte mich zielstrebig zum Bett. Dabei wandte er gerade genug Kraft auf, um mir zu zeigen, dass es nicht mehr an mir lag, was als Nächstes geschah.

Das erregte mich umso mehr.

Vorsichtig beugte er mich übers Bett. Mit seinem Fuß öffnete er meine Beine und spreizte mich weit auf. Das gleiche seidene Seil, das er gestern Abend benutzt hatte, wickelte sich plötzlich direkt vor mir um meine Handgelenke und er verknotete es. Ich würde nicht mehr nach hinten greifen können. Als er fertig war, fasste er mir besitzergreifend an den Hintern und ich erschauderte vor Vorfreude. Auch wenn ich nicht genau wusste, was passieren würde, fühlte ich mich in seiner Gegenwart sicher.

„Ich werde deinen wunderschönen kleinen Arsch markieren, aber ich würde dich niemals wirklich verletzen wollen", knurrte er mir ins Ohr und ich erschauderte heftig.

Der Gedanke, dass ich ihm genug am Herzen lag, dass er dafür sorgte, dass meine Hände bei der Bestrafung nicht verletzt wurden, überraschte mich und meine Pussy zog sich reflexartig zusammen. Ein leises Stöhnen entwich mir und er kicherte wissend. Der Laut machte meine Klitoris sehnsüchtig.

Er griff nach meiner anderen Pobacke und ich keuchte, denn sein Griff quälte meine Haut. Als er sie losließ, gab er mir je einen kräftigen Klaps auf beide Seiten. Seine Fingerspitzen trafen meine Pussy und ich schrie auf, weil meine empfindlichen Falten im Nu versengt wurden. Ich verdrehte meinen Kopf und hielt mich an der Bettdecke unter mir fest. Grob packte er meine Hüften und hob mich weiter auf das Bett, sodass meine Füße jetzt nicht mehr den Boden berührten. Durch die veränderte Position fühlte ich mich sofort klein, wie ein Mädchen, das gleich ein richtiges Spanking bekam, weil es ungezogen war.

Meine Pussy verkrampfte sich.

Ich hob meine Hüften und er nutzte die Gelegenheit, um mir einen leichten Klaps auf die Pussy zu geben. Das feuchte Geräusch war beschämend, doch es ließ meine Klitoris trotzdem pochen. Seine andere Hand fuhr über meine Wirbelsäule und er schwieg für einen Moment.

„Stimmt etwas nicht?", fragte ich und fühlte mich plötzlich unsicher und verletzlich.

„Nein, alles in Ordnung. Ich habe mir nur einen Moment Zeit genommen, um dich zu bewundern. Du bist so wunderschön, wenn du so daliegst. Nackt. Entblößt. Verängstigt", begann er. Seine Hand glitt weiter hinunter in die Spalte meines Arsches, bevor sie sich ganz auf meine Pussy legte.

„Du bist klatschnass und erregt und verlangst nach meinem Gürtel und meinem Schwanz. Das alles ist so wunderschön", fuhr er fort.

Seine Fingerspitzen fanden meine Klitoris mit Leichtigkeit, umkreisten sie und ließen mich keuchen. Er neckte mich und steigerte meine Lust, bis ich vor Verlangen stöhnte. Als er sich zurückzog, verpasste mir der Entzug einen Schock. Ich biss mir auf die Unterlippe, als er den Gürtel vom Bett nahm und das Leder hörbar auf dem Stoff der Bettdecke zischte. Meine Ohren nahmen seine Schritte wahr, als er sich hinter mich stellte. Seine Hand legte sich auf meinen unteren Rücken und drückte mich nach unten, um mich für das, was mir jetzt bevorstand, festzuhalten.

„Der nächste Teil wird wehtun, Engel, aber du hast es verdient, stimmt's?"

„Ja, mein König“, hauchte ich und hob meinen Hintern an, während der Gürtel durch die Luft sauste.

Das leise Zischen war trügerisch und als er auf meine nackten Pobacken traf, blieb ich für einen Moment still liegen, ohne wirklich zu glauben, dass es endlich geschah. Das Leder passte sich der Form meiner nackten Haut an, schlängelte sich über meinen Arsch und ich keuchte bei seiner schamhaften Berührung. Das Geräusch war noch lauter als seine Hand und überraschte mich, doch all das verblasste im Vergleich zu dem stechenden Schmerz, der auf diesen ersten Hieb folgte.

Ich quietschte vor Schreck und auf beiden Pobacken bildete sich eine brennende Linie. Das Ende des Gürtels traf mich am härtesten und dieser eine Punkt brannte mehr als alle anderen. Ich wollte mich vom Bett hochstemmen, vergaß dabei aber, dass meine Hände gefesselt waren, und seine Handfläche drückte sich fest auf meinen unteren Rücken. Der Gürtel schwang erneut. Und erneut. Und erneut.

Dieser grausame Riemen bestrafte jeden Zentimeter meines Hinterns, von den Oberseiten meiner Wangen bis zur Mitte der Rückseite meiner Oberschenkel. Ich zappelte und strampelte, doch er traf jedes Mal ins Schwarze. Ein Peitschenhieb traf mich genau zwischen den Beinen und setzte meine Pussy sogleich beim Aufprall in Brand. Ich schrie auf und drückte schnell meine Schenkel zusammen, doch kurze Zeit später passierte es erneut und mir wurde klar, dass ich so oder so verwundbar war.

Es gab nichts, was ich dagegen tun konnte.

Der Gürtel prasselte auf mich herab, und schon bald begann ich, mich zu winden. Dieser Mann hatte die volle Kontrolle über mich und ich hatte es zugelassen.

Es tat so sehr weh.

Mit jedem pfeifenden Schlag brannten die Feuerlinien auf meinem Arsch heißer. Ich spürte jede einzelne Strieme anschwellen, doch das Schlimmste war, dass mein Körper anfing, auf den Schmerz zu reagieren. Der Gürtel ließ schreckliche Qualen auf mich niederregnen, doch es folgte unweigerlich köstliches Vergnügen. Mein Inneres verkrampfte sich vor Verlangen und meine Klitoris pochte mit einer verblüffend intensiven Gier. Für ein paar kostbare Augenblicke hielt der Gürtel inne und ich konnte wieder zu Atem kommen, doch er raubte ihn mir sofort wieder, als seine Finger zwischen meine Beine glitten. Er streichelte meine brennenden Falten und ich verbarg mein Gesicht im Bett, denn seine Berührung zeigte deutlich auf, wie klatschnass ich war.

„So ein böses Mädchen", murmelte er und ließ seine Finger in meiner Nässe auf und ab gleiten.

Seine Neckereien ließen meinen ganzen Körper erbeben und ich versuchte verzweifelt, nicht mit den Hüften zu wackeln, sodass ich auf den Flächen seiner rauen Finger ritt.

Ich scheiterte.

Ich rieb meine Pussy an ihm und suchte verzweifelt nach Erlösung. Als ich gerade an der Grenze angelangt war, zog er sich zurück und der Gürtel klatschte erneut auf meinen Arsch. Diesmal war ich mir nicht ganz sicher, ob es wehtat oder ob ich es genoss. Er tat es erneut, und ich stöhnte. Der

Gürtel traf genau die Unterseite meines Arsches und ließ meine Pobacken so ruckeln, dass es meine sehnsüchtige Pussy folterte. Dies sollte eine Bestrafung sein und ich war so erregt wie noch nie in meinem Leben. Seine Hand kehrte zu meinem unteren Rücken zurück und dann begann er, den Lederriemen etwas fester einzusetzen. Die Laute, die ich von mir gab, lagen irgendwo zwischen einem Stöhnen und einem Schrei. Ich konnte den Unterschied nicht mehr erkennen und hörte auf, es zu versuchen.

Stattdessen genoss ich einfach das Erlebnis.

Schmerz und Vergnügen wurden eins, und als er wieder zwischen meine Beine griff, sickerte meine Erregung so weit herab, dass sie meine Schenkel benetzte. Ich errötete, als ich spürte, wie ein Tropfen auf meiner Haut nach unten lief, und er verpasste mir einen leichten Klaps auf die Pussy. Ich hatte erwartet, dass es wehtun würde, doch das war nicht der Fall. Es war herrlich.

„Kol, bitte", flehte ich.

Ich konnte es nicht einmal mehr leugnen. Sein Gürtel hatte meinen Körper in ein brodelndes Durcheinander aus Erregung verwandelt und ich wünschte mir nichts sehnlicher, als zu kommen, und zwar durch seine Hand.

„Du hast diesen hübschen Mund gestern so wunderbar benutzt, nicht wahr?", fragte er, während er mit seinem Finger leicht meine Klitoris neckte, und ich hatte Mühe, mir überhaupt eine Antwort zu überlegen.

„Ja", brachte ich schließlich hervor. Meine Stimme zitterte bei dieser einen Silbe, was bewies, wie sehr ich mit meiner leidenschaftlichen Hitze zu hadern hatte.

„Weil du so ein braves Mädchen warst, lasse ich dir jetzt die Wahl."

Ängstlich und erregt zitterte ich.

„Willst du mehr von meinem Gürtel? Oder bist du bereit für meinen Schwanz?"

Mein Atem blieb mir im Hals stecken und ich klappte Mund auf und zu, um die richtigen Worte zu finden, doch es kamen keine heraus. Beide Optionen würden wehtun, allerdings auf zwei sehr unterschiedliche Weisen. Sein Gürtel würde mir Feuer auf dem Arsch verbreiten und sein Schwanz würde mich zweifellos in zwei Teile spalten. Als ob er meinen inneren Kampf verstanden hätte, pressten seine Finger noch fester auf meine Klitoris.

„Ich will kommen", jammerte ich.

„Das war nicht meine Frage, mein Engel", tadelte er.

Ohne Vorwarnung zog er seine Hand weg und versohlte mir mit der Spitze des Gürtels direkt die Pussy. Das tat er noch zweimal, bis meine empfindlichen Falten wie Feuer brannten. Zuerst war es brutal, doch als es allmählich nachließ, trat ein schwelendes Verlangen auf.

Seine Berührung brannte. Ich brauchte mehr.

„Bitte", versuchte ich.

„Mein Gürtel oder mein Schwanz, Engel", forderte er.

Ich wusste, dass ich auf einem schmalen Grat wandelte. Wenn ich noch länger zögerte, würde er meine Pussy wahrscheinlich noch härter bestrafen. Ich schloss meine Augen.

Ich kannte die Antwort. Ich musste mich nur dazu zwingen, die Worte auszusprechen.

„Dein Schwanz“, zwang ich mich, zu flüstern.

Nachdem ich die Worte geäußert hatte, schien es, als würde die ganze Welt verstummen. Das Einzige, was ich hören konnte, war das hektische, nervöse Pochen meines Herzens. Meine Pussy schien im Gleichklang damit zu schlagen und mich in einen Strudel aus Lust und Panik zu stürzen. Ich schloss meine Augen, leckte mir über die Lippen und wartete auf das, was nun kommen würde.

Na bitte. Ich hatte es gesagt. Ich hatte ihn gebeten, mich zu ficken, und jetzt geriet meine Angst außer Kontrolle. Ich wusste, wie groß sein Schwanz war. Noch nie zuvor hatte ich es mit einem Mann getrieben, und dennoch flehte ich ihn an, mich zu entjungfern und mich mit diesem absoluten Biest zu ficken.

Ich betete, dass die Zeit stehenbleiben möge. Das tat sie aber nicht.

Seine Hand löste sich von meiner Pussy, wanderte durch meine Arschspalte hinauf und kreiste über meinen unteren Rücken. Seine Berührung zeichnete ein flüssiges Feuer auf meine Haut, entzündete jeden Nerv und überwältigte meine Sinne. Mein Herzschlag grenzte an Raserei. Er legte den Gürtel neben mir ab und ich starrte ihn an, eingenommen von der Hitze, die er auf meinen Arsch gemalt und in meinem Körper geschürt hatte.

Er griff über meinen Kopf und löste langsam die Fesseln von meinen Handgelenken. Ich sah zu, wie der seidene Stoff auf das Bett fiel und streckte meine Finger aus, die nun befreit waren. Sein Körper presste sich an den meinen und ich konnte die stählerne Härte seines Schwanzes an meinem versengten Hintern spüren. Ich biss mir auf die Unterlippe und schloss die Augen. Seine Fingerspitzen fuhren über meine Wirbelsäule und ließen mich erschaudern. Ich holte tief Luft, als seine Berührung mich verließ.

Das Warten war der grausamste Teil.

Hinter mir hörte ich Stoff rascheln und schluckte schwer. Ich stellte mir vor, wie er sein Hemd auszog und stellte mir die harten Flächen seiner Brust vor. Er setzte sich neben mich und löste die Lederschnürung seiner Stiefel, zog sie aus und brachte dabei das Bett leicht zum Wackeln. Ich biss mir auf die Unterlippe, als er aufstand, und zuckte zusammen, als er seine Kleidung neben mir ablegte.

Meine Pussy verkrampfte sich erwartungsvoll.

Das war's also. Er würde mich einfach so rannehmen, von hinten. Würde er hart und schnell sein? Würde er es am Anfang langsam angehen? Würde es mehr wehtun, als ich ertragen konnte?

Meine Beine zitterten und er legte eine stützende Hand auf meine Taille. Dann schlang er unerwartet seine Arme um mich und legte mich flach auf den Rücken. Erschrocken blickte ich auf und sah in das Feuer in seinen Augen. Ich unterdrückte einen Schrei und zuckte leicht zusammen, als mein versengter Arsch auf das Bett gedrückt wurde. Er stieg neben mich auf das Bett und ließ seinen Blick auf mir ruhen. Er stützte sich auf ein Knie und spreizte mit dem anderen meine Beine, während seine Hand zu meiner Pussy hinab wanderte.

Er neckte mich einen Moment lang und ich schmollte, da ich ohnehin schon unglaublich empfindlich und bedürftig war. Mit einem wissenden Grinsen beugte er sich herab und knabberte an meiner Lippe. Der harte Umriss seines Schwanzes drückte gegen meinen Oberschenkel und ich konnte schwören, dass ich ihn pulsieren spürte. Das da würde in mich eindringen. Fuck.

Wie sollte ich das nur aushalten?

Meine Pussy verkrampfte sich und wollte ihn trotz meiner Nervosität unbedingt haben. Als ich meine Unterlippe noch weiter vorschob und das machte, was ich für den besten Schmollmund meines Lebens hielt, kicherte er und küsste mich so fest, dass ich überzeugt war, dass meine Lippen gequetscht waren. Seine Hand klatschte so fest auf meine Pussy, dass es wehtat, und ich wimmerte in seinen Mund. Als hätte ich ihn irgendwie dazu gebracht, mich noch härter zu küssen, griff er mir in den Nacken und schob seine Zunge zwischen meine Lippen. Als er sich zurückzog, fehlte mir der Atem.

Ich musste wie ein Reh im Scheinwerferlicht ausgesehen haben, als ich ihn anstarrte.

„Ich liebe es, wie du schmeckst, wenn du Angst vor mir hast", knurrte er und beugte sich vor, um mir leicht in den Nippel zu beißen.

„Bitte", versuchte ich.

Er bewegte sich über mich und zum ersten Mal berührte sein Schwanz meine Pussy. Ich konnte mir ein erregtes Wimmern nicht verkneifen und er küsste mich auf die Wange.

„Das ist dein erstes Mal, nicht wahr?"

„Ja", hauchte ich, als er seine Hüften zurückzog und die Spitze seines Schwanzes so neigte, dass sie meinen Eingang gerade noch berührte.

Ich schaute ihm in die Augen und konnte meine aufkeimende Panik nicht unterdrücken.

„Am Anfang werde ich sanft sein, mein Engel", versicherte er mir. Er zog sich vor und zurück und reizte mich mit seiner Länge an meiner zarten Klitoris, bis ich mich unter ihm praktisch wand.

„Kol", flüsterte ich.

„Bist du bereit für mich?"

Ich starrte zu ihm auf und verlor mich in allem, was er darstellte. Er konnte mich rannehmen, wenn er wollte, egal, ob ich bereit war oder nicht. Er war stärker als jeder Mensch. Er könnte mich in einem Augenblick überwältigen, doch das hatte er nicht getan. Stattdessen hatte er es mir überlassen. Meine Klitoris pochte und ich begann, Dinge für diesen Mann zu empfinden, die auf keinen Fall angebracht waren.

Ich war willig. Ich wollte es, auch wenn ich wusste, dass ich es nicht wollen sollte.

„Ja", brachte ich schließlich hervor.

„Ich werde dich so heftig für mich kommen lassen", knurrte er und im Nu stieß er in mich hinein, dass mein Augenlicht vor plötzlichem Schmerz rot wurde, doch dann hielt er inne.

Der Schmerz hielt mehrere Sekunden an und ich kämpfte darum, ihn auszuhalten. Verzweifelt schrie ich auf, doch er küsste mich und schluckte meine Laute, während er leicht meine Brust streichelte und versuchte, mich über den anfänglichen Schmerz hinwegzutrösten. Langsam lockte er mich zurück und der Schmerz ließ nach, gedämpft durch die aufblühende Lust dank seiner sanften Berührung. Schließlich verwandelte sich der Schmerz in ein dumpfes Ziehen und mein Körper wurde ungeduldig. Ich erwiderte seinen Kuss ebenso leidenschaftlich, und dann zog er sich ein wenig zurück, bevor er wieder tief in mich eindrang. Ich schrie auf und der Schmerz kehrte für eine kurze Sekunde zurück, bevor er wie Asche im Wind verwehte.

„Bitte. Ich will, dass du mich fickst“, flehte ich.

Mein ganzer Körper zitterte, als wäre ich ein Gummiband, das bis zum Zerreißen gedehnt war. Er neckte mich und stieß immer wieder langsam in mich hinein. Das machte mich wild und ich wippte mit den Hüften, um ihn zu zwingen, mich tiefer und schneller ranzunehmen.

„Ich genieße es, mein Engel“, flüsterte er und seine Stimme kitzelte das Haar neben meinem Ohr.

„Aber …“, versuchte ich und er unterbrach mich.

„Wenn ich bereit bin, werde ich dich gründlich und hart ficken, mein Engel. Du hast zwar die Wahl gehabt, meinen Gürtel oder meinen Schwanz zu nehmen, aber das war die einzige Entscheidung, die dir überlassen war.“

Mein Herz klopfte unregelmäßig und ich keuchte erregt und schwer. Einen Moment lang hatte ich gedacht, er hätte mir die Kontrolle überlassen, doch das war nur ein flüchtiger Augenblick gewesen. Ich brannte heiß, mein Inneres war ein absolutes Inferno leidenschaftlicher Lust. Er schob seinen Schwanz langsam in mich hinein, Zentimeter für Zentimeter, bis ich spürte, wie die Spitze gegen meinen Gebärmutterhals stieß. Mein Körper wehrte sich gegen ihn, die brennende Dehnung war schmerzhaft und wunderbar zugleich.

„Du bist so eng", hauchte er.

Er war so groß.

Ich schlang meinen Arm um seinen Hals und hielt mich fest, als seine Stöße an Geschwindigkeit und Intensität zunahmen. Jeder einzelne brachte einen heftigen Schmerz mit sich, doch das machte mich umso gieriger.

„Bitte, ich will kommen", flehte ich.

Er küsste die Seite meines Halses und ich stöhnte auf. Seine andere Hand packte meine Hüfte fest und dann stieß er so unerbittlich in mich hinein, dass ich aufschreien musste.

„Ich bin fertig mit sanft. Es wird Zeit, dass du für mich schreist."

Sein Schwanz pumpte so grob in mich hinein, dass ich glaubte, er würde mich aufschlitzen. Sein Becken rammte meine Klitoris und rieb sie bei jedem Stoß genau richtig. Mit bösartiger Absicht nahm er mich hart ran, drückte seinen gewaltigen Schwanz in meine wunde Pussy, und ich krümmte mich unter ihm. Ich merkte, wie mein Körper im Einklang mit ihm schaukelte. Ich hob meine Hüften an, damit jeder Stoß tiefer ging. Die Spitze seines Schwanzes traf auf meinen Gebärmutterhals und ich wusste, dass ich diesen Fick noch tagelang spüren würde.

Ich verdrehte meinen Kopf und erhaschte nur einen kurzen Blick auf den Gürtel. Die Striemen auf meinem Hintern pochten und meine Pussy zog sich um seine dicke Länge herum zusammen, was mir Lust und Schmerz zugleich bereitete. Beschämt und gierig stöhnte ich, woraufhin seine Lippen begannen, meine Schulter zu küssen. Mein Körper begann zu zittern.

Ich war so kurz davor.

Ich klammerte mich an ihn und hielt mich fest, während er mich hart ritt. Meine Erlösung drohte jeden Moment mit dem Durchbruch und ich wusste nicht, wie lange ich es noch aushalten konnte.

„Wirst du für mich kommen, Engel?"

„Ja", rief ich.

„Gut. Komm für mich", forderte er.

Mein Körper gehorchte ihm. Ich hatte nicht einmal Zeit, darüber nachzudenken. Eine betäubende Ekstase durchfuhr mich, heiß und intensiv und von Anfang an verzehrend. Meine Schenkel bebten, als sich meine Pussy wie ein Schraubstock um seinen Schwanz zusammenzog. Es tat weh, doch das spornte meinen Orgasmus umso mehr an. Ich grub meine Nägel in seinen Rücken. Meine Nägel waren länger und hätten einen normalen Menschen zerkratzt, aber er war keiner.

Er war ein Monster.

Mein Monster.

Ich zersplitterte unter ihm und verlor mich in der Wildheit der Lust, und als mein Kopf aus den Wolken herabschwebte, wurde mir etwas klar, das mich bis ins Mark erschreckte: Er war noch nicht gekommen und es gab keine Anzeichen dafür, dass er langsamer machen würde. Er pumpte mit der gleichen Inbrunst in mich hinein, wie er es am Anfang getan hatte. Meine wunde Pussy rebellierte. Meine Muskeln versuchten, ihn hinauszupressen, doch gleichzeitig nahm mein Körper jeden seiner Zentimeter mit überwältigender Gier auf.

Der erste Orgasmus hatte mich erschöpft, doch ich hatte das Gefühl, dass ich noch zerstört werden würde, was auch immer nun geschah.

Er stieß immer wieder in mich hinein und ich unterwarf mich ängstlich meiner Lust, als sie unweigerlich wieder aufkeimte. Ich versuchte, sie zu verdrängen, doch die Art, wie er mich rannahm, machte mich ganz wild. Seine Finger gruben sich in meine Hüften und zwangen mich immer wieder nach unten, damit er mich bis zum Anschlag ausfüllen konnte.

„Kol“, flehte ich, weil ich mehr wollte, aber gleichzeitig Angst hatte, weiterzumachen.

„Ich bin noch lange nicht fertig mit dir, Engel“, schnurrte er. Er unterstrich jede Silbe mit einem groben Stoß, und ich verkrampfte mich um ihn, als meine Ängste zum Leben erwachten.

„Ich kann nicht“, flüsterte ich.

„Doch, du kannst. Du bist noch lange nicht fertig", antwortete er mit einem Ton, der keine Kompromisse zuließ.

Ich zitterte und wusste, dass er recht hatte. Sein Arm legte sich um meine Taille und hob meine untere Hälfte vom Bett. Gerade als ich glaubte, er könne mich nicht noch tiefer ficken, tat er genau das. Jeder einzelne seiner Zentimeter versank mit unerträglicher Wildheit in mir und irgendetwas in mir zerbrach. Ich begann, ihn wieder zu suchen. Mein Begehren stieg und stieg, bis ich Schmerz und Lust nicht mehr voneinander unterscheiden konnte und alles mich zu einer zweiten, noch verheerenderen Erlösung trieb. Ich warf meinen Kopf hin und her und wollte mich dagegen wehren, obwohl ich wusste, dass es unvermeidlich war.

„So ist es richtig, Engel. Komm auf meinem Schwanz", hauchte er.

Meine Augen rollten in meinen Kopf zurück. Ich krallte meine Finger in seine Schultern und hielt mich fest, als der brutale Orgasmus mich verwüstete. Die Lust strömte aus meinem Inneren heraus, wanderte über jede Gliedmaße und setzte sich in meinen Fingerspitzen und Zehen fest. Jeder Muskel spannte sich vor Glückseligkeit an, und dann begann ich zu zittern.

Ich erwartete, dass er langsamer machen würde. Stattdessen fickte er mich nur noch gröber.

Mein Stöhnen verwandelte sich schnell in einen Schrei, und seine Lippen sanken auf die meinen. Er schluckte meine Schreie, während ich unter ihm litt, und ein schrecklicher Gedanke kam mir in den Sinn.

Mein Arsch hatte von seinem Gürtel knallrote Striemen. Meine Pussy schmerzte und war wund von seinem Schwanz.

Er würde auch nach einem zweiten Orgasmus nicht aufhören. Ich könnte von Glück reden, wenn er bei meinem dritten Orgasmus endlich käme. Er hatte so viel mehr Ausdauer, als ich gedacht hatte. Er würde mir so viele Orgasmen aufzwingen, wie er wollte.

Das machte mir Angst, doch gleichzeitig reagierte mein Körper immer wieder darauf. Seine Fingerspitzen huschten über meine Brust und ich wölbte mich seiner Berührung entgegen. Als er mich küsste, erwiderte ich seinen Kuss, und als er mich fickte, hoben sich meine Hüften, um seinen Stößen entgegenzukommen.

Ich war verloren und er wusste es.

Er hob meine Hüften noch ein wenig höher, und dann öffnete ich meine Augen, um endlich einen Blick auf seinen Drachenschwanz zu erhaschen. Die Muskeln meines Arsches spannten sich an und meine Pussy umklammerte seinen Schwanz, doch meine Klitoris pochte so heftig, dass meine Hüften zuckten. Die weichen Schuppen glitten an der Seite meines Arsches nach unten und wirbelten in der Nässe, die an meinen Schenkeln heruntergetropft war. Er benetzte die Spitze seines Drachenschwanzes gründlich mit meiner eigenen Erregung, bevor er damit über die Spalte meines Hinterns strich. Er war glitschig. Ich versuchte, mich zu wehren, doch er hielt meine Arme mit blamabler Leichtigkeit über meinem Kopf fest.

„Du nimmst meinen Drachenschwanz oder meinen Penis in deinem kleinen, engen Hintern auf, Engel. Du hast die Wahl“, warnte er.

„Das kannst du nicht tun“, bettelte ich und er nahm dies zum Anlass, meine Pussy zu bestrafen. Seine Stöße nahmen eine grausame Wendung und Schmerzen durchzuckten mich.

„Entscheide dich, Engel“, forderte er.

Sein Penis war noch viel größer und es stand für mich außer Frage, dass er viel mehr wehtun würde. Ich biss mir auf die Unterlippe, mein Kopf wollte weder das eine noch das andere, doch meine Klitoris schien nach beidem zu verlangen.

Ich entschied mich für das geringere von zwei sehr beschämenden Übeln.

„Dein Drachenschwanz“, flüsterte ich. Meine Pussy war gründlicher benutzt, als ich es je für möglich gehalten hätte.

Die Spitze seines Drachenschwanzes stupste mich zwischen den Pobacken und ich gab mir Mühe, mich nicht zu verkrampfen. Schließlich legte er sich auf mein hinteres Loch und ich versuchte, die Ruh zu bewahren, während meine Erregung scheinbar außer Kontrolle geriet.

Ich sollte es nicht wollen.

Schlimmer noch, ich sollte nicht kommen wollen, wenn sowohl meine Pussy als auch mein Hintern voll von ihm sind.

Doch ich *wollte* es.

„Gute Wahl. Ich werde den Fick deines letzten jungfräulichen Lochs auf eine andere Nacht verschieben“, flüsterte er, und in diesem Moment drang sein Drachenschwanz in mich ein.

Da er wegen meiner eigenen Nässe schlüpfrig war, glitt die schmale Spitze mit Leichtigkeit in mich hinein. Zuerst fühlte es sich fremdartig an, zwickte leicht, und ich biss mir auf die Unterlippe, um zu verhindern, dass er herausfand, dass er damit auch in meiner Klitoris einen Lustschock ausgelöst hatte. Allerdings konnte ich nicht lange ruhig bleiben. Er schob mehr in mich hinein und ich merkte schnell, dass sein Drachenschwanz für meinen Geschmack viel zu schnell breiter wurde. Je weiter er in mich eindrang, desto mehr dehnte er mein enges kleines Loch auf eine Weise, wie es eigentlich nicht sein sollte.

„Fuck. Ich habe es ja gewusst, dass dieser hübsche kleine Arsch eng sein würde, aber er ist sogar noch besser, als ich es mir erhofft habe“, schnurrte er.

Mein Arschloch verkrampfte sich um seinen Schwanz und er stöhnte.

„Es tut weh“, jammerte ich und er stieß sich tiefer hinein.

Der Schmerz breitete sich um mein zartes Loch herum aus und lief mit wilder Hingabe meine Wirbelsäule auf und ab. Ich war bereits mit seinem Schwanz gefüllt und sein Drachenschwanz gab mir das Gefühl, dass ich bis zum Rand vollgestopft war. Das dehnende Brennen war noch einige quälende Momente lang intensiv, bevor er seinen Drachenschwanz ein Stückchen herauszog und dann wieder hineinschob. Es tat ein bisschen weniger weh, brannte aber immer noch glühend heiß. Das machte er noch ein paarmal, und schon bald verlor ich dank des leidenschaftlichen Verlangens unter ihm die Kontrolle.

Ich sollte es nicht mögen.

„Bitte“, flehte ich.

„Musst du so kommen, mein Engel? Vollgestopft mit meinem Schwanz und meinem Schwanz?“

Ich musste tatsächlich auf diese Weise kommen. Ich stemmte meine Hüften in die Höhe und er pumpte mit seinem Schwanz in mir. Sein Drachenschwanz stieß unsanft zu, sank jedes Mal etwas tiefer und dehnte mein enges kleines Loch für seinen schmutzigen Gebrauch.

„Ja“, wimmerte ich.

„Dann bettle für mich, Engel.“

„Bitte! Bitte lass mich kommen, mein König.“

„Mehr“, forderte er.

„Bitte fick meine wunde Pussy mit deinem Schwanz“, versuchte ich, und er küsste meinen Hals, während er langsam zustieß.

„Bitte fick meinen Arsch mit deinem Drachenschwanz“, versuchte ich es schließlich und hatte Mühe, die beschämenden Worte aus meinem Mund zu bekommen, denn es war schon schwer genug, mir selbst einzugestehen, was ich wollte, geschweige denn, es ihm direkt ins Gesicht zu sagen.

„Fuck. Du bist perfekt, Engel“, flüsterte er und dann begann mein Fick so richtig.

Es tat weh.

Ich liebte es.

Lust und Schmerz verschmolzen zu einem einzigen, verheerenden Gefühl. Mein Blut wogte und ich glaubte fast, es würde in mir kochen. Mein Mund klappte auf und ich konnte meine Schreie nicht mehr bremsen, also hörte ich auf, es zu versuchen. Mein ganzer Körper begann zu zittern und ich klammerte mich so fest wie möglich an ihn.

„So ist es brav. Komm für mich", brüllte er.

Mein dritter Orgasmus traf mich wie ein Güterzug und explodierte in einem Crescendo aus Licht und Lauten, das mich völlig umhaute. Meine Zehen krümmten sich und jeder Muskel in meinem Körper verkrampfte sich, doch er fickte mich immer noch unerbittlich und zog jede Sekunde dieses seelenerschütternden Orgasmus so weit wie möglich in die Länge. Ich stöhnte. Ich schrie. Ich krümmte mich und schlug um mich, doch er fickte mich weiter. Mein widerstrebendes Arschloch verkrampfte sich um seinen Drachenschwanz und meine Innenwände melkten sein Glied mit aller Kraft.

„Bitte komm mit mir", schaffte ich schließlich, zu betteln. Ich wusste nicht, ob ich einen weiteren Orgasmus wie diesen aushalten würde.

Weiße, blendende Ekstase umgab mich, und ich schloss die Augen und konzentrierte mich ganz auf die glühend heiße Lust, die zwischen meinen Schenkeln wogte. Meine Klitoris pochte und meine Beine zuckten.

„Bitte", flehte ich.

„Willst du meinen Samen, Engel?"

„Ja", schrie ich, zunehmend hektischer vor Verzweiflung.

Seine Hüften wogten und sein Drachenschwanz fickte mich noch schneller.

„Dann kommst du noch einmal für mich", forderte er und ich schrie auf. Ich wusste nicht, ob ich es aushalten würde, doch mir war klar, dass ich nichts zu entscheiden hatte.

Er wollte, dass ich kam, und ich gab mich ihm hin.

Der vierte Orgasmus hatte keinen Vorlauf, doch der war auch nicht nötig. Mein schmerzender Körper gehorchte einfach seiner Forderung und ein mystisches Kribbeln erfasste meinen Körper. Vielleicht war dies mein Schicksal. Vielleicht war es doch mein Schicksal, bei dieser Bestie von Mann zu landen.

Als er brüllte, schloss ich meine Augen und ertrank in einem schwarzen Loch voller Glückseligkeit. Ich spürte, wie sein Schwanz in mir pulsierte und jeder Teil von mir bebte. Meine Schenkel schlossen sich um seine Taille, als er sich nach vorn schob und mich so tief rammte, dass meine Augen zu tränen begannen. Der erste Spritzer seines Samens in mir glich einem Feuersturm. Meine Pussy brannte, und dann folgte noch einer. Und dann noch einer.

Ich kam ein fünftes Mal. Es gab nichts, was ich hätte tun können, um mich darauf vorzubereiten. Meine Schreie ließen meine Kehle heiser werden, als mein Körper völlig die Kontrolle übernahm. Es gab nichts anderes als quälendes Vergnügen.

Ich hielt mich an ihm fest, als wir gemeinsam kamen, und brauchte es, dass er mich zusammenhielt, während er mich in Stücke riss. Ich zerbrach in Millionen Scherben, als sein Samen tief in mich eindrang und gegen meinen Gebärmutterhals prallte, während er mich ununterbrochen weiterfickte.

Als der letzte Orgasmus endete, war ich im Delirium. Es kostete mich all meine Kraft, Luft in meine Lunge zu bekommen, um meinen rasenden Herzschlag zu verlangsamen. Meine Haut war so warm, dass ich mich fiebrig fühlte, und ich war dankbar für seine Arme, die sich um mich legten, denn sie fühlten sich an, als wären sie das Einzige, was mich noch zusammenhielt.

Mit einem Schniefen streckte ich zaghaft meine Hand aus, um meine Wange zu berühren, doch sie war feucht. Der Orgasmus hatte mich zum Weinen gebracht und ich hatte es nicht einmal gemerkt. Ich fing an, zu schluchzen. Da hielt er mich noch fester und ließ mich mit ihm gefüllt, als ich zusammenbrach. Als ich zu zittern begann, küsste er meine Schultern und jeden Teil von mir, den er mit seinen Lippen erreichen konnte.

„Du bist so ein braves Mädchen. Du bist so heftig für mich gekommen, nicht wahr?“, lobte er.

„Ja“, hauchte ich, unfähig, irgendetwas anderes zu sagen.

Ohne es zu wollen, verkrampften sich meine Muskeln um ihn und ich stöhnte auf, als ich den Schmerz in meinem ganzen Körper auf einmal spürte. Er strich mir eine Haarsträhne aus der Stirn und sein Blick suchte mein Gesicht ab. Ich war zu erschöpft, um vor ihm noch zu erröten.

„Ich möchte, dass du weißt, wie strahlend du gerade aussiehst. Ich werde dich immer so in Erinnerung behalten, Engel."

Sanft und zärtlich strich sein Daumen über meinen Wangenknochen. Als sein Finger über meine Lippen streifte, küsste ich ihn, und er lächelte auf mich herab.

„Einfach atemberaubend", flüsterte er.

Eine Weile lag er neben mir. Er hatte es nicht eilig, sich aus mir herauszuziehen und ließ mich mit ihm und seinem Samen gefüllt. Sosehr ich auch erwartet hatte, dass ich es hassen würde, gab es einen viel größeren Teil von mir, der sich darüber freute. Ich schmiegte mich an ihn und drückte meine Stirn an seine Brust, während meine Tränen trockneten und die Taubheit in meinem Körper nachließ. Eine tiefe Zufriedenheit breitete sich in meinem Inneren aus, ließ meine Glieder kribbeln, und ich seufzte glücklich.

Als ich mich endlich wieder beruhigt hatte, küsste er mich auf die Stirn und zog seinen Drachenschwanz aus meinem wunden hinteren Loch heraus. Er stieß seinen Schaft sanft in mir hinein und wieder heraus und ich errötete bei dem unanständig feuchten Geräusch. Als er sich aus mir herauszog, schloss ich die Augen und war ein bisschen enttäuscht von der Leere, die damit einherging.

Ich schloss meine Augen und schlief in seinen Armen rasch ein.

KAPITEL DREIZEHN

Kol

Ich war völlig überfordert.

Ich hatte meine Pflicht getan. Ich hatte sie genau so rangenommen, wie es das Schicksal verlangt hatte, und nun würde sich die Kluft für eine gewisse Zeit schließen und mein Volk wäre in Sicherheit. Heute würde ich sie zurückschicken müssen, doch das wollte ich nicht. Stattdessen wollte ich sie sicher hier in meinem Bett behalten.

Zögernd griff ich nach ihr, wollte sie berühren, doch in letzter Sekunde zog ich meine Hand zurück. Mein Herz tat mir weh, als ich sie anschaute. Das hier sollte nur vorübergehend sein, und ich hatte Dinge mit ihr getan, die ich mit keiner Frau getan hatte. Ich hatte sie geküsst. Ich hatte sie im Arm gehalten und ihre Tränen getrocknet. Ihr Glück war das Wichtigste für mich, und das war auch weiterhin so.

Ich fürchtete, dass ich für immer so empfinden würde.

Der Schreckensmoment, als der Warg mit seinen Zähnen geknirscht hatte – in der vollen Absicht, sie zu verstümmeln –, tauchte vor meinen Augen auf. Sie hätte nicht die geringste Chance gehabt. Die Bestie hätte ihr zerbrechliches menschliches Fleisch zerrissen, als wäre es nichts weiter als ein Spiel. Ich hatte mich so schnell wie möglich bewegt, weil ich gewusst hatte, dass jede Sekunde zählte.

Als ich die Angst in ihren Augen gesehen hatte, hatte ich die Beherrschung verloren und das Rudel Wargs mit einer Bösartigkeit niedergerissen, zu der nur ein Monster wie ich fähig war. Ich hatte das alles getan, um sie zu beschützen. Als ich sie dann zurückgebracht hatte, war da nur noch diese Angst in ihren Augen gewesen und ich hatte alles tun wollen, um sie zu vertreiben. Ich hatte gewollt, dass sie sich hier sicher fühlte.

Ich wollte, dass sie sich bei *mir* sicher fühlte.

Mir war unklar, warum mir das so wichtig war.

Ich war ein König. Ich hatte mich um wichtigere Aufgaben zu kümmern als um ein schwaches Menschenweibchen.

Warum wollte ich sie für mich behalten?

Vor Jahrhunderten hatte eine alte königliche Seherin eine Prophezeiung ausgesprochen. Sie hatte das Ende der Welt vorhergesagt, sollten die Barrieren zwischen den Reichen fallen. Es würde eine Apokalypse epischen Ausmaßes sein. Die Magie, die durch sie gewirkt hatte, war so stark, dass sie in andere Welten eindrang, sogar in die der Menschen. Im Laufe der Geschichte waren mehrere Gruppen von dieser schicksalhaften Prophezeiung berührt worden. Die Wikinger nannten sie Ragnarök. Die Christen sagten Armageddon voraus und die Griechen nannten sie Titanomachie. Viele Kulturen hatten Geschichten über das Ende der Zeiten, aber was sie nicht wussten, war, dass die Apokalypse für meine Welt bestimmt war, nicht für ihre.

Die Barrieren zwischen den Reichen waren nicht von Dauer. Die Magie, die mein Reich vor Helheim oder Icegard schützte, musste durch die Magie verstärkt werden, die bei einer Paarung zwischen meiner Art und einem Menschenweibchen, das von der Weltenmagie berührt worden war, freigesetzt wurde. Sollte ich meine Pflicht vernachlässigen, würden die Barrieren zusammenbrechen und der schlimmste Krieg aller Kriege würde über uns hereinbrechen. Uralte Magie würde freigesetzt werden und schreckliche Bestien würden über mein Land und mein Volk herfallen. Sobald die Barrieren fielen, gäbe es kein Zurück mehr. Meine Welt würde untergehen.

Es war meine Pflicht, dies zu verhindern.

Hayleighs Blutlinie enthielt eine verborgene magische Fähigkeit, die aus den Anfängen von Blazelheim stammte. Sie ranzunehmen, wie es das Schicksal verlangte, würde das Reich retten, aber ich spürte, dass mehr in ihr steckte. Sie war anders. Als ich sie zum ersten Mal geküsst hatte, hatte ich den donnernden Knall der Magie verspürt. Sie hatte etwas in Bewegung gesetzt, das nicht mehr aufzuhalten war, und ich musste herausfinden, worum es sich dabei handelte.

Und alles hing davon ab, ob ich sie zurück nach Hause schickte oder hier bei mir behielt.

Ich starrte sie noch einen Moment lang an und wollte am liebsten für immer hierbleiben, aber ich wusste, dass ich das nicht konnte. Langsam löste ich mich aus ihren Armen und zog mich an – so leise wie möglich, um sie nicht zu wecken. Ich hatte sie in der vergangenen Nacht hart rangenommen. Mit einem wehmütigen Lächeln machte ich mich auf den Weg zum Tisch des Königs. Ich brauchte einen vollständigen Bericht darüber, was am letzten Tag durch die Kluft entwichen war und was jetzt zu tun war, da sie geschlossen war.

Ich ging durch den Flur und stieg mehrere Treppen empor, bis ich meinen Thronsaal erreichte. Ich ging in den Hauptkonferenzraum, wo meine königlichen Bediensteten bereits versammelt waren. Sie sahen nervös aus. Giles wirkte besonders aufgewühlt. Neben ihm rang Piplan mit den Händen und schritt auf und ab. Giles war meine rechte Hand und der amtierende Vorsitzende meines Rates. Wenn bestimmte Umstände es erforderten, handelte er an meiner Stelle und auf meinen Befehl hin. Piplan war mein Herr der Münzen, der Schatzmeister des Reiches. Er verwaltete die Gelder für alle Angelegenheiten Blazelheims, zumindest für die, die die Stimme des Königs erforderten.

„Mein König." Giles verbeugte sich respektvoll.

Seine Stimme zitterte ein wenig. Das sah ihm nicht ähnlich und machte mich sofort nervös. Ich sah mich im Raum um. Mein gesamter kleiner Rat war anwesend. Sie saßen alle, außer Giles und Piplan. Es war offensichtlich, dass sich die beiden freiwillig gemeldet hatten, um mir die Nachrichten zu überbringen, die ich hören wollte. Der Befehlshaber meiner Armeen, der Meister des Gesetzes, mein Chefberater sowie ein Vertreter jeder Spezies, von Elfen über Menschen bis hin zu Zwergen, sahen alle wie versteinert aus. Sie zappelten mit ihren Händen, legten sie auf den Tisch und ließen sie wieder los. Die Spannung stieg immer weiter an und ich räusperte mich verärgert.

„Raus mit der Sprache“, forderte ich.

Piplan sah mich mit großen Augen an. Er wandte seinen Blick von mir ab und schaute zu Giles, wie alle anderen im Raum auch. Der schluckte so heftig, dass ich sogar von der anderen Seite des Raumes aus sehen konnte, wie sein Adamsapfel auf und ab wippte.

„Mein König, es hat eine Entwicklung gegeben“, begann er.

Ich wartete.

„Unsere Magier haben die erwartete Freisetzung von Magie durch Eure Paarung mit dem vom Schicksal bestimmten Menschen gespürt“, fuhr er fort und versuchte, um den heißen Brei herumzureden.

Diese ganze Scharade stellte meine Geduld langsam auf die Probe.

„Ja, ich habe sie gefickt“, antwortete ich schlicht und er senkte kurz verlegen den Blick, bevor er sich entschloss, fortzufahren.

„Wir hatten mehrere Einheiten in den Einöden postiert, um mit dem klarzukommen, was während der Versiegelung durch die Kluft bricht, aber es ist nicht wie erwartet gelaufen, Majestät“, schwankte er.

Da er nicht wusste, was er mit seinen Händen machen sollte, hielt er sie hinter seiner Taille verschränkt. Er straffte die Schultern und hob sein Kinn an, doch das ließ ihn nicht selbstbewusster erscheinen.

„Ich warte, Giles. Was muss ich wissen? Warum hast du heute Morgen meinen ganzen Rat für mich versammelt?"

„Die Kluft hat sich nicht geschlossen, mein König. Das Gegenteil ist der Fall. Sie ist sogar noch weiter aufgerissen", sagte er schließlich, und ich verstummte.

„Sie hat sich nicht geschlossen", wiederholte ich. Das konnte ich doch nicht richtig verstanden haben.

„Nein, mein König." Er senkte seinen Blick.

„Haben die Magier eine Idee, warum? Hat die Magie versagt? Muss ich sie noch mal ficken?", fragte ich, während mein Unglaube zunahm.

„Ich habe mich vor meinem Herkommen mit den Magiern getroffen und sie haben mir gesagt, dass die Magie genau so sei, wie erwartet. Es sei alles in Ordnung mit ihr. Sie sei eine perfekte Mischung aus Licht und Dunkelheit. Sie hätte die Kluft versiegeln müssen", erklärte er.

Ich stand da und war mehr als nur ein wenig verblüfft. Ich hatte alles getan, was ich tun sollte. Mein Reich sollte sicher sein.

„Wir erwarten Eure Befehle, mein König", sagte Giles schließlich, und ich atmete tief durch.

Ich hob meine Hand und fuhr mir mit den Fingern durch die Haare. Jetzt verstand ich ihre Anspannung. Sie hatten Angst und brauchten ihren Anführer.

„Wie ist die aktuelle Lage in den Einöden?", fragte ich vorsichtig.

„Im Moment hat sich die Aktivität verlangsamt. Wir haben eine einzelne Sukkuba in einem Impulsnetz einfangen können. Sie hat uns ganz ohne Aufforderung oder Zwang mitgeteilt, dass Helheim sich auf einen Angriff vorbereitet. Sie sagte, der Dunkle König wolle Blazelheim niederbrennen", fuhr Giles fort.

Piplan nahm Platz und ich setzte mich an das Kopfende des Tisches.

„Wir müssen selbst mit den Vorbereitungen beginnen", sagte Arathorn schlicht. Er war mein Kriegsherr und der Oberbefehlshaber aller Armeen in Blazelheim. Er leitete die Menschen, Fae, Elfen, Zwerge und Magier und koordinierte sie alle in Kriegszeiten.

Es gab keine Zeit zu verlieren. Wir mussten sofort bereit sein.

In den nächsten Stunden leitete ich zusammen mit meinem Rat die Vorbereitungen für eine Schlacht, wie wir sie noch nie erlebt hatten. Das gesamte Geld des Königreichs würde in die Herstellung von Waffen und den Aufbau unserer Armeen fließen. Alle nicht lebensnotwendigen Ausgaben wurden gestrichen. Lebensmittel würden rationiert werden, falls Reisewege und Nahrungsquellen zerstört würden. Mit Hilfe von Magie würden Schutzmauern errichtet, die die

Stadt zu einer wahren Festung machten, welche alle Einwohner in ihr schützte.

Als die Versammlung endete, ließ ich alle außer Giles und der Anführerin der Magier, Zilyana, frei. Ihre stechenden lavendelfarbenen Augen musterten mich und ich fragte mich abwesend, ob es ihre eigenen waren. Einige Magier behielten ihr wahres Gesicht, andere entschieden sich für eine Verkleidung und eine Wiedergeburt in der Welt mit einem neuen Namen. Ich war mir nicht sicher, welche Variante sie gewählt hatte. Ihre Art hielt diese Entscheidung in der Regel streng geheim.

Sie neigte den Kopf, genau wie ich. Aufgrund ihres Geburtsrechts war sie die mächtigste Magierin im Reich, und so stark ich auch war, ich war mir nicht sicher, ob ich sie in einem Kampf besiegen könnte. Ich hatte keine Ahnung, wie alt sie wirklich war, aber ich wusste, dass der Zeitpunkt ihrer Geburt mehr als tausend Jahre zurücklag. Sie saß schon sehr lange an der Tafel des Königs und ihr Wissen war von unschätzbarem Wert. Ich zollte ihr jeden Respekt, den sie verdiente.

„Mein König“, sagte sie leise. Ihr langes braunes Haar fiel in Wellen über ihre Schultern. Sie hob den Blick und ihre Augen schimmerten vor Anspannung.

„Ihr müsst die Magier versammeln und die Seherin herbeirufen“, antwortete ich. Das war nicht wirklich eine Option, sondern eine Forderung.

„Wir haben die Seherin seit Jahrhunderten nicht mehr herbeigerufen. Das hat es noch nie gegeben, mein König“, sagte sie leise. Ihr Blick funkelte vor Angst.

„Ich möchte, dass der Kreis der Magier vorbereitet wird. Wir werden die Zeremonie durchführen und das Portal ohne Verzögerung öffnen“, befahl ich.

„Der Zauberspruch ist gefährlich“, sagte sie leise.

Ich wusste, dass er das war. Während meiner Regierungszeit hatten wir die Seherin nicht ein einziges Mal herbeigerufen, genauso wenig wie mein Vater, mein Großvater oder dessen Vater davor. Die Zeremonie zur Herbeirufung der Seherin war für die beteiligten Magier gefährlich. Sie bestand darin, ein Portal zwischen uns und dem Dazwischen zu öffnen, und das erforderte manchmal Opfer, sei es das Leben eines Magiers, dessen Magie oder etwas anderes. Die Seher trafen sich nie mit jemandem ohne einen Tribut, aber sie entschieden selbst, was sie nahmen. Der Rat der Seher hatte stets seinen Preis.

„Das könnte das Ende der Zeiten sein, Zilyana. Ich kann keinen Stein auf dem anderen lassen. Das Reich hängt davon ab“, antwortete ich.

„Ich werde Vorbereitungen treffen, mein König.“ Sie senkte ihren Kopf.

„Ich danke Euch.“

Ich wandte mich ab, um wegzugehen und nach dem Zustand der Stadt und der Burg zu sehen, doch sie räusperte sich.

„Eure Majestät?“, fragte sie zögernd.

„Was ist los, Zilyana?“

„Der Mensch … Was ist, wenn etwas mit ihr nicht stimmt? Was, wenn der Dunkle König sie geschickt hat, um unsere Reihen zu unterwandern und uns alle zu täuschen?“, bot sie an. Ihre Augen glühten vor Misstrauen und Herausforderung. Sie war ganz in ihrem Element. Magier trauten anderen Spezies im Allgemeinen nicht, egal ob es sich um Elfen, Zwerge oder Menschen handelte.

Ich schluckte schwer, weil ich nicht einmal über die Möglichkeit ihrer Worte nachdenken wollte, aber ich musste ihre Warnung trotzdem in Betracht ziehen. Wenn ich den falschen Menschen genommen hätte, könnte das nach hinten losgehen. In der Vergangenheit war so etwas nicht ein einziges Mal vorgekommen. Wenn es möglich wäre, wäre dies der erste derartige Vorfall. Das Schlimmste daran war, dass es einen Sinn ergab.

Wenn sie nicht der Mensch war, der dazu bestimmt war, sich mit meiner Blutlinie zu paaren, dann wäre das Reißen der Kluft meine Schuld gewesen. Vielleicht hatte sie mich dazu verführt, sie hier aufzunehmen, mich um sie zu kümmern und sie zu ficken. Der Dämon, der auf dem Thron von Helheim saß, war bösartig, aber er war strategisch und berechnend. Er hätte das Ende der Zeiten vorbereiten und es gemeinsam mit ihr einleiten können.

Er könnte sie hergeschickt haben, um den Untergang meines Reiches herbeizuführen.

„Ich werde sie selbst befragen“, grummelte ich.

„Ich werde mich verabschieden, Majestät.“ Zilyana senkte den Kopf.

Ich nickte einmal und sah zu, wie sie hocherhobenen Hauptes den Raum verließ. Ich wollte sie dafür hassen, dass sie an etwas derart Einfaches und Offensichtliches gedacht hatte, aber ich wusste, dass ich das nicht konnte.

Ich war der König und musste jeden Tag mit der Möglichkeit von Verrat und Putschen umgehen. Dieser Fall traf mich nun umso härter.

Wenn das stimmte, könnte ein Teil meines Herzens sterben.

KAPITEL VIERZEHN

Hayleigh

Ein plötzlicher kalter Luftstoß wehte durch den Raum und ich zitterte stark und zog die Decke über meine Schultern, um mich warm zu halten. Ich öffnete meine Augen, drehte mich um und suchte nach Kol. Als ich mal wieder allein war, seufzte ich enttäuscht. Ich wünschte mir, er würde die Nacht bei mir verbringen. Es wäre wirklich schön, einmal in der Sicherheit seiner Arme aufzuwachen.

Ich schaute zum Tisch hinüber und bemerkte, dass dort frische Frühstücksteller standen. Einen Moment lang fragte ich mich, wie sie dorthin gekommen waren. War es Magie? Kam jemand herein und brachte sie? Hatte jemand mich nackt gesehen?

Bei dem letzten Gedanken errötete ich.

Ich lag noch eine Weile da, bevor ich mich endlich überreden konnte, aus dem Bett zu steigen. Im Zimmer schien es kälter zu sein als sonst, und ich eilte zu seinem Kleiderschrank, um ein dickes, langärmeliges Oberteil herauszuholen. Ich band es mit demselben Gürtel, den er gestern Abend benutzt hatte, an meiner Taille zusammen. Mit den Fingern strich ich über das weiche Leder und erinnerte mich mit einer warmen, wohligen Vorliebe an die schmutzigen Ereignisse. Ich griff nach hinten, fasste mir an den nackten Hintern und stellte fest, dass er genauso wund war wie meine Pussy.

Ich war ein wenig enttäuscht, dass mein hinteres Loch weniger schmerzte wie der Rest meines Körpers.

Dann legte ich ein weiches Fell über meine Schultern und ließ mich nieder, um eines der luftig lockeren Beerengebäcke zu genießen. Die Kruste war so krümelig und der fruchtige Geschmack so intensiv, dass ich jeden Bissen genoss. Jede Mahlzeit, die ich hier gegessen hatte, übertraf die vorherige. Ich wusste wirklich nicht, wie sie noch besser werden konnten, aber sie wurden es. Ehrlich gesagt, es gefiel mir hier immer besser als zu Hause. Je länger ich hier in Blazelheim war, desto mehr hatte ich das Gefühl, dass ich auf der Erde einem elenden Leben entkommen war.

Ich musste mich nicht mehr mit meinem Vater oder den Härten der realen Welt auseinandersetzen. Ich musste mich nicht mehr um Geld oder Rechnungen kümmern oder um die Menschen in meinem Leben, die sich einen Dreck um mich scherten. Hier bedeutete ich tatsächlich jemandem etwas. Verdammt, Kol bedeutete mir mehr als jeder andere in meinem Leben.

Wenn ich ehrlich zu mir selbst war, liebte ich ihn vielleicht sogar.

Ich stellte das Plunderteilchen ab und starrte es an. Empfand er dasselbe für mich? Ich hob meine Finger an meine Lippen und entfachte das Kribbeln, das seine Lippen auf den meinen hinterlassen hatten. Ich wusste nicht, was er empfand, doch mir war klar, dass er mich fest an sich drückte, wenn er mich hielt – fast, als ob er mich nicht loslassen wollte. Als er mich vor den Wargs gerettet hatte und wir sicher hierher zurückgeflogen waren, hatte ich die Angst in seinen Augen gesehen, und die stammte nicht von dem blutigen Kampf. Er hatte Angst, mich zu verlieren, und das hatte ich in meinem ganzen Wesen gespürt.

Jede Berührung seiner Finger, die über meine Wirbelsäule fuhren, jeder harte Griff und jeder sanfte Kuss verrieten seine Gefühle für mich. Zumindest sorgte er sich um mich. Im besten Fall liebte er mich.

Ich wickelte mich in die Felle und atmete tief ein, um mit einem leisen Seufzer an seinem beruhigenden Duft zu schnuppern. An dieses Leben könnte ich mich gewöhnen. Ich nahm gerade einen Schluck von dem köstlichen Getränk, das irgendetwas zwischen Kaffee und heißer Schokolade war, als die Stahltür aufgerissen wurde und so hart gegen die Wand knallte, dass ich hätte schwören können, dass die Felswände klapperten. Erschrocken blickte ich auf. Kol stand in der Tür, sein Gesicht war eine Maske aus Wut und Bösartigkeit, wie ich sie noch nie gesehen hatte, und all das war nur auf mich gerichtet.

„Ich will Antworten“, forderte er. Seine Augen waren glühend heiß, ein leuchtendes Rot, das vor mörderischer Wut flackerte, und das bereitete mir Angst.

„Was?“, brachte ich heraus. Ängstlich erhob ich mich vom Stuhl und trat einen Schritt zurück, um so viel Abstand wie möglich zwischen uns zu bringen.

„Wer hat dich geschickt?“, brüllte er.

„Mich geschickt? Wovon sprichst du?“, fragte ich verwirrt und ebenso entsetzt.

„Hat Helheim dich geschickt? Kommst du von dort?“, drängte er.

„Was? Nein“, platzte ich heraus und zog verwirrt die Stirn in Falten.

„Das würde einen Sinn ergeben. Helheim wartet schon lange darauf, dass die Barrieren zwischen den Welten fallen. Ich würde es dem Dunklen König zutrauen, eine Frau an seiner statt zu schicken, um sich seinen Platz auf dem letzten Thron zu sichern“, rief er.

„Ich habe keine Ahnung, wovon du sprichst“, flüsterte ich, während meine Angst immer größer wurde.

„Es war dein Schicksal, unter mir zu liegen. Du solltest diejenige sein, die die Kluft versiegelt“, erklärte er, während seine Geduld schwand.

„Und das war nicht der Fall?“

„Nein. Du hast die Kluft noch weiter aufgerissen“, schnauzte er.

„Ich weiß nicht …"

„Ich will Antworten. Bist du die Hure des Teufels oder nicht?"

Mir verschlug es die Sprache und mein Herz brach ein wenig bei dieser wilden Anschuldigung. Ich hatte keine Ahnung, wovon er sprach. Er war derjenige, der auf die Erde gekommen war. Er war derjenige, der mich aus meiner Heimat gerissen und hierhergebracht hatte. Ich biss mir auf die Unterlippe.

Vielleicht war das der Grund, warum alle Frauen in meiner Familie als gebrochene Hüllen zurückgekommen waren. Vielleicht hatten sie sich verliebt, nur um sich dann von einem herzlosen Drachenkönig das Herz aus der Brust reißen zu lassen.

„Kol … Ich …", begann ich kopfschüttelnd und verlor augenblicklich aus den Augen, was ich sagen wollte.

„Geh weg", brüllte er.

„Was?"

„Geh zurück nach Helheim und sag deinem Meister, dass du deinen Auftrag erfüllt hast. Sag ihm vor allem, dass wir auf ihn und seine Armeen vorbereitet sind. Blazelheim wird sich nicht kampflos geschlagen geben", rief er und seine Stimme strahlte Hass, Wut und absoluter Rücksichtslosigkeit aus.

„Das habe ich nicht", versuchte ich, und er schüttelte den Kopf.

Meine Kehle schwoll an und ich kämpfte gegen die Tränen an, als er auf die Tür deutete. Ich wollte ihm sagen, dass ich ihn liebte und dass ich mit solch schrecklichen Anschuldigungen nichts am Hut haben wollte. Die Wut in seinen Augen teilte mir mit, dass er mir nicht zuhören würde.

Das Plunderteilchen fiel mir aus den Fingerspitzen und rollte auf den Boden. Ich machte einen Schritt und dann noch einen, bis ich die Tür erreichte. Ich drehte mich zu ihm um und hoffte, er würde seinen Fehler erkennen und einsehen, dass ich nur für ihn und nur für ihn da war, aber sein Gesicht zeigte das genaue Gegenteil von Liebe.

Puren Hass.

Dagegen würde ich nicht ankämpfen können. Ich ließ den Kopf hängen und kämpfte gegen die Tränen an, als ich zur Tür hinausging. Ich war gerade über die Schwelle gekommen, als sie hinter mir zuschlug. Das ohrenbetäubende Geräusch war wie ein Messer, das direkt in mein Herz stach. Es tat fast genauso weh.

Ich schaffte es gerade noch in den nächsten Raum, bevor ich zusammenbrach. Der erste Schluchzer erfasste mich ohne Vorwarnung und dann flossen die Tränen in Strömen über mein Gesicht. Ich sank auf den Boden und schlang meine Arme um meine Knie. Ich zerbrach in Stücke. Ich weinte lange und beklagte den Verlust meiner wahren Liebe.

Er kam nie, um mich zu finden.

* * *

Ich weiß nicht, wie lange es dauerte, bis Kenna mich fand. Ich merkte nicht einmal, dass er es war, bis seine sanfte, freundliche Stimme mich umschwirrte und ich den Kopf hob und mir vage bewusst wurde, dass ich nicht mehr allein war.

„Hey, Ihr“, begann er sanft und ich konnte nicht verhindern, dass ein weiteres Schluchzen meinen kleinen Körper erschütterte.

Seine Arme umschlangen mich und er stützte mich, bis ich es schaffte, ein paar Worte herauszubringen.

„Ich muss die Burg verlassen“, flüsterte ich, wobei meine Stimme vor lauter Gefühlen brach.

„Was ist passiert?“, fragte er und seine aufrichtige Sorge war erfrischend.

„Der König. Er denkt … Er denkt, ich sei eine Verräterin … aus Helheim“, weinte ich.

Sein Gesichtsausdruck wurde weicher und verständnisvoller.

„Kommt mit“, sagte er fest, packte mich am Arm und hob mich hoch. Er trug mich praktisch zu seinen Gemächern hinauf. Als wir schließlich stehenblieben, starrte ich ihn verwirrt an.

„Warum sind wir hier?“, fragte ich. Ich schniefte und suchte in seinen Augen nach Antworten.

„Ihr seht aus wie eine Frau, die ein verwöhntes Leben in der Burg geführt hat. Wenn Ihr von hier in die Stadt fliehen wollt, müsst Ihr so aussehen, als würdet Ihr dorthin gehören", erklärte er und ließ seinen Blick an meinem Körper auf und ab schweifen. Seine Lippen verzogen sich zu einer schmalen Linie und sein ganzer Gesichtsausdruck war stutzig.

„Ich hab's", rief er aufgeregt. Seine Hände hoben sich in die Luft, er schloss die Augen und ich sah, wie magische Fäden aus dem Nichts direkt vor mir auftauchten. In wenigen Minuten war eine cremefarbene Tunika zusammengewoben. Dann fädelte sich ein dunkelgrauer Rüschenrock zusammen, dazu ein besticktes Unterkleid, das einer Königin angemessen schien.

„Die sehen aber sehr hübsch aus", bemerkte ich und er zwinkerte mir anzüglich zu.

„Niemand außer Euch wird wissen, dass sie existieren, also was schadet es schon?"

Seine gute Laune war ansteckend. Ich lachte und er grinste noch breiter. Er hatte mich ein wenig aufgeheitert, und dafür bewunderte ich ihn. Als er mit dem Zusammenweben der Kleidung fertig war, nickte er mit dem Kopf und drehte sich um, während ich mich anzog. Ich legte alles ab, was ich trug, und zog dann das Unterkleid, das dazu passende Höschen und den Unterrock an. In der Unterwäsche, die er für mich genäht hatte, fühlte ich mich sexy, und das stärkte nur mein Selbstvertrauen, das ich dringend brauchte. Ich zog das taillierte Hemd an und wickelte dann den Rock um meine Taille darüber.

„Ich bin ganz anständig", bot ich ihm an, und er drehte sich um.

In seinen Händen hielt er einen gedeckten Schal in einem zarten Lavendelton, den ich sehr mochte. Er schob ihn mir unter die Haare und wickelte mein Haar darin ein.

„Ihr seht aus wie eine Bäuerin", sagte er schadenfroh und grinste auf mich herab.

„Danke, glaube ich", sagte ich. Einen Moment lang war ich still.

„Ich bin keine Verräterin", platzte es aus mir heraus.

Er griff nach mir und seine Hände drückten stützend auf meine Schultern.

„Ich weiß, dass Ihr das nicht seid", antwortete er leise.

Ein plötzliches lautes Klopfen an der Tür ließ mich aufschrecken. Meine Augen müssen so groß wie Untertassen gewesen sein, doch er schüttelte den Kopf.

„Macht Euch keine Sorgen. Es ist Elysia", antwortete er.

Ich versuchte, meinen finsteren Blick zu unterdrücken, doch das ist mir wohl nicht gelungen, denn er kicherte.

„Sie ist hier, um zu helfen", erklärte er und ich schaute misstrauisch auf die Tür, als sie sich öffnete.

Irgendwie hatte sie ihre Schönheit wohl ebenfalls verringert. Sie trug zwar das Gewand einer Dienerin, wirkte aber immer noch so, als wäre sie besser als alle anderen.

„Warum?", fragte ich zögernd.

„Elysia kennt sich in der Stadt besser aus als alle anderen. Sie wird Euch führen und einen sicheren Unterschlupf für Euch finden", erklärte er.

Sie nickte und ihre Augen wurden weicher. Ich starrte sie an, als wäre sie eine seltsame Kreatur, die plötzlich mit Fähigkeiten, Gefühle zu empfinden, aufgetaucht war.

„Die Wut des Königs lässt sich nicht zähmen. Wenn seine Lunte brennt, ist es am besten, man lässt ihn in Ruhe und wartet, bis sie ausgebrannt ist", bot sie mir an.

Ich lächelte schwach.

„Geht mit Elysia. Sie wird Euch aus der Burg führen und an einen sicheren Ort bringen", drängte Kenna.

Elysia gab mir ein Zeichen, ihr zu folgen, und als ich schließlich einen Schritt auf sie zuging, lächelte sie. Das war eine merkwürdige Entwicklung und ich fühlte mich verunsichert. Ich blickte zurück zu Kenna und sah sein sanftes, freundliches Lächeln. Ich wünschte mir, er würde mich stattdessen mitnehmen.

„Danke, dass du so ein guter Freund bist", flüsterte ich.

„Ihr verdient nur das Beste. Und jetzt geht und brecht ein paar arme, ahnungslose Bauernherzen", sagte er und wackelte anzüglich mit den Augenbrauen, woraufhin ich wieder lachen musste. Ich schüttelte den Kopf, lächelte breit und strich mir die letzten Reste meiner Tränen von den Wangen.

Ich hob mein Kinn an. Ich würde es durchstehen. Ich war eine Überlebenskünstlerin.

KAPITEL FÜNFZEHN

Hayleigh

Kenna hatte recht. Elysia kannte sich in der Burg aus, als wäre sie ihre Westentasche. Ich konnte mich glücklich schätzen, dass ich beim ersten Mal einen Weg nach draußen gefunden hatte. Dieses Gebäude war das reinste Labyrinth. Mit Leichtigkeit navigierte sie durch die Dienertrakte, und als wir schließlich draußen ankamen, war ich mir sicher, dass ich mich im Alleingang verlaufen hätte.

Während wir durch die Straßen liefen, blieb ich an ihrer Seite. Wir kamen in eine der ärmeren Gegenden der Stadt und ich tat mein Bestes, mich nicht umzusehen. Ich wollte von niemandem erkannt werden, nur für den Fall, dass Kol es sich anders überlegt hatte und beschloss, mich zu einer Königsflüchtigen zu deklarieren.

Es war schwer, nicht daran zu denken, wie sehr mich sein Zorn und seine Ablehnung verletzt hatten, dass er mich für eine hinterlistige Drahtzieherin hielt, die sein Königreich und sein Volk zerstören wollte. Er hatte mir nicht einmal genug Zeit gegeben, ihn davon zu überzeugen, dass ich nicht die böse Person war, für die er mich hielt. Stattdessen hatte er mich einfach rausgeworfen.

Ich hatte mir den heutigen Tag so ganz anders vorgestellt. Ich hatte gehofft, er würde zurückkommen und mich zu einem Kuss heranziehen, bevor er mir sagte, dass er mich vermisst hatte. Aber so war es nicht gekommen.

Ich seufzte, als ich über ein großes Stück Vulkangestein stolperte. Das grelle Licht der Sonne brannte mir im Nacken, also tat ich mein Bestes, um im Schatten zu bleiben. Elysia führte mich in die dunklen Tiefen der Stadt, wo wir immer tiefer herabstiegen, bis wir nicht mehr vom Licht der roten Sonne über uns erreicht wurden. Die Kieswege waren dunkel wie die Nacht, und als sie schließlich anhielt und dreimal an eine scharlachrote Tür klopfte, atmete ich erleichtert auf. Ich konnte eine Pause gebrauchen. Wir waren schon so weit gelaufen, dass meine Füße anfingen zu schmerzen. Wahrscheinlich hatte ich sogar ein oder zwei Blasen an den Fersen.

Ich betrat hinter ihr ein Haus, das wie ein Wohnhaus aussah, und schaute mich um, weil ich wissen wollte, ob hier jemand wohnte. Es war sauber genug, dass es nicht verlassen aussah, aber es gab auch keine anderen offensichtlichen Anzeichen von Leben. Langsam ging ich an ihr vorbei, als sie die Tür hinter uns schloss. Das Geräusch eines sich drehenden Riegels war unangenehm, aber wahrscheinlich war es notwendig, falls wir verfolgt worden waren.

„Der König hält Euch also für eine Verräterin", begann Elysia.

Ich weiß nicht, wie sie es schaffte, aber jede Silbe aus ihrem Mund kam mir verurteilend vor und ich musste mich daran erinnern, dass sie diejenige war, die mir bei der Flucht aus der Burg geholfen hatte. Ich sollte ihr für ihre Hilfe dankbar sein.

„Ich weiß nicht, warum", antwortete ich leise. Ich tat mein Bestes, aber ich konnte nicht wirklich verbergen, wie sehr es mich verletzt hatte. Ich schaute sie an, und sie legte den Kopf schief. Für einen Moment schien sie sogar warm und nahbar zu sein und ich dachte, dass wir beide vielleicht doch Freundschaft schließen könnten.

„Ihr seid keine Verräterin. Es war dumm von ihm, so von Euch zu denken", bot sie mir an, und ich lächelte dankbar zurück.

„Danke. Das weiß ich zu schätzen", flüsterte ich. Ich nahm auf der waldgrünen Couch Platz und fand sie bequemer, als sie aussah. Ich ließ mich darauf nieder und versuchte, mich so weit zu entspannen, dass ich mich ausruhen konnte.

„Er hatte aber nicht mit allem unrecht", fuhr sie fort und ich riss meinen Kopf hoch.

Ihr Gesichtsausdruck hatte sich verfinstert und ihre Augen funkelten gefährlich. Ich war sofort in höchster Alarmbereitschaft.

„Wovon redest du?"

„Es hat einen Verräter in der Burg gegeben", erklärte sie, und mein Mund wurde trocken. Die Luft um uns herum war kühl geworden und ich fröstelte.

„Woher weißt du das?", versuchte ich herauszufinden, und sie lächelte – ein böses Lächeln, das mir die Kälte bis ins Mark eindringen ließ. Ein ungutes Gefühl begann in meiner Magengrube zu brodeln.

„Ich weiß es, weil ich diese Verräterin bin", erklärte sie dreist und mir gerann das Blut.

Eine Sekunde lang saß ich fassungslos da, bevor mich eine sehr reale Angst durchfuhr.

„Warum bin ich hier?", fragte ich schließlich mit einem schweren Schlucken.

Ich hatte sie für eine Elfe gehalten, wusste aber aus den Büchern, die ich gelesen hatte, dass es verschiedene Unterarten von Elfen gab, von Dunkel- über Licht- bis hin zu Waldelfen. Ich wusste, dass sie wahrscheinlich viel schneller war als ich und dass sie mich wahrscheinlich mit Leichtigkeit einholen würde, sollte ich zur Tür rennen. Langsam musterte ich meine Umgebung, suchte nach irgendwelchen Waffen und fand keine.

„Nicht alle in Blazelheim wollen die Reiche trennen. Mein König zum Beispiel will sie alle unter einer einzigen Herrschaft vereinen", begann sie.

„Dein König", wiederholte ich.

„Die meisten nennen ihn den Dunklen König."

„Du kommst aus Helheim“, warf ich ein und erhob mich erschrocken auf die Füße.

„Das tue ich in der Tat. Ich gehöre zu einer ganz besonderen Einheit, die durch die Kluft geschlüpft ist, als sie vor langer Zeit mal unbewacht war. Ich habe mich in die Burg vorgearbeitet, um mich auf deine Ankunft vorzubereiten“, fuhr sie fort.

„Was wirst du mit mir machen?“, fragte ich und versuchte, auch im Angesicht der Gefahr tapfer zu bleiben.

„Wir werden dafür sorgen, dass du die Kluft niemals schließen wirst“, erklärte sie mit kalter und gefühlloser Stimme.

Auf einmal wimmelte es im Raum von Personen in schwarzen Umhängen. Ich konnte ihre Gesichter nicht erkennen, aber ich konnte ihre Augen sehen und das war erschreckender als alles andere. Sie waren von einem gespenstisch hellen, übernatürlichen Violett-Ton.

Sie verkündeten geradezu das pure Böse.

Als ich meine Fäuste hob, um der nächstbesten Person einen Schlag zu versetzen, umschlossen unzählige Hände meine beiden Arme. Sie hielten sie grob hinter meinem Rücken fest, und ich begann zu treten, doch das führte lediglich dazu, dass auch meine Beine gefangen genommen wurden. Jemand drückte mir ein schwarzes Tuch auf den Mund, und ein süßer, blumiger Duft strömte auf mich ein. Meine Sicht wurde verschwommen und ich versuchte, die Luft anzuhalten, doch das ging nicht lange gut. Meine Lunge brannte und ich versuchte, mich zu befreien.

Sie waren zu viele. Schließlich musste ich widerstrebend einatmen. Ich keuchte, als der süße Duft stärker wurde und mich eine Welle des Schwindels überkam. Meine Sicht wurde schwarz und meine Glieder wurden schwach. Ich war aus der Burg entkommen, nur um in die Fänge von jemandem zu geraten, der noch viel gefährlicher war.

Ich befand mich auf einem direkten Weg in die Hölle.

* * *

Es fühlte sich an, als hätte mir jemand mit einem Hammer direkt auf den Schädel geschlagen. Als ich meine Hand auf meine Kopfhaut drücken wollte, als ob das etwas brächte, erstarrte ich.

Meine Handgelenke waren vor mir gefesselt. Das Seil war bis zu meinen Armen hoch gewickelt, sodass ich sie nur schwer beugen konnte. Ich gab es schnell auf, meine Hand zu meiner Kopfhaut führen zu wollen, als Panik in mir aufstieg.

Wo zum Teufel war ich? Mein Kopf fühlte sich träge an, als würde ich mich durch Nebel kämpfen, um die Antworten zu finden.

Ich lag eine Weile so da, als mir die Einzelteile wieder einfielen. Ich schluckte schwer und riskierte es, meine Augen nur einen Spalt zu öffnen, um mich umzusehen. Es herrschte trübe Dunkelheit. Ich konnte gerade noch die Umrisse mehrerer Menschen um ein Lagerfeuer herum ausmachen. Mein Schädel pochte und ich unterdrückte ein Seufzen, denn ich musste leise sein, um meine Entführer nicht darauf aufmerksam zu machen, dass ich wach war. Ich testete die Fesseln erneut und stellte fest, dass sie nicht nachgaben. Das Seil war so eng, dass es schmerzte.

Ich lag auf der Seite und drückte meinen Kopf auf den Boden. Einige Kieselsteinchen gruben sich in meinen Schädel, doch ich tat mein Bestes, um sie zu ignorieren. Mein Herz pochte laut in meiner Brust. Ich atmete bewusst langsam ein und versuchte, mich zu beruhigen. Als ich mich besser unter Kontrolle hatte, neigte ich den Kopf ein wenig, um in den Himmel zu schauen. Soweit ich erkennen konnte, befanden wir uns irgendwo in der Stadt, aber wir waren weit genug unter der Erde, dass das Sonnenlicht nicht wirklich mehr ankam. Ich hob meinen Kopf noch ein wenig mehr an, um einen besseren Blick zu bekommen.

Die Gestalten waren in einem Kreis versammelt. Alle waren mit Kapuzen vermummt, sodass ich sie nicht voneinander unterscheiden konnte. Ihre Umhänge waren das schwärzeste Schwarz, das ich je gesehen hatte, so dunkel, dass es schien, als ob der Stoff sämtliches Licht um sie herum verschluckte. In dieser Welt wäre das wohl sogar möglich.

Sie riefen etwas, ihre Stimmen waren ein leises Grollen, sie gingen ineinander über und klangen wie eine Stimme. Ich schloss meine Augen und lauschte, um alle Hinweise zu sammeln, bevor ich mich selbst verriet.

Wir sehen Euch, Dunkler König

Wir verneigen uns im Schatten Eurer Finsternis

. . .

Ich versteifte mich leicht. Dank meiner Lektüren und dem, was Kol in der Vergangenheit erwähnt hatte, wusste ich genug über diese Welt. Sie sprachen über den Dämonenkönig in Helheim, der die Barrieren zwischen den Welten niederreißen und das Ende der Zeiten einleiten wollte.

Wir sind Eure Jünger, Dunkler König

Es ist unser Ziel, Euch aus Eurem Käfig zu befreien

Ich zitterte, die kalte Angst ließ mir das Blut gerinnen.

Wir werden die Reiche zu Euren Ehren vereinen

Und Ihr werdet endlich den einzig wahren Thron besteigen

Sie fingen an, etwas anderes zu murmeln, doch es war unverständlich. Ich stellte mir vor, dass es eine andere Sprache sein könnte, denn schon bald erhoben sich ihre Stimmen zu einem Gesang. Ich erkannte keine Worte, doch die Absicht kam laut und deutlich durch. Er schallte durch meinen Körper und ein wirklich schlechtes Gefühl machte sich tief in meinen Knochen breit. Unfähig, die Kieselsteine, die sich in meinen Kopf gruben, zu ertragen, hob ich ihn langsam an und stöhnte, als sich die Welt zu drehen begann. Mein Schädel pochte und eine der verhüllten Gestalten stand auf.

„Unsere kleine Beute ist endlich wach“, säuselte eine Stimme, die ich vage als die von Elysia erkannte. Sie klang anders. Ihre Stimme war irgendwie weniger elegant und ihre Haut hatte einen gräulichen Farbton angenommen.

„Was seid ihr?“

Sie lächelte und ihre Augen funkelten in einem dunklen Lila, das fast an Schwarz grenzte.

„Hast du mich etwas für eine Elfe gehalten, süßes Kind?“, fragte sie, und ich starrte sie an.

Eine Gänsehaut überzog jeden Zentimeter meines Körpers und verriet meine ängstliche Nervosität. Falls sie dies bemerkte, sagte sie nichts.

„Wo bin ich?“, versuchte ich zu fragen.

Sie neigte den Kopf zur Seite und ihr schiefes Lächeln wurde immer amüsierter. Dann übertraf es alles, was auch nur im Entferntesten natürlich sein könnte. Ihr böser Blick brannte sich in mich hinein und dann warf sie den Kopf in den Nacken und lachte.

„Wer seid ihr? Was habt ihr mit mir vor? Wo habt ihr mich hingebracht?“, spottete sie lachend, und ich tat mein Bestes, mich so weit aufzurichten, dass ich sitzen konnte. Der Klang ihrer Stimme bohrte sich wie ein Wurm in mein Herz, und ich wich ängstlich zurück.

„Deine Angst ist absolut göttlich“, säuselte sie. Sie kroch auf allen Vieren vorwärts und ich bemerkte, dass ihre Nägel zu Krallen geschärft waren.

„Der Dunkle König hat dich geschickt", sagte ich unverblümt.

Sie schnalzte mit der Zunge wie eine Grille und ich tat mein Bestes, um bei dem Laut keine Grimasse zu schneiden.

„Ja", antwortete sie und lehnte sich zurück wie ein wilder Hund, der angriffsbereit war.

„War Elysia jemals echt?", fragte ich leise.

„Das war sie … einst", antwortete sie und mir lief es kalt den Rücken herunter. Ihr bösartiges Lächeln sagte alles.

„Du hast sie getötet", flüsterte ich entsetzt.

„Sie war ein freches Ding, aber sie war es wert. Ich habe den Geschmack ihres Fleisches besonders genossen. Weißt du, ich bin ein Wechselbalg, naiver Mensch. Wenn ich jemanden verzehre, kann ich sein Aussehen annehmen, und diese hier gefällt mir besonders gut. Sie ist sehr hübsch, oder?"

In all den Büchern, die ich in der Bibliothek verschlungen hatte, war ihre Art nicht ein einziges Mal erwähnt worden. Ich schluckte schwer und nahm die bittere Finsternis in ihrem Blick wahr, als sie mich anstarrte.

„Ich habe nicht vor, dir deines zu nehmen. Du bist nicht gerade mein Typ", schnauzte sie.

„Was habt ihr mit mir vor?"

„Du hast heute Morgen ja nur Fragen", bellte sie, als ihre Verärgerung über mich ihren Höhepunkt erreicht hatte.

Ich beschloss, die Taktik zu ändern.

„Erzähl mir vom Dunklen König“, erwiderte ich. Ich versuchte, aufrichtiges Interesse vorzutäuschen, damit ich herausfinden konnte, wie ich mich aus der Sache herauswinden könnte.

„Er hat mich auserwählt, weißt du. Von allen Kreaturen in Helheim hat er mich auserwählt.“ Sie grinste und ihre Verärgerung wich dem Auftauchen reiner Hingabe. „Ich weiß allerdings nicht, was er in dir sieht. Ich glaube nicht, dass du eine hervorragende Königin abgeben würdest.“

Für einen Moment hielt ich inne, um ihre Offenbarung zu verdauen. Warum sollte der Dunkle König mich wollen? Ich war doch nichts weiter als ein einfaches Mädchen von der Erde. Ich vermutete, dass ihre Aufgabe darin bestand, mich lebend durch die Kluft zu ihm zu bringen, zumindest hoffte ich das.

Ich bohrte weiter.

„Er muss eine hohe Meinung von dir haben, wenn er dich aus all den Monstern seines Reiches auserwählt“, lobte ich. Sie schien das Kompliment gut anzunehmen und grinste wieder, diesmal ohne mörderische Absichten. Das war ein Sieg, dachte ich.

„Er hat gewusst, dass ich die Burg infiltrieren kann, um dich zu finden. Meine Fähigkeiten im Nachahmen anderer sind über jeden Zweifel erhaben. Ich bin die Beste im ganzen Königreich“, antwortete sie stolz.

„Und die Leute, die bei dir sind? Hat er sie auch ausgesucht?“

„Meine Jünger? Sie folgen mir.“

„Deine Jünger?“, antwortete ich verwirrt.

„Wir sind die gläubigste Sekte in ganz Helheim, gesalbt vom Dunklen König persönlich. Der Clan der Ewigen Finsternis ist seit Jahrtausenden an der Macht und ich habe die Ehre, den höchsten Titel zu tragen“, brüstete sie sich. Sie war stolz auf sich, und das sah man.

Das nutzte ich weiter aus.

„Soll ich dich Elysia nennen oder trägst du einen anderen Namen?“

Sie musterte mich einen Moment lang, legte den Kopf schief und beurteilte mich.

„Mais“, antwortete sie.

Die anderen standen auf, und sie warf einen Blick über ihre Schulter. Sie schaute in den sich verdunkelnden Himmel und folgte mit ihrem Blick der untergehenden Sonne.

„Genug geredet. Es ist Zeit, zu gehen“, fauchte sie.

Grob griff sie nach unten und packte mich am Oberarm. Sie zwang mich auf die Füße und ich schrie auf, als sich ihre Nägel in meine Haut gruben. Mit einem verärgerten Blick drückte sie fester zu und ich biss mir auf die Unterlippe, um keinen Laut von mir zu geben. Sie würde keine Gnade walten lassen. Das Beste, was ich tun konnte, war, mitzumachen, bis ich wusste, wie ich entkommen könnte.

Sie packte das Ende des Seils und zog mich mit einem Ruck zu sich heran. Ich kippte nach vorn und fiel fast auf hin. Ich konnte aber gerade noch die Balance wiederfinden und lief hinter ihr her, während sie spöttisch über ihre Schulter blickte. Sie hatte einen enttäuschten Gesichtsausdruck aufgesetzt und ich wusste, dass sie absichtlich so gehandelt hatte.

Der Rest ihrer Jünger folgte ihr wortlos und bildete hinter uns eine schützende Formation. Die Straßen waren zu dieser Tageszeit menschenleer, und wenn jemand einen Blick auf uns erhaschte, verschwand er schnell in seinen Häusern. Meine Handgelenke brannten von den rauen Seilfasern und einige der Knoten bohrten sich in meine Haut. Ich hielt meine Lippen geschlossen, denn ich wusste, dass ich mich nicht beschweren durfte. Das würde nur zu noch mehr Grausamkeiten führen.

Ich stolperte und Mais zog etwas fester am Seil. Ich unterdrückte einen Schrei, als sich die Fesseln in meine Haut bohrten. Es bestand kein Zweifel daran, dass meine Handgelenke mindestens blau, wenn nicht sogar blutig sein würden. Ich betrachtete die Straßen und achtete auf jede Abzweigung und jede Orientierungshilfe, an der wir vorbeikamen. Die Felswände, die sich zu beiden Seiten von mir erhoben, waren überwältigend, und ich fühlte mich mit jedem Schritt mehr wie eine Gefangene. Ich erblickte mehrere Augenpaare, die uns von oben beobachteten, doch kein einziges sagte etwas. Sie versteckten sich einfach und meine Hoffnungen schwanden.

Keiner würde nach mir suchen. Kol hatte sich von mir abgewandt und Kenna hatte mich mit Elysia losgeschickt, ohne zu wissen, dass sie ein Wechselbalg war, der mich direkt den Händen des Feindes ausliefern würde. Meine Hoffnungen verschwanden. Die Nacht wurde lang und ich schaute zum Himmel, in der Hoffnung, dass die Morgendämmerung bald kommen würde. Die Jünger hielten nicht an. Sie eilten weiter und ich folgte ihnen so gut wie möglich, obwohl sich die Erschöpfung in mir breit machte.

Ich hatte das Gefühl, dass sie bis zum Morgengrauen nicht mehr anhalten würden, und ich hatte recht. Als der rötliche Schein des Sonnenaufgangs endlich die Dunkelheit durchbrach, konnte ich sehen, dass wir die Stadtgrenze erreicht hatten. Obwohl ich dieser Stadt schon einmal entkommen war, wusste ich nicht, wo wir jetzt waren. Ich konnte hinter den überragenden Klippen keine Richtung erkennen, doch das war jetzt auch egal.

Mais zog mich vor sich her und schickte einen ihrer verhüllten Jünger los, um eine verlassene Höhle auszukundschaften. Ich folgte ihr hinein. Es wurde so dunkel, dass ich kaum meine Hand vor meinem Gesicht erkennen konnte. Ich versuchte, meine Schritte zu verlangsamen und mit den Füßen zu tasten, aber ich stürzte trotzdem und schürfte mir die Hände an den scharfen Kanten eines Felsens auf. Mais griff nach unten und hob mich am Nacken hoch. Ihre Augen leuchteten jetzt violett. Ihre Pupillen waren viel größer und wurden von dick umrandeten Iriden umrahmt, die in einem geisterhaften Farbton schimmerten. Das war äußerst beunruhigend.

Es dauerte lange, bis sich mein Sehvermögen an das schummrige Licht gewöhnt hatte. Die anderen bewegten sich mühelos, da sie von Natur aus an die Dunkelheit gewöhnt waren. Einer von ihnen entfachte in der Mitte der Höhle ein Feuer, und sosehr ich den Rauch auch hasste, rückte ich doch ein wenig näher, um die Wärme zu genießen. Das war das Einzige, was mir an diesem Tag Trost spendete.

Und am nächsten Tag. Und am übernächsten.

In dieser Zeit verließen wir die Enge der Stadt und kamen in die kahle Landschaft der brennenden Einöden. Hoch aufragende Felsnadeln stießen Feuer und Rauch aus. Der Boden unter unseren Füßen bestand aus hartem Sand und grauer, rußiger Asche. Es gab mehrere schwefelhaltige heiße Quellen, an denen wir gerade lang genug anhielten, um Wasser zu schöpfen, und der schreckliche Geruch haftete noch lange nach dem Verlassen der Quellen an unserer Kleidung. Als ich einen Blick auf mein Spiegelbild warf, sah ich, dass mein Gesicht mit grauen Rußflecken übersät war. Ich wollte meine Hände in das Wasser tauchen, doch dann sah ich, dass es kochte.

Dieses Land war ein Höllenfeuer.

Ich zog mich zurück, um mich nicht zu verbrennen. Die Jünger der Ewigen Finsternis fühlten sich hier wie zu Hause. Wenn sie sich an diesem schrecklichen Ort wohlfühlten, wie war es dann erst in Helheim?

Ich konnte die Gesichter unter ihren Mänteln nicht erkennen. Mais war die Einzige, die jemals ihr Gesicht zeigte. Die anderen blieben bedrohlich namenlos und gesichtslos. Um mich bei Verstand zu halten, gab ich ihnen Namen und stellte mir vor, dass ihre Köpfe wie Kartoffeln geformt waren. Das war lange Zeit meine einzige Quelle der Unterhaltung.

Die Nacht war hier draußen an diesem trostlosen Ort noch dunkler. Manchmal, in den letzten Minuten des Sonnenlichts, sah ich in der Ferne rote Augen, die uns beobachteten. In dem schwachen Licht konnte ich mehrere Rudel Wargs in etwa einer Meile Entfernung ausmachen. Sie griffen nicht an. Es war fast so, als ob sie uns auf unserer Reise begleiteten. In der nächsten Nacht sah ich sie erneut, aber sie waren viel zahlreicher. Es war, als hätten sie sich versammelt, um uns auf dem Weg zu bewachen.

Gelegentlich bot mir Mais Essensreste an. Ich habe fragte nicht, was ich da aß, doch es war eine Art leicht gewürztes Dörrfleisch. Meistens war ich hungrig. Mein Mund war ständig ausgedörrt. Wenn man mir Wasser zu trinken anbot, war es warm und schmeckte metallisch, aber ich schluckte es trotzdem hinunter. Der Weg, den wir nahmen, führte durch die Berge. Es sah so aus, als wäre er nie benutzt oder schon vor langer Zeit aufgelassen worden.

Im frühen Morgenlicht blickte ich über meine Schulter und sah, wie die Burg zum Leben erwachte. Magische Feuer leuchteten in den Fenstern und ein letzter Hoffnungsschimmer keimte in meinem Herzen auf. Da stellte ich mir vor, dass ich nach ihm rief. Eine donnernde Welle der Magie bebte über das Land und ließ die winzigen Kieselsteine auf dem Boden rasseln.

Ich hoffte, dass er es hörte.

KAPITEL SECHZEHN

Kol

Der Schmerz, der mich erfasste, war so gewaltig, dass ich mich nicht rühren konnte.

Nachdem Hayleigh gegangen war, stand ich lange Zeit da und fühlte mich, als wäre ein Stück meines Herzens für immer weggerissen worden. Ich hatte gewollt, dass sie alles abstreitet und mir sagt, dass sie mir gehöre, doch meine Ängste hatten gesiegt und ich hatte sie weggestoßen. Ich hatte ihr nicht einmal die Chance gegeben, sich zu erklären. Falls der Dunkle König sie geschickt hatte, um mein Königreich zu infiltrieren, würde ich mir das nie verzeihen können.

In diesem Moment fühlte sich meine Pflicht gegenüber meinem Königreich wie eine Qual an.

Ich wünschte mir nichts sehnlicher, als ihr hinterherzulaufen, sie in die Arme zu nehmen und ihr zu sagen, dass alles gut werden würde, doch dazu war ich nicht in der Lage. Wenn die Kluft riss, würden uns noch viele dunkle Tage bevorstehen.

Ich konnte mich nicht auf sie konzentrieren, und das hasste ich.

Ich musste etwas tun, um meinen Schmerz und meine Wut loszuwerden, und schlug mit voller Wucht gegen die Wand. Es spielte keine Rolle, dass sie aus Stein bestand. Sie zerbrach unter meiner Kraft. Ein tiefes Loch tat sich auf und meine Faust zermalmte die Steinbrocken zu Asche, welche in einer Rauchwolke auf den Boden rieselte. Ich drehte den Kopf und berief mich auf den Kriegerkönig in mir. Ich verdrängte meine Gefühle und konzentrierte mich ausschließlich darauf, das Beste für mein Königreich und mein Volk zu tun.

Ein Mann wie ich war zum Regieren bestimmt, nicht zum Lieben. Das war mein Schicksal.

Mit einem Seufzer verließ ich meine Gemächer. Meine Stiefel klapperten auf der steinernen Wendeltreppe, und ich stieg tief in den Abgrund der Berge hinab, wo die Magie dieser Welt am stärksten war. Als ich mich der heiligen Höhle näherte, hielt ich inne, um die herrliche Schönheit dieser unterirdischen Welt zu genießen.

Das Gestein um mich herum glühte in einem sanften Rotton. Eine dampfende heiße Quelle in der Mitte des Raumes schimmerte vor Magie. Kreaturen, die wie scharlachrote Aale aussahen, schwammen blitzschnell vorbei, doch ich wusste es besser. Es waren einfach nur mystische Lichtblitze, die so mächtig waren, dass sie direkt vor meinen Augen flackernd Realität wurden. Als ich jünger gewesen war, hatte ich manchmal einfach hier gesessen und sie beobachtet. Jetzt betrachtete ich sie mit einem vorsichtigen Gefühl der Hoffnung.

Ich ging um den Beckenrand herum zu der geschwungenen Felswand, die in der Mitte der Höhle niedriger wurde. Hier war die Macht am stärksten und ließ den Boden ein wenig vibrieren.

Dort wurde ich von Zilyana erwartet. Ihre Fingerspitzen schimmerten vor Macht. Sogar ihre lavendelfarbenen Augen leuchteten, als sie auf mich zukam. Die Magier strömten herbei und umkreisten den Beckenrand, ihre Schritte im Einklang mit den ihren.

„Seid Ihr Euch sicher, dass Ihr das tun wollt?“, fragte sie mit einem deutlichen Zögern.

„Ich habe keine andere Wahl. Wenn die Seherin einen Weg kennt, das Ende der Zeiten aufzuhalten, muss ich wissen, was ich tun kann“, schwor ich.

Sie nickte einmal und hob ihre Hände hoch, ihre Macht strahlte von ihren Fingerspitzen aus. Die Adern unter ihrer Haut glühten, als ihre Magie durch sie in die Luft um sie herum strömte. Als sie intensiver wurde, begann ein Knistern in ihrer Umgebung. Sie stimmte einen Gesang an, und die versammelten Magier schlossen sich ihr an. Sie griff nach mir und ich legte meine Hand zielstrebig in ihre.

Die Magie traf mich wie ein Blitzschlag. Mein Kopf flog nach hinten und meine Wirbelsäule krümmte sich so weit, dass ich befürchtete, sie könnte brechen. Der Pool leuchtete mit einem Blitz aus mystischer Energie. Flammen tänzelten über die Wasseroberfläche und breiteten sich schnell zu einem kleinen Feuer aus, das die ganze Höhle zu verschlingen drohte.

Zielstrebig ergriff ich Zilyanas andere Hand. Der zweite Impuls war weniger stark, wurde aber stärker, nachdem ich den Kreis vollendet hatte. Die Macht wogte unter mir und explodierte mit einem Mal. Ich biss die Zähne zusammen, als sie mich durchströmte und jede Zelle meines Körpers aufrüttelte, bis er zu platzen drohte. Endlich wurde sie schwächer und ich öffnete die Augen, um eine Treppe aus schimmerndem Licht zu sehen, die zu einem Portal direkt über dem Pool führte. Das Singen ging weiter, nur jetzt in viel geringerer Lautstärke. Zilyana ließ meine Hände los und senkte ihren Kopf.

„Ich erwarte Euch, mein König", flüsterte sie. Ihre Augen waren jetzt viel heller, die chaotische Macht wirbelte immer noch in ihr herum. Sie war dadurch ganz wild.

„Ich danke Euch, Zilyana", nickte ich dankbar.

„Seid vorsichtig. Die Seherin soll bösartig sein, wenn man sie verärgert", warnte sie.

„Ich werde tun, was zum Wohle von Blazelheim getan werden muss", schwor ich.

Sie senkte den Kopf und ich schaute zum Portal des uralten Ortes.

Diese Reise würde ich allein antreten müssen. Ich atmete tief ein und erklomm die Treppe. Ohne Zögern ging ich durch das Portal. In einem Augenblick stellte sich meine Welt auf den Kopf. Ein Tornado wirbelte um mich herum, riss mich in die Luft und schleuderte mich herum, als wäre ich nichts weiter als ein heruntergefallenes Blatt. Ich brüllte und rief die Bestie in mir herbei, doch nichts geschah. Mein Drache ließ mich im Stich und der Himmel verschob sich.

Irgendwie landete ich auf meinen Füßen und fand mich in einem scheinbar nebligen Sumpf wieder. Die Wolken um mich herum kamen mir schwer vor und ich richtete mich auf und spürte, wie Wassertropfen von meiner Haut abperlten. Ich war umgeben von einem Wald aus dicken Trauerweiden. Ich blickte umher und versuchte herauszufinden, in welche Richtung ich gehen sollte. Als der Wind auffrischte, beschloss ich, ihm zu folgen. Ich schritt durch den Wald und über meinem Kopf wurde das Sonnenlicht immer heller.

„Wer wagt es, einen Fuß in mein Heim zu setzen?“

Die raue weibliche Stimme ließ mich aufschrecken. Es kam mir vor, als käme sie aus allen Richtungen auf einmal. Ich war auf der Suche nach der Seherin und sie hatte mich bereits gefunden.

„Der Drachengeborene“, antwortete ich schlicht.

„Ich wusste, dass du zu mir kommen würdest. Es war nur eine Frage der Zeit.“

Aus meinem Augenwinkel sah ich ein helles Licht und drehte mich um. Ich wagte mich vorwärts und schob die Weidenäste beiseite. Als ich schließlich eine kleine Lichtung erreichte, fand ich eine Hütte aus Ästen und Blättern. Ich kletterte die Leiter hoch und zog die Tür aus Perlensträngen zur Seite.

„Ich muss wissen, ob die Kluft versagt“, begann ich und wollte so schnell wie möglich Antworten bekommen, damit ich zu meinem Volk zurückkehren und alle nötigen Vorbereitungen treffen konnte.

„Das wird sie, wenn du die falsche Entscheidung triffst.“

„Was ist die richtige?“

Eine weiß leuchtende Kugel umkreiste mich und blieb mit einem hellen Knall in der Mitte des Raumes schweben. Als sich meine Augen an das Licht gewöhnten, konnte ich die Gestalt einer sitzenden älteren Frau erkennen. Ihr langes weißes Haar fiel ihr bis über die Schultern und glänzte in einem gedämpften, passiven Licht. Ihr Blick war beunruhigend, dunkelschwarze, tintenschwarze Leere, die mich direkt anstarrte. Sie legte den Kopf schief und lächelte dann allwissend.

„Die richtige Wahl ist dein Schicksal. Du wirst es wissen, wenn es so weit ist“, antwortete sie kühl.

Während sie meinen Blick festhielt, schnippte sie mit den Fingern, und die Welt wurde schwarz.

KAPITEL SIEBZEHN

Hayleigh

Entsetzt starrte ich auf die Kluft. Sie sah aus, als wäre der Himmel aufgespalten. Magie blutete von innen mit unheimlichen violettfarbenen Flammen heraus. Wenn ich mich auf die Dunkelheit konzentrierte, konnte ich in der Ferne eine wilde Landschaft erkennen, und allein das reichte aus, um mir das Blut in den Adern gefrieren zu lassen.

Das war Helheim, die Heimat des Dunklen Königs, der mich zu seiner Königin machen wollte. Ich wusste immer noch nicht, ob er mich lieber tot oder lebendig haben wollte.

Nach fast einer Woche Fußmarsch durch die Einöden hatten wir unser Ziel erreicht. Die Sonne war gerade untergegangen und die Jünger begannen mit den Vorbereitungen für die Zeremonie, die mich mit dem Dunklen König vereinen sollte. Sosehr ich es auch versucht hatte, es gab keine Möglichkeit, zu entrinnen. Selbst wenn es mir gelungen wäre, meinen Entführern zu entkommen, hätten mich die wilden Tiere, die uns zum Schutz verfolgten, im Handumdrehen erledigt.

Obwohl ich schwach, hungrig und dehydriert war, leistete ich noch immer Widerstand, als sie mir Arme und Beine festhielten und ausstreckten, damit ich mich weder bewegen noch weglaufen konnte. Ich starrte finster drein, als Mais auf mich zukam, ihr Gesichtsausdruck war eine bösartige Maske aus hasserfüllter Freude. Mein Blick schnellte zu ihren Händen, von denen eine einen silbernen Kelch hielt, der mit violett schimmernden Edelsteinen besetzt war, während die andere eine Klinge aus Obsidian hielt, die im Licht der untergehenden Sonne schwarz glänzte.

Ich strampelte und zappelte im Griff ihrer Jünger. Ich konnte nicht entkommen. Ich konnte mich nicht einmal einen Zentimeter rühren, als sie meinen einen freien Arm nahm und meine Handfläche nach oben drückte. Die anderen Jünger umkreisten mich und sangen leise vor sich hin. Ich fluchte, als die Klinge in meine Haut schnitt. Ein einzelner Blutstropfen perlte auf meiner Haut und sie kippte meine Hand nach unten. Dann benutzte sie den Kelch, um den Tropfen aufzufangen, während die Schwerkraft ihr Werk tat. Ich starrte sie an, als sie ihn in den Himmel hielt.

„Ein Tribut für Euch, mein dunkler König“, flüsterte sie und ein blendender violetter Blitz zuckte über den Himmel.

Ich schrie auf, als er mitten in den Kelch einschlug. Ich erwartete eine Explosion, doch er wirkte wie ein Sammelwerkzeug, das die gesamte Energie in ein einziges schwarzes Loch aus Licht bündelte. Ein furchterregendes Gebrüll ertönte aus dem Inneren der Kluft.

Ich erstarrte. Ein übernatürliches, grünliches Leuchten erschien in meinem Blickfeld. Drei grüne, kugelförmige Augenpaare starrten mich an und kamen mit jeder Sekunde näher. Riesige Krallen griffen hindurch und rissen die Kluft weiter auf. Ein schreckliches Knurren ertönte erneut und mehrere Klauen griffen hindurch.

Ich sah mit Schrecken, wie ein gigantisches Monster seine Welt verließ und in meine Welt kletterte. Hinter ihm konnte ich eine Horde von Bestien ausmachen, die auf der Lauer lagen.

Helheim war hinter uns her.

Ich schluckte schwer, als die Hände, die mich festhielten, langsam losließen. Hier draußen gab es keinen Platz zum Fliehen, nicht hier.

„Was hat der Dunkle König mit mir vor?“, fragte ich nervös.

„Er hat vor, dich zu töten, damit er deine Seele zu seiner Königin krönen kann.“ Mais grinste – der Blick in ihren Augen war giftig und siegessicher.

Die gewaltige Höllenbestie bahnte sich ihren Weg durch die Kluft, und eine Armee folgte ihr. In Panik begann ich zu rennen. Keiner versuchte, mich einzufangen. In der Ferne ertönte ein wütendes Brüllen, das aus der Richtung der

Burg stammte. Ich sah eine Feuerspirale am Himmel aufsteigen und ein kleiner Hoffnungsschimmer keimte in meinem Herzen auf.

„Kol!“, schrie ich und ein wütendes Knurren folgte.

Er würde mich also doch retten.

Ich schaute über meine Schulter, um einen ersten Blick auf das Höllenmonster zu werfen, und es war absolut furchteinflößend. Es handelte sich um einen gewaltigen Riesen, der komplett aus Steinschuppen bestand und dessen trübes Grau das Umgebungslicht verschluckte. Die Risse zwischen seinen Panzern glühten mit schwarzer Magie. Seine Gestalt glich der eines Gorillas, doch seine Kugelaugen leuchteten in einem unheimlichen Rot, das mich bis ins Mark erschreckte. Er stürmte auf allen Vieren vorwärts, warf den Kopf in den Nacken und stieß ein furchterregendes, wildes Brüllen aus. Seine riesigen Gliedmaßen krachten auf den Boden, und es rumpelte unter meinen Füßen. Ich stolperte und hatte Schwierigkeiten, nicht nach vorn zu kippen.

Kol flog über mich hinweg und sein Antwortgebrüll ließ mein Herz höher schlagen. Ich beobachtete den Himmel über mir und fürchtete um mein Leben. Mehrere Portale öffneten sich um mich herum und Kols Truppen strömten kampfbereit hindurch. Elfen, Zwerge, Fae, Menschen und alle anderen Kreaturen reihten sich in Formation auf. Ihre Rüstungen glänzten und ihre Waffen schimmerten im Licht.

Ihr Anblick bedeutete, dass ich eine Chance hatte.

Eine Gruppe von Frauen in lila Umhängen erschien hinter ihnen. Sie schoben ihre Kapuzen herunter und starrten auf das Schlachtfeld hinaus. Ihr leiser Gesang hallte durch das Tal und mein Herz klopfte mit ihnen im Takt. Sie bildeten eine kreisförmige Formation um eine brünette Frau, die ihre Arme in den Himmel hob. Langsam begann sich der Himmel aufzuhellen, und ich erstarrte, als ich begriff, was da geschah. Ein rötliches Leuchten erschien am Horizont, genau dort, wo die untergehende Sonne gerade erst verschwunden war. Ihr Gesang wurde lauter, als die Sonne aufging und die Einöde in dasselbe himmlische rote Licht tauchte, als wäre es mitten am Tag.

Kol fegte herab und spuckte Feuer auf die feindliche Front. Kreaturen, die wie Männer aussahen, schrien, und mit einem Mal herrschte wildes Getümmel auf dem Schlachtfeld.

Ich steckte mittendrin.

Hinter mir stürmte Helheims Armee gleichzeitig mit Blazelheims Kriegern vor. Ich schaute hin und her, um eine Lücke im Kampfgetümmel zu finden. Als ich eine kleine zwischen den Formationen sah, sprintete ich so schnell wie möglich, doch die gepanzerte Bestie war schneller. Dicke Finger griffen nach unten und wanden sich um meine Taille. Verzweifelt strampelte und schrie ich und versuchte zu entkommen, während es mich vom Boden hob.

Kol umkreiste den Riesen und seine Zähne schlugen in die Kehle des Monsters ein. Die Bestie stieß ein überraschtes Grunzen aus und ich fiel zu Boden und landete auf dem Rücken. Der Aufprall fühlte sich an wie ein Tritt in die Magengrube und sämtliche Luft wurde aus meiner Lunge gepresst. Keuchend versuchte ich, mich zu sammeln. Eine

Axt flog direkt auf mein Gesicht zu, ich schrie auf und rollte sofort nach rechts, um der scharfen Klinge auszuweichen. Sie sank an der Stelle, an der mein Kopf gelegen hatte, tief in den Boden ein. Jemand stöhnte, als er versuchte, die Klinge aufzuheben, und ich nutzte diesen Moment, um verzweifelt wegzukriechen. Ein Paar Hände schlossen sich um meinen Oberarm und ich schrie auf, doch eine beruhigende Stimme ertönte an meiner Seite.

Es war Kenna.

Ich wusste nicht, wie er zu mir gekommen war, stellte aber keine Fragen. Stattdessen ließ ich zu, dass er mich neben sich hochzog. Seine Rüstung bestand aus glänzendem weinrotem Leder, das mit dickem hellbraunem Garn vernäht war. Sie schmiegte sich wie maßgeschneidert an seine Elfen-Gestalt. Sein Blick schweifte an meinem Körper auf und ab und er schüttelte den Kopf.

„So geht das nicht“, brummte er. Er schnippte mit den Fingern und meine Kleidung verschwand, nur um durch meine eigene Rüstung ersetzt zu werden.

„Was? Wie?“, quietschte ich und ließ meine Finger über das dicke rote Leder gleiten.

Es schmiegte sich an jede Kurve meines Körpers. Die scharlachrote Farbe war auffallend, ebenso wie die brennenden Flammen, welche mit goldenen Metallfäden eingestickt waren. Die Oberfläche fühlte sich unter meinen Fingerspitzen weich an. Eine warme, kribbelnde Energie durchströmte mich und ich atmete tief und beruhigend ein.

„Ihr seid hierfür geboren worden“, rief Kenna.

Seine Stimme klang aufgeregt, als er ein Schwert von seinem Rücken zog und es mir reichte. Ich legte meine Finger um den Griff, testete das Gewicht und fand, dass es perfekt zu mir passte. Kennas freundlicher Blick traf den meinen und er lächelte sanft. Mit einem knappen Nicken stürzte er sich in den Kampf. Einen Moment lang erlaubte ich mir, ihn zu beobachten. Seine Bewegungen waren elegant, seine Kampfform gegen die anrückende Horde wie ein perfekter Tanz, und ich war von seiner Schönheit beeindruckt. Er kämpfte mit einem langen Breitschwert, das er mit Leichtigkeit schwang.

Er wirbelte herum, schleuderte sein Schwert über die Schulter und rammte die Klinge in die Kehle einer grauen, zombieartigen Kreatur. Das Monster schrie vor Wut auf, doch sein Kampf war nur von kurzer Dauer. Schwarzes Blut ergoss sich über die Vorderseite seiner stumpfen Metallrüstung, als es zu Boden sank. Ein anderes stürzte sich wütend auf Kenna, doch der war vorbereitet. Mit einem eleganten Vorwärtssalto verringerte Kenna den Abstand und versenkte die Spitze seiner Klinge genau in der Lücke zwischen den Rüstungen an der Taille des Gegners.

Eine spiralförmige Feuersbrunst regnete auf die entgegenkommende Horde nieder. Mehrere Schreie hallten durch das Tal, als der Feind den Flammen zum Opfer fiel, und dann blickte ich wieder gen Himmel, wo ich sah, dass sich mehrere viel kleinere Drachen zu Kol gesellt hatten.

Zum ersten Mal hatte ich das Gefühl, dass ich eine Chance haben könnte, diesen Tag zu überleben.

Der Steinriese stampfte hart und brachte den Boden zum Beben. Ich stolperte rückwärts, als ein Monster direkt auf mich zu rannte. Mein Verstand begriff, dass es sich um einen Ork handelte, doch seine knirschenden schwarzen Zähne und seine schlaffe graue Haut waren in Wirklichkeit viel furchterregender als in den Filmen.

Ich sprang auf und schwang mein Schwert mit voller Wucht herab. Der Ork parierte meinen Schlag mit Leichtigkeit und ich konterte mit einer schnellen Drehung. Als ich nach oben schlug, überraschte ich ihn und mein Schwert streifte die verletzliche Haut an seiner Kehle. Ein schmaler Schnitt, aus dem dunkles Blut quoll – er reichte jedoch nicht aus, um ihn zu Fall zu bringen.

Meine Halskette schwang schwer um meinen Hals und meine freie Hand griff nach oben, um sie zu packen. Ich wickelte meine Finger darum und zog eine Grimasse, als die scharfe Kante über den Schnitt in meiner Handfläche glitt. Mein Blut kochte glühend heiß und alles in mir brannte mit mystischen Flammen. Ich warf meinen Kopf hoch und spürte, wie die Energie aus dem Boden und von der roten Sonne am Himmel durch mich strömte.

Es war, als hätten die Götter dieser Welt mich auserwählt, für sie zu kämpfen.

Meine Finger glühten und der Goldfaden an meinem Arm leuchtete so rot wie die Sonne. Ich war mir nicht sicher, was passierte, doch als der Ork mit tödlicher Absicht auf mich zustürmte, schien es mir leichtzufallen, mich zu drehen und mit meiner Klinge schnell seine Kehle aufzuschlitzen. Sang- und klanglos fiel er zu Boden, sein Tod war so gnädig und schnell, dass ich schon fast enttäuscht war. Ich metzelte mehrere andere nieder und kämpfte, als wäre ich eine Kriegerin mit jahrelanger Übung.

Ich starrte über das Schlachtfeld und beobachtete den Kampf zwischen dem Steinriesen und Kols Drachengestalt. Seine Krallen suchten die Schwachstellen zwischen den Steinschuppen, doch das Monster war mindestens doppelt so groß wie er. Kol wirbelte durch die Luft und tauchte die Kreatur in sein Feuer, was sie umso wütender machte. Das Feuer zischte über die Steine, schien aber keine große Auswirkung auf die Kreatur zu haben.

Bälle mit purer Magie flogen durch das Tal und trafen die entgegenkommende Horde mit verheerender Wirkung. Das ohrenbetäubende Klirren von Metall, das auf Metall traf, und das ständige Suren von Pfeilen, die durch die Luft flogen, hallten um mich herum.

Dies war Krieg. Heute würde eines der Reiche fallen und ich musste alles in meiner Macht Stehende tun, um sicherzustellen, dass Blazelheim als Sieger hervorging.

Ich rannte auf den Riesen zu, glitt über den Boden und sprang mit Leichtigkeit über gefallene Soldaten. Unterwegs schnitten mir mehrere Orks den Weg ab, und ich sprang auf und tötete sie mit einem gut platzierten Hieb meiner Klinge.

„Finde dein Schicksal. Nimm es selbst in die Hand."

Ich war mir nicht sicher, woher die Stimme kam, doch ich spürte instinktiv, dass es ein uraltes Wesen von dieser Welt war. Angestachelt von der Magie, die durch meine Adern kribbelte, näherte ich mich dem Steinriesen mit wilder Absicht.

Kols blutrote Augen schweiften zu den meinen, und im Nu konnte ich ihn in mir spüren. Mein Herz raste und ich wollte seine Berührung auf meiner Haut spüren. Ich wusste in meiner Seele, dass er hier war, um mich vor den Albträumen zu retten, die mich in Helheim erwarteten. Er griff nach unten und ich sprang auf. Er hob mich hoch und ich nutzte den Schwung aus, um auf den Rücken des Steinriesen zu steigen. Oben angekommen, bemerkte ich eine Stelle in dessen Nacken, an der eine Steinplatte abgeplatzt war. Ich streckte meinen Arm aus und hielt meine Klinge bereit.

Kol begegnete meinem Blick und ich konnte sehen, wie das Feuer in seiner Magengrube glühte. Ich nickte einmal und sein Kiefer öffnete sich und enthüllte mehrere Reihen scharfer Zähne, die mich mit Leichtigkeit in zwei Hälften reißen könnten. Ein Flammenball glühte in seiner Kehle und ich stand da und vertraute ihm, als sein Feuer ausbrach. In einer Sekunde umhüllten die knisternden Flammen meine Klinge. Ich konnte die Hitze spüren, doch es war, als könnte sie mich nicht berühren. Stattdessen strömte seine Macht durch meine Adern und ich fühlte mich stärker als je zuvor.

Ich hob mein Schwert hoch und rammte es direkt in die Schwachstelle im Hals des Riesen. Meine Klinge sank tief, als steckte sie in geschmolzener Butter, und das Biest brüllte vor Schmerz. Ich stieß mein Schwert tiefer hinein und durchtrennte so viel ungeschütztes Fleisch, wie ich konnte. Ich benutzte meinen Fuß, um es bis zum Heft zu versenken, und durchtrennte somit das Rückenmark der Kreatur. Dann sprintete ich über die breiten Schultern der Kreatur und sprang von ihr auf Kols Rücken, als er sich wieder umdrehte. Ich flog durch die Luft, landete auf weichen Füßen und kauerte zwischen seinen Schulterblättern. Der Riese schwang seine Faust, doch Kol schlug kräftig mit den Flügeln und wich dem Schlag geschickt aus.

Die Kreatur schwankte und die Verwirrung stand ihr ins Gesicht geschrieben. Ihr dickes, schweres Bein knallte in den Dreck und ließ den Boden darunter erbeben. Ohne Balance schwang sie nach rechts und dann nach links. Kol schoss nach vorn und ich hielt mich mit aller Kraft fest, während er mit seinen Zähnen wild in die Schwachstelle des Tieres biss. Mit seinen Beinen stieß er sich von der Bestie ab, welche mit einem laut widerhallenden Knall auf den Boden krachte.

Sie stand nicht wieder auf.

Mithilfe der Kraft seiner Flügel erhob sich Kol in die Luft, sicher von der Hitze des Kampfes weg. Er schoss vorwärts und ließ sein Feuer auf die gegnerischen Truppen regnen, bis er mit mir auf dem Rücken zurück in Richtung Burg raste. Ich ließ meine Hand über seine stacheligen Schuppen gleiten und drückte meine Schenkel fest an ihn. Ich warf einen Blick über meine Schulter zurück auf das Schlachtfeld. Der Geruch von Blut und Tod war dicht und grausam, sogar weit oberhalb auf seinem Rücken. Dann schreckte ich auf und sah, wie die schwarz gekleideten Jünger durch die Kluft zurückschlüpften. Eine von ihnen blickte lange genug zurück, damit ich ihr Gesicht sehen konnte.

Es war Mais.

Als ob sie wusste, dass ich hinsah, starrte sie mich direkt an und grinste, ihr schadenfrohes Lächeln war verschlagen.

Der Kampf tobte weiter, während Kol vom Schlachtfeld wegflog, wo sein Volk für die Zukunft seines Reiches kämpfte.

Er verließ sie für mich.

KAPITEL ACHTZEHN

Hayleigh

Als wir endlich vor der Burg landeten, konnte ich in der Ferne noch immer das Echo der Schlacht hören. Ich stieg ab, schaute in diese Richtung und bemerkte nicht, als Kol sich neben mir in seine menschliche Gestalt verwandelte. Ich hatte nicht einmal die Chance, etwas zu sagen, bevor er mich von den Füßen riss und in die Burg trug. Während er durch die Gänge schritt, schlang ich meine Arme um seinen Hals. Er hielt nicht an, bis er seinen Thronsaal erreichte. Ich lockerte meinen Griff ebenso wenig.

Ohne viel Aufhebens setzte er mich auf dem weichen Teppich in der Mitte des Raumes ab, hielt mein Gesicht fest und küsste mich mit so viel offener Verzweiflung, dass ich zitterte und atemlos wurde. Ich hielt mich an ihm fest, als ich seinem kühnen Kuss erlag, drückte mich an ihn und hasste es, dass meine Rüstung unsere Körper voneinander fernhielt. Als sich seine Lippen schließlich von den meinen lösten und ich in das lodernde Feuer seines seelenvollen Blicks starrte, atmete ich flach ein.

„Es tut mir so leid", hauchte er. Seine Angst stand ihm ins Gesicht geschrieben.

Mein Herz pochte vor Aufregung in meiner Brust und ich erhob mich auf die Zehenspitzen, um einen weiteren Kuss einzufordern, der genauso besitzergreifend und rau war wie der letzte. Ich drückte meine Stirn an seine Brust und atmete einfach alles ein, was er war.

„Ich weiß, dass du keine Spionin bist. Ich hatte Angst um mein Königreich und habe Dinge gesagt, die ich nicht so gemeint habe. Es tut mir leid, Engel", fuhr er fort, und ich grub meine Finger in seine Schultern und wollte mich festhalten, als ob er jeden Moment verschwinden könnte. Seine Arme drückten mich noch fester und suchten meine Errettung.

„Ich vergebe dir", flüsterte ich, und er küsste mich mit einer solchen Inbrunst, dass es mir den Atem raubte. Seine Fingerspitzen berührten meine Wange. Seufzend blickte ich in seine brennenden Augen und er starrte auf mich herab, als wolle er mich ganz verschlingen. Er drückte mich fest an sich.

„Ich liebe dich", sagte er leise, und mein Herz schwoll in meiner Brust an. Schmetterlinge tanzten in meinem Bauch und jeder Teil von mir kribbelte vor Gefühlen.

„Ich liebe dich auch, Kol", flüsterte ich.

Seine Gesichtszüge verzogen sich mit offensichtlicher Rührung.

„Ich muss dich berühren, aber ich kann dir nicht versprechen, sanft zu sein", knurrte er.

Mein Herz flatterte und ich schluckte schwer. Mit einem immer breiter werdenden Lächeln schüttelte ich den Kopf, griff nach ihm und fuhr mit den Fingerspitzen durch seine groben Barthaare.

„Ich will nicht sanft sein", antwortete ich leise, und das Flattern in meinem Bauch sank direkt in mein Innerstes. Selbst unter der Lederrüstung spürte ich, wie meine Nippel hart wurden, als bettelten sie bereits um seine Berührung. Ich seufzte erleichtert, als seine Hand zu meinem Hals glitt, ihn umkreiste und seine Faust das Haar an meinem Hinterkopf packte.

Seine andere Hand zerrte an den Schnüren, die meine Rüstung zusammenhielten. Aufgrund seiner Ungeduld fielen Stücke der Schnürung auf den Boden. Als ich versuchte, ihm zu helfen, schlug er meine Hände weg und zog mich so grob an den Haaren, dass ich aufschrie. Er schluckte mein Wimmern mit einem Kuss herunter, während er mit dem Rest der Schnüre kurzen Prozess machte, bis meine Brustrüstung zu Boden fiel.

Er riss mein Baumwollunterhemd und das stützende Bustier darunter einfach auseinander und ließ meine Brust nackt. Er griff nach meinem rechten Nippel und nahm ihn zwischen Daumen und Zeigefinger. Die Erleichterung, endlich seine Berührung auf meiner Haut zu spüren, war nur von kurzer Dauer, denn er kniff und verdrehte ihn fest.

Mit einem Schrei drückte ich mich an ihn, ehe er mich losließ und mit seiner Hand grob über meine Brust strich. Seine Berührung beruhigte meinen schmerzenden Nippel für einen langen Moment, bevor er meinen Bauch hinab wanderte. Er ließ mein Haar los und kniete sich vor mir nieder.

„Wenn das alles vorbei ist, mache ich dich zu meiner Königin", hauchte er, und eine Hitzewelle durchfuhr mich mit wilder Hingabe.

„Du wirst dich niemandem außer mir unterwerfen", fuhr er fort, öffnete langsam die Schnürsenkel meiner Stiefel und zog sie aus.

Zusammen mit dem Rest meiner Rüstung warf er sie zur Seite. Er streichelte meinen Knöchel, glitt unter meine Leggings und zog die dicken Socken darunter hinab.

„Ich gebe dir mein Königreich", hauchte er und ich erschauderte vor Begehren.

„Ich werde dir alles geben, wenn du nur zustimmst, mein zu sein", brummte er und ich griff nach oben, um meine Hand um die Kette zu legen, die an meinem Hals hing.

Vor nicht allzu langer Zeit hatte ich noch gedacht, mein Leben sei vorbei, doch in Wahrheit hatte es gerade erst begonnen.

„Ich gehöre dir", flüsterte ich, und sein darauffolgendes Knurren setzte meine Seele fast in Brand.

Seine Küsse wanderten den Rist meines Fußes hinauf, über den Knöchel und dann bis zu meinem Hosenbund. Vorsichtig knöpfte er ihn auf und lockerte ihn, bis er die

Hose über meine Hüften schieben konnte. Langsam zog er sie mir an den Beinen hinab und ich fädelte einen Fuß nach dem anderen aus.

„Jemand könnte uns sehen", sagte ich errötend.

„Dann lass sie uns sehen. Sie werden wissen, dass du mir gehörst und niemandem sonst", sagte er kühn, und ein Schauder lief mir über den Rücken. Seine Besitzergreifung entflammte meine Seele und mein ganzer Körper zitterte, als ich mich an ihm festhielt, aus Angst, ich könnte auf den Boden kippen.

Er drückte seine Lippen auf meinen Bauch, direkt über mein Innerstes, bevor er sich aufrichtete und mich mit der flachen Hand an meinem unteren Rücken festhielt. Mein Keuchen wurde zittrig und unregelmäßig, als seine Fingerspitzen die Linie meines Höschens entlangfuhren. Ehrlich gesagt, ich wusste nicht einmal, wie es aussah. Ich blickte nach unten und erbleichte, als ich endlich sah, was Kenna unter meiner Rüstung hatte verstecken wollen.

„Dies ist besonders unanständig, meine Süße", schnurrte er und starrte mit mir darauf hinab.

Es bestand aus wunderschöner weinroter Spitze, bestickt mit einem exquisiten, wirbelnden Feuerdetail, das so durchsichtig war, dass man alles darunter erkennen konnte. Seine Finger fuhren an meinen Beckenknochen entlang und glitten nur ein wenig unter den Bund.

„Zerreiß es nicht", flüsterte ich. Es war zweifellos das schönste Höschen, das ich je besessen hatte, und ich wollte es behalten.

„Dann zieh es für mich aus“, verlangte er – in seiner Stimme schwang flüssige Hitze mit.

Ich blickte zu ihm auf und sah, dass er geradezu brodelte. Seine Zurückhaltung war bestenfalls dürftig. Neckisch trat ich einen Schritt zurück, fasste mir an die Brüste und beobachtete, wie sich seine Miene mit wilder Absicht verdunkelte. Seine Nägel wurden zu scharfen Krallen und ich grinste und fühlte mich so siegreich wie noch nie zuvor.

„Habt Geduld, mein König“, befahl ich, und seine Augen funkelten mit einem noch wilderen Begehren. Ich merkte, dass er jedes Quäntchen Beherrschung aufbrachte, das er in sich finden konnte, und das verlieh mir ein starkes Gefühl. Um ehrlich zu sein, fand ich das ganz gut.

Ich war diejenige gewesen, die diesen wilden König in die Knie gezwungen hatte. Mit einem vergnügten Lächeln ließ ich meine Finger an meinen Seiten hinuntergleiten und schob sie nur knapp unter mein Höschen, als er warnend knurrte. Als ich meine Hand weit genug nach unten gleiten ließ, um meinen Schamhügel zu berühren, knurrte er und machte mir klar, dass ich seine Grenzen auslotete. Irgendwie war es aufregend, nicht zu wissen, wann er zuschlagen würde.

Ich drehte meinen Kopf und tat so, als bemerkte ich nicht, wie ich den Stoff langsam Zentimeter für Zentimeter meine Hüften hinabrutschen ließ. Seine Brust hob und senkte sich, während er mich anschaute. Ich fühlte mich wie ein Lamm, auf das sich ein Wolf stürzen würde.

Das gefiel mir.

Mit einem erhitzten Blick schob ich das Höschen über meine Oberschenkel und stieg so vorsichtig wie möglich aus ihr heraus. Ich warf es beiseite und er trat einen Schritt nach vorn, aber ich stoppte ihn mit meiner flachen Hand auf seiner Brust. Ich konnte das kraftvolle Heben und Senken seines Brustkorbs spüren, doch ich sah auf und gab nicht nach. Amüsiert hob er eine einzelne Augenbraue.

„Jetzt bin ich dran, dich auszuziehen", befahl ich.

Seine Handfläche hob mein Kinn an. Er strich mit seinem Daumen über meinen Wangenknochen.

„Wenn ich dich endlich in die Finger bekomme, wirst du um mich *betteln* müssen", warnte er.

„Damit rechne ich", erwiderte ich kühn.

Ich schob meine Hände unter sein Hemd und fuhr mit den Fingern über die harten Flächen seines Bauches. Sein Gesicht verhärtete sich mit einer unausgesprochenen Drohung und ich wusste, dass ich ein ordentliches Spanking auf den Hintern bekommen würde, bevor er seinen gewaltigen Schwanz tief in mir versenkte, wo ich ihn am meisten wollte.

Schließlich zog ich ihm das Hemd über den Kopf, und als ich nicht mehr weiter kam, führte er die Bewegung zu Ende. Meine Berührung dämpfte sein Feuer, während er auf mich herab knurrte. Er griff nach meinen Brüsten und ich packte sein Handgelenk, um es wieder an seine Seite zu legen.

„Wenn du mich weiter so reizt, kleiner Mensch, werde ich meinen Gürtel benutzen, um deinen wunderschönen kleinen Arsch zu markieren, bevor ich ihn zwischen deinen hübschen Schenkeln anwende", warnte er.

Meine Pussy verkrampfte sich, als ich mich daran erinnerte, wie sich der bösartige Riemen auf meiner nackten Haut angefühlt hatte. Ich griff nach seinem Kinn und zog ihn zu einem Kuss herunter. Auch ich hielt mein eigenes Begehren in Schach, und seine Drohung hatte den Sturm in mir umso weiter angefacht. Er drohte, jeden Moment loszubrechen.

Schneller als sonst griff ich nach unten und öffnete seinen Gürtel. Ich zerrte ihn aus den Schlaufen und er nahm ihn mir ab und ließ ihn bedrohlich an seiner Seite hängen. Unfähig, den Blick abzuwenden, beobachtete ich ihn aus dem Augenwinkel, während ich mit mühselig langsamer Geschwindigkeit seine Hose aufknöpfte. Er packte mein Kinn und zwang mich, ihm in die Augen zu sehen, während ich mich hinkniete und die Schnürsenkel seiner Stiefel öffnete. Seine Augen glühten vor Hitze, als ich die Stiefel von einem Fuß und dann vom anderen zog.

Ich griff wieder nach oben und schlang meine Finger langsam um den Bund seiner Hose und zog diese vorsichtig nach unten, bis sie auf dem Boden lag. Ich ließ meine Hände an seinen Waden hinuntergleiten und befreite seine Füße. Dann warf ich einen Blick nach oben, weil ich ihn sehen wollte. Sein Schwanz war genauso groß, wie ich ihn in Erinnerung hatte, wenn nicht sogar noch größer. Er war steinhart und ich konnte sehen, wie die Adern auf beiden Seiten mit Blut gefüllt waren. Er wollte genauso dringend in mir sein, wie ich ihn brauchte.

Sein Atem zitterte und ich wusste, dass der Zeitpunkt gekommen war, an dem er die Kontrolle zurückerobern musste. Mit seinen Fingern unter meinem Kinn zwang er mich, aufzustehen. Ich stöhnte auf, sowohl vor Erregung als auch wegen des plötzlichen Stechens, das seine Finger auf meiner Haut verursachten.

„Es ist Zeit, dass du dich deinem König beugst", knurrte er und der Klang dieses Satzes lief mir mit lebhafter Intensität über den Rücken.

Meine Pussy verkrampfte sich, weil ich nicht wusste, was auf mich zukam, doch ich fürchtete und wünschte es mir zugleich. Ich wusste, dass er mich liebte und dass er mir nie wirklich wehtun würde, also beschloss ich, ihn zu drängen. Meine Hände glitten über das weiche, borstige Haar, das seine Brust bedeckte, und ich holte tief Luft, um mich zu beruhigen.

„Dann zwing mich, mein König", stichelte ich und sah ihm in die Augen.

Sanft strich er mir über die Wange. Seine breite Handfläche umspielte mein Gesicht und er grinste zielstrebig, was meinen Bauch mit nervösen Schmetterlingen zum Flattern brachte.

„Vorsichtig, mein süßes Mädchen. Du spielst mit dem Feuer", mahnte er.

„Ich habe keine Angst, mich zu verbrennen", spottete ich.

Ohne einen Moment zu verlieren, setzte er einen Fuß auf die Treppe, die zum Thron hinaufführte. Ich beobachtete ihn mit einem fragenden Blick, bis sich seine Hände um meine Taille schlossen und mich vom Boden hochhoben, nur um mich mit dem Gesicht nach unten auf seinem Oberschenkel abzulegen. Erschrocken schrie ich auf, weil ich weder mit den Händen noch mit den Füßen den Boden erreichen konnte. Als ich versuchte, mich nach vorn zu strecken, schrie ich auf, als ich aus dem Gleichgewicht geriet, doch seine starke Hand umklammerte meine Hüfte und hielt mich fest.

In nur einem Augenblick hatte er den Spieß umgedreht.

Ich fühlte mich in Sekundenschnelle nicht mehr wie eine mächtige Verführerin, sondern wie ein verletzliches Mädchen, und das verkrampfte mein Innerstes vor Erregung.

Mit so etwas hatte ich nun wirklich nicht gerechnet. In dieser Position fühlte ich mich hilflos, wie ein ungezogenes Mädchen, das gründlich an die Hand genommen werden sollte. Seine Fingerspitzen streiften meinen nackten Hintern und ich verkrampfte mich ein wenig, weil ich gerade erst merkte, wie sehr ich ihm auf diese Weise zur Schau gestellt wurde.

Obwohl ich meine Beine fest zusammengedrückt hatte, spürte ich, wie die Luft über meine nackte Pussy wehte. Als er meine Innenseiten meiner Schenkel abtastete und alle Stellen hervorhob, an denen sich meine Erregung sammelte, jammerte ich vor Scham. Ich zitterte vor Verlangen.

„Kol", hauchte ich.

Mit den flachen Fingern tätschelte er leicht die Falten meiner Pussy, und ich spannte mich an, in der Erwartung, dass es stechen würde. Stattdessen erwachte meine gierige Stelle vor lauter Erregung nur noch mehr zum Leben.

„Fühlst du dich gerade wie eine freche kleine Verführerin?“, fragte er und mein Gesicht wurde heiß.

Ich war froh, dass ich auf den Boden starrte und meine Haare alles verdeckten, während ich um Worte rang. So an seinen Oberschenkel geklemmt, fühlte ich mich immer weniger stark, aber ich wollte nicht, dass er das jetzt schon erfuhr.

„Vielleicht“, antwortete ich, und er klatschte mit denselben Fingern auf meine Pussy.

Ich quiekte, denn ich wusste, dass ich nichts tun konnte, um mich vor der Härte dieser starken Hände zu schützen.

„Versuch es noch einmal, mein kleiner Mensch“, warnte er und ich stöhnte leise auf, als er meine bestrafte Haut streichelte.

Ich wölbte meinen Rücken, so weit ich mich traute, bevor ich mich aus dem Gleichgewicht brachte und versuchte, mehr von seinen Berührungen zu bekommen. Nervös atmete ich ein, denn ich wusste, dass das, was jetzt kam, auf die köstlichste Weise wehtun würde. Meine Klitoris pochte vor leidenschaftlicher Gier, fast, als würde sie lauter pochen als mein eigener Herzschlag. Ich biss mir auf die Unterlippe, weil ich plötzlich nervös war, dass jemand reinkommen und mich so sehen könnte.

Meine Pussy verkrampfte sich regelrecht vor lauter Erregung. Seine Handfläche strich über meine rechte Pobacke, neckte mich sanft und brachte meine Schenkel dazu, sich anzuspannen. Er hob seine Hand und ich verkrampfte mich, weil ich den stechenden Schmerz seiner Handfläche erwartete, doch stattdessen wurde ich von einem rauen

Druck überrascht. Mit seinen Fingern spreizte er meine Pobacken weit auf und enthüllte mein engstes Loch. Er hielt inne und ich verkrampfte mich reflexartig, doch er tat noch nichts. Ich spürte, wie er auf mich herabstarrte und meine intimste Stelle betrachtete, und ich wimmerte vor Scham.

„Und jetzt, mein süßes Mädchen?", fragte er und ich erschauderte heftig. Ich biss mir auf die Unterlippe, denn ich wusste, dass er mein Hadern von meinem ganzen Körper ablesen konnte.

„Bitte", wimmerte ich.

„Sag es mir. Hast du noch Lust, mich zu necken, wenn ich genau auf dieses enge, schöne kleine Loch schaue?", drängte er und drückte meine Wangen noch weiter auf.

„Nein, mein König", flüsterte ich schließlich, weil ich es nicht länger aushalten konnte.

Er bewegte seine Hand und benutzte einen einzelnen Finger, um mich dort zu tätscheln, woraufhin ich aufjaulte.

„Gut", antwortete er und ließ endlich meinen Hintern los.

Ich hatte gerade vor lauter Erleichterung aufgeatmet, als der erste Hieb seiner Handfläche auf meinen nackten Hintern traf und ich vor Überraschung aufschrie. Ein Teil von mir hatte gehofft, dass er mich vor dem Ficken nur anschauen wollte, doch ich wusste es besser. Er hatte mir eine harte Nummer versprochen, und er würde sein Versprechen auch einhalten. Seine Handfläche war riesig und erwischte fast eine ganze Pobacke mit einem einzigen Klaps. Er beugte seine Hand nur leicht, um sicherzustellen, dass die gesamte

Fläche meinen Hintern bestrafte. Er fing nicht sanft an, und das hatte ich auch nicht erwartet.

Das Spanking begann mit einem stechenden Hieb nach dem anderen. Ich konnte nichts anderes tun, als es hinzunehmen. Wenn ich trat oder mich wehrte, fürchtete ich, auf mein Gesicht zu fallen, obwohl ich in meinem Herzen wusste, dass er mich niemals fallen ließe. Ich hatte schon oft über seine Hand und seinen Gürtel nachgedacht, aber in diesem Moment war ich überrascht, wie sehr das stach. Mein Hintern war für seine unsanfte Handfläche gestrafft und entblößt und ich schrie auf, aber er machte nicht langsamer.

Sein Tempo war strafend und hart, er traf die gesamte Rückseite meines Hinterns ohne Gnade. Ich wippte, so gut ich mich traute, von einer Seite zur anderen und spürte, wie jeder Hieb meine Pussy erschütterte. Ich biss mir auf die Unterlippe und versuchte, nicht laut zu stöhnen. Seine Handfläche strich von den Oberseiten meiner empfindlichen Pobacken hinab zur Stelle zwischen meinen Oberschenkeln und dann noch ein bisschen weiter. Die Klapse auf meine Oberschenkel waren besonders bissig, doch sie waren nichts im Vergleich zu anderen, bei denen seine Fingerspitzen die entblößten Falten meiner Pussy erwischten.

Ich blieb nicht lange still.

Mein Hintern fühlte sich schon nach wenigen Sekunden versengt an, und das Brennen wurde immer stärker, je länger das Spanking andauerte. Schon bald hallte mein Aufschrei überall von den Wänden um mich herum wider.

„Weißt du, warum ich dich versohle, mein süßer kleiner Mensch?“, fragte er mit verführerischer Stimme, und ich konnte nicht anders, als meine Pussy verkrampft zu halten.

„Weil ich dich geärgert habe?“, versuchte ich es, und er grunzte und drückte meine schmerzende rechte Pobacke fest zusammen.

„Nein, das ist nicht der Grund“, meinte er und schob seine Finger zwischen meine Schenkel.

Ich errötete und merkte, dass ich noch viel feuchter war als vorher.

„Ich … Ich bin mir dann nicht sicher“, wimmerte ich.

„Ich versohle diesen wunderschönen kleinen Arsch, weil ich ihn knallrot haben will, bevor ich ihn ficke“, erklärte er, und meine Augen weiteten sich.

Mein hinteres Loch verkrampfte sich und er kicherte wissend. Mein Gesicht erhitzte sich noch mehr. Ich hatte keine Chance, noch etwas zu erwidern, weil seine Hand so heftig auf meinen nackten Hintern traf, dass es mir den Atem raubte. Ich weiß nicht wie, doch seine Hand wurde härter, und alles, woran ich denken konnte, war die köstliche Qual, die sie auslöste. Ich wimmerte und jammerte, doch er hörte nicht auf.

Um ehrlich zu sein, wir beide hatten es nötig. Er musste mir den Hintern versohlen und ich musste es hinnehmen. Diese Welt hatte uns auseinandergerissen und jetzt kamen wir mit dem dunklen, lodernden Feuer zusammen, das uns vereinte.

Ich schrie auf, meine Stimme erhob sich vor lauter Verzweiflung, als seine unsanfte Handfläche auf mich niederprasselte. Ich blinzelte und versuchte, die Tränen zu unterdrücken, während mich die brennenden Qualen durchzuckten. Dann geschah etwas Unerwartetes.

Der Schmerz verflog und eine tiefe Ruhe überkam mich.

Es war so, wie es sein sollte. Es war mein Schicksal, hier bei ihm zu sein. Als wäre eine Barriere durchbrochen worden, überspülte mich eine Lustwelle, und ich wimmerte. Die pure Glückseligkeit überkam mich schnell, und dann kribbelte jeder Nerv in meinem Körper mit einer starken Energie, die mir das Gefühl gab, mein ganzer Körper hätte Feuer gefangen.

Mein brennender Hintern war nur der Anfang gewesen.

Seine Handfläche hörte endlich auf und ich seufzte erleichtert. Er hob mich von seinem Oberschenkel hoch, als wäre ich federleicht, und legte mich behutsam auf den Rücken auf den Fellteppich. Das weiße Fell war sanft an meiner Haut, doch es war nichts im Vergleich zu dem Gefühl seiner Lippen. Er küsste erst meine Lippen, dann an meinem Hals hinab zu meinen Brüsten.

Seine Zunge kreiste um meinen Nippel, als er ihn in seinen Mund nahm. Seine Zähne streiften meine harte Spitze und verursachten schmerzhafte Ekstase, die sich durch jeden Nerv zog. Ich konnte nicht anders, als mich ihm entgegenzubeugen, und er biss noch fester zu. Ich schrie auf, doch er ließ nicht zu, dass ich ihm entkam, was mich umso mehr zum Schmelzen brachte. Als sich meine Nippel wund anfühlten, ging er nach unten und neckte mich mit sachten, gehauchten Küssen. Manchmal knabberte er leicht an meiner Haut und biss gerade so fest zu, dass ich bei dem plötzlichen Stechen aufschrie.

Das setzte meine Seele in Brand.

Er wagte sich immer weiter nach unten vor, bis er die Stelle zwischen meinen Oberschenkeln erreichte. Meine Beine zitterten und ich versuchte, sie zusammenzubringen, doch er riss sie wieder auseinander. Seine Hände wanden sich um meine Knöchel und ich wimmerte. Ich biss mir auf die Unterlippe und sah zu, wie er sich zwischen meine Beine beugte. Aufreizend küsste er meinen Schamhügel, und ich erschauderte, als eine Welle der Hitze über mich hereinbrach. Die feurige Berührung seiner Lippen drückte auf meine Klitoris und ein harter Ruck schoss durch mein Inneres. Ich konnte einen spitzen Schrei nicht mehr unterdrücken, und das schien ihn umso mehr anzustacheln. Meine Beine begannen zu zittern und seine Hände drückten mich so fest, dass es wehtat.

„Du gehörst mir“, knurrte er.

„Ja“, stöhnte ich.

Sein Mund schloss sich um meine Klitoris und ich warf meinen Kopf in den Nacken, während er mich bis zum Äußersten trieb. Ich konnte nicht verhindern, dass ich mich ihm entgegen wölbte und versuchte, meine Klitoris an seiner Zunge zu reiben – er gluckste wissend, bevor er sich zurückzog. Er beugte sich über mich und ersetzte seinen Kuss durch seine Fingerspitzen. Ich stöhnte auf, weil ich glaubte, er würde mich auf diese Weise zum Kommen bringen. Doch seine Berührung war nicht fest genug.

Ich brauchte mehr.

Sein Gewicht verlagerte sich über mich und er zog seine Finger weg, nur um sie durch die Spitze seines Schwanzes zu ersetzen. Ich zitterte unter ihm, weil ich Angst vor dem hatte, was mir bevorstand, und ihn gleichzeitig begehrte. Ich konnte nichts anderes tun, als auf das Unvermeidliche zu warten, während er mir direkt in die Augen starrte.

„Mein."

„Dein", hauchte ich.

„Ich habe mich lange genug gebremst", warnte er und seine Stimme klang hinter seiner letzten Zurückhaltung geradezu wild.

Ich wollte nicht, dass er sich noch länger bremste. Ich wollte die Bestie, die mich aus meiner Welt entführt und in die seine gebracht hatte.

„Dann tu es *nicht*", forderte ich ihn heraus und starrte ihn so auffordernd an, wie ich konnte.

Seine Augen verfinsterten sich und er kicherte.

„Mein süßer Mensch, du hast ja keine Ahnung, wonach du da verlangst", flüsterte er mit einer köstlich gefährlichen Stimme.

Da lag er falsch. Ich wusste es sehr wohl und wollte alles haben.

Eine breite Hand schlang sich um meine Kehle und umfasste mein Gesicht. Ich hatte geglaubt, ich sei bereit, aber um ehrlich zu sein, hätte ich mich keinesfalls auf das vorbereiten können, was jetzt kam. Seine Hüften stießen vor und ich verkrampfte mich, doch die triefende Erregung zwischen meinen Schenkeln war mehr als genug für ihn, um ruckartig in mich zu stoßen. Mein Mund öffnete sich vor Schreck, als der Schmerz direkt in mein Inneres drang, und ich schrie auf.

Sein enormer Umfang dehnte meine Pussy weit auf und ich konnte nichts anderes tun, als ihn zu ertragen. Einen Moment lang wehrte ich mich, aber er hielt mich fest, während er tief in mich eindrang. Als ich so viel von ihm aufgenommen hatte, wie ich nur konnte, stöhnte er auf und hielt inne.

„Ich liebe das Gefühl, wenn du mich umschlingst", flüsterte er heiser. Seine Stimme klang wie ein himmlisches Lied in meinem Ohr und der anfängliche Schmerz begann zu schwinden.

Für einen Moment lagen wir wie eine Einheit da, während sich mein Körper an seine gewaltige Größe gewöhnte. Ich schlang meinen Arm um seine Taille und seine Hand an meiner Kehle wurde fester. Ich wusste, dass sie mich nur daran erinnern sollte, dass er die Kontrolle hatte, nicht ich. Meine Innenwände verkrampften sich um ihn und er stöhnte. Ich konnte nicht anders, als mich noch fester um ihn herum zusammenzuziehen, und die Laute seines Vergnügens wurden noch intensiver.

Na ja, vielleicht nicht die *volle* Kontrolle.

Ich grinste und verbarg mein Gesicht an seiner Brust, als er sich herauszog und seine Hüften direkt gegen meine rammte. Sein Gewicht war schwer um mich herum und zwang mich, jeden brutalen Zentimeter in mir aufzunehmen – trotzdem war mein Körper nicht an ihn gewöhnt.

Das sich ausdehnende Brennen glich einem Feuer zwischen meinen Schenkeln, ein nicht enden wollendes, brutzelndes Inferno, das sich tief in mein Innerstes schraubte.

Es war nicht zu bremsen. Ich wollte ihn so sehr und er wollte mich. Ich drückte meinen Rücken durch, umklammerte ihn fester und grub meine Nägel in seinen muskulösen oberen Rücken. Seine Schultern spannten sich an, als er erneut in mich stieß. Sein Becken rieb an meiner Klitoris und zwang meine Lust in den Himmel. Meine Beine begannen zu zittern und ein Stöhnen entrang sich meiner Kehle. Um mich zu beruhigen, hielt ich mir mit einer Hand den Mund zu, woraufhin er warnend knurrte.

„Wage es ja nicht, deine Laute vor mir zu verbergen."

Meine Klitoris pochte noch heftiger. Als ob er die ganze Sache als Mutprobe aufgefasst hätte, begann er, das Tempo zu erhöhen. Mein Innerstes zog sich so fest zusammen, dass ich aufschrie und er mit der Wucht eines wilden Tieres in mich stieß. Was als Stöhnen begonnen hatte, verwandelte sich schnell in einen Schrei. Meine Zehen krümmten sich und meine Finger gruben sich tiefer in seine Haut, während die ersten lebhaften Ranken meiner Erlösung mich allmählich erfassten. Tief in meinem Innersten flammte die Lust auf, und ich versuchte, sie zurückzuhalten, doch es war aussichtslos. Mein Orgasmus braute sich tief in meinem Bauch zusammen, und dann explodierte er in einem brillanten Feuerwerk der absoluten Wildheit.

Blendend heiße Glückseligkeit durchströmte mich und ließ meine Beine noch heftiger zittern. Meine Hüften schaukelten vor und zurück, während er jeden langen Zentimeter in mich pumpte und grob gegen meinen Gebärmutterhals stieß, als ob er ihm gehörte – denn das tat er.

Ich gehörte jetzt ihm.

Meine Innenwände zuckten um seinen Schwanz und drückten fest zu, während ich gleichzeitig versuchte, ihn herauszudrängen. Ich wimmerte, weil sein gewaltiger Umfang mir immer noch wehtat, und das machte alle Empfindungen noch viel heftiger. Er fickte mich mit wilder Intensität und ich nahm jeden Stoß hin. Ich warf meinen Kopf hin und her, doch er machte nicht langsamer. Im Gegenteil, er steigerte sein brutales Tempo und ich krümmte mich unter ihm. Meine Hüften schaukelten vor und zurück und nahmen ihn mit jedem schmutzigen Moment tiefer auf. Ich stöhnte und schrie.

Schon bald kannte ich den Unterschied nicht mehr.

Mein Orgasmus tobte weiter, ein heftiger Sturm, der sich immer weiter drehte und mich mit einer Lustwelle nach der nächsten überrollte. Ich fühlte mich, als würde ich fallen, ohne dass eine Landung in Sicht war, und die köstliche, quälende Ekstase schoss unaufhaltsam durch mich hindurch. Ich schrie auf und sein Griff an meiner Kehle wurde fester. Er fickte mich bis zur letzten Sekunde des Orgasmus, und als dieser schließlich seinen Höhepunkt erreichte, keuchte ich und versuchte, zu Atem zu kommen.

Er hörte nicht auf. Er machte nicht einmal im Entferntesten langsamer. Ich wimmerte, öffnete meine Augen und starrte ihn verzweifelt an. Ich war bereits gekommen.

Er noch nicht.

Seine Augen waren in einen dunklen, feurigen Schleier getaucht. Tiefe Rottöne und wildes Scharlachrot flackerten auf mich herab und einen Moment lang zogen sie mich in ihren Bann. Dann stieß sein Schwanz wild in mich hinein und der Kreislauf begann von vorn. Sein Becken rieb über meine Klitoris und verpasste mir Stromstöße, die aus meinem Inneren hervorbrachen und bis in meine Arme und Beine kribbelten.

„Kol, bitte", flehte ich.

Wollte ich, dass er aufhörte? Wollte ich noch einmal kommen?

„Du wirst meinen Schwanz so lange aufnehmen, wie ich es will, kleiner Mensch", knurrte er.

Fuck. Jede Silbe ließ meinen Körper vibrieren. Meine Innenwände zuckten, flatterten unaufhörlich um seinen riesigen Schwanz, und ich erschauderte heftig. Sein Daumen glitt über meine Unterlippe und seine Berührung war so fest, dass ich angesichts des plötzlichen Schmerzes, der zu all den anderen Vorgängen in meinem Körper hinzukam, zusammenzuckte. Ich knabberte leicht an seiner Fingerspitze und er bestrafte mich mit seinem Schwanz.

Ich konnte nichts anderes tun, als es hinzunehmen.

Als er seinen Griff von mir löste, fuhr er mit seiner Hand meine Kehle hinab und griff dann an meine linke Brust. Ich verspannte mich und erwartete das feste Zwicken an meinem Nippel. Ich konnte nicht verhindern, dass ich mich seiner Berührung entgegenhob. Mein widerhallender Schrei umgab uns, und dann beugte er seine Hüften, als er in mich stieß. Sein Schwanz berührte eine Stelle tief in mir, die mich zersplittern ließ.

„Komm für mich", forderte er.

Diese Worte stürzten mich in eine leidenschaftliche Spirale. Als ich versuchte, mich dagegen zu wehren, geriet ich in eine Flut verheerender Lust, die mich gefangen nahm und mich für eine gefühlte Ewigkeit festhielt. Ich wälzte mich in der heftigen Umarmung hin und her, doch sie ließ mich nicht los.

Ich litt.

Ich schoss in die Höhe.

Ich schwebte in einem Himmel der allumfassenden Lust, die mächtiger war, als ich sie je erlebt hatte.

Als ich endlich wieder herabkam, blickte er mich zärtlich an. Noch immer von diesem so starken Orgasmus benebelt, lächelte ich zu ihm hoch. Er beugte sich zu mir herunter und drückte seine Lippen mit einem süßen Kuss auf die meinen, woraufhin ich ganz benommen wurde. Seine Stöße hatten sich verlangsamt, wodurch ein köstlicher Funke der Lust direkt in mein Innerstes schoss. Seine Rauheit war gestillt, zumindest für den Moment, und ich ließ mich einfach treiben. Ich griff nach oben und fuhr mit einer Hand über die Muskelfläche seiner Brust.

„Du wirst wieder für mich kommen, mit meinem Schwanz in dieser herrlich engen Pussy, aber ich will, dass du dabei an etwas denkst", murmelte er.

Meine Gedanken rasten, während ich versuchte, die Liste der Möglichkeiten durchzugehen, und dann fiel es mir ein.

„Das kannst du nicht tun“, stotterte ich, und er stieß mit brutaler Härte in mich.

„Wenn ich mit deiner Pussy fertig bin, mein süßes Mädchen, werde ich dich auf den Rücken drehen und deinen engen, jungfräulichen Arsch richtig hart rannehmen, damit du keine Zweifel mehr daran hast, wem du gehörst.“

Mein Mund wurde trocken und dann fing er an, mich zu ficken. Diesmal geschah es nicht zu meinem Vergnügen, sondern zu seinem. Mein Körper erhitzte sich trotzdem, fiebrige Blitze blendeten mich. Meine Pussy war wund, doch das hielt mein widerstrebendes Begehren nicht davon ab, erneut aufzukeimen. Es wogte nach oben, als hätte es ein Eigenleben. Seine Länge drang immer wieder in mich ein. Meine Innenwände flatterten unter seinem steten Stoßen. Ich schrie auf, als sein Becken über meine überempfindliche Klitoris rieb und mich dazu zwang, die anfängliche Mauer zu überwinden und in das überwältigende, leidenschaftliche Begehren einzutauchen, das dahinter lag.

Ich biss mir auf die Unterlippe, weil ich Angst vor dem hatte, was mir bevorstand, doch ich wusste, dass es trotzdem kommen würde. Meine Beine zitterten und meine Nerven waren wie elektrisiert. Ich biss mir auf die Zunge und schmeckte Blut.

Er ließ alle Hemmungen fallen und ich verlor die Kontrolle. Mein ganzer Körper bekam Zuckungen und meine Augen verdrehten sich. Ich drehte meinen Kopf hin und her, und seine Hand legte sich an meine Wange und hielt mich fest. Der Rest seiner massigen Gestalt drückte mich nach unten und zwang mich, jede einzelne Sekunde des Vergnügens zu genießen.

Ich ertrank darin, und er brüllte.

Ich spürte jeden Spritzer seines Samens tief in mir. Seine Spitze stieß gegen meinen Gebärmutterhals, und ich war in jeder Hinsicht mit ihm gefüllt. Sein Griff um mich wurde fester, als er schließlich langsamer wurde und mein Körper stark pochte, um gemeinsam mit ihm zu kommen.

Er würde kommen.

Ich sagte mir, dass er nicht mehr brauchte. Ich hoffte, dass er jetzt fertig wäre und trotz seiner Warnung meinen Arsch nicht mehr rannehmen würde. Für ein paar Sekunden verlangsamten sich seine Stöße, und die feuchten Geräusche unserer Paarung waren beschämend laut. Ich errötete und verbarg mein Gesicht an seiner Brust. Dann schloss ich die Augen und atmete den köstlichen, moschusartigen Geruch seines Schweißes ein, der sich mit seinem rauchigen Duft vermischte.

„Du hast meinen Schwanz genommen wie ein braves Mädchen", lobte er.

Meine Hoffnung stieg noch weiter in die Höhe. Mein Arschloch verkrampfte sich, weil ich für den Moment glaubte, dass es sicher war.

„Ja", stöhnte ich.

Sein Daumen strich sanft über meinen Wangenknochen. Als er ganz langsam in mich eindrang, wurde mir etwas Schreckliches bewusst. Sein Schwanz war immer noch ungeheuerlich hart. Ich biss mir auf die Unterlippe und spürte plötzlich ein nervöses Flattern tief in meinem Bauch. Er lag noch immer auf mir und ich versuchte, die ängstlichen Schmetterlinge in meinem Bauch zu unterdrücken, doch irgendetwas sagte mir, dass dies noch lange nicht vorbei war. Er sagte nichts, aber seine Berührung sagte alles. Er beugte sich hinab und küsste mich sanft auf die Wange, woraufhin ich wimmerte, denn mein Körper war bereits völlig erschöpft und wund.

„Ich kann es in deinem Gesicht sehen, meine Schöne“, flüsterte er.

„Ich bin mir nicht sicher, was du meinst“, flüsterte ich und versuchte, schüchtern und unschuldig zu wirken.

Er neckte mich weiter, zog seine Hüften vor und zurück und küsste meinen Hals. Sobald ich unweigerlich anfing, zu reagieren, kitzelte sein leises Lachen die winzigen Härchen an meinem Hals. Die Wärme in meinem Körper verließ mich praktisch augenblicklich, als ich diesen Laut hörte.

Er verschwendete keine Zeit, als er seinen Schwanz aus mir herauszog. Ich errötete, da sein Samen und meine Nässe auf meine Oberschenkel sickerten. Mit einem erschrockenen Aufschrei zuckte ich zusammen, als er seinen Arm um meine Taille schlang. Ohne jede Anstrengung hob er mich vom Fellteppich und drehte mich um. Behutsam setzte er mich auf Händen und Knien ab, und fuhr mit seiner rauen Handfläche über meine Wirbelsäule. Ich wusste nicht, wie das möglich war, doch seine Berührung entfachte immer noch Feuer unter meiner Haut.

„Du dachtest, ich sei mit dir fertig“, schimpfte er leise.

Das hatte ich nicht nur gedacht. Ich hatte es mir erhofft.

„Das kann nicht dein Ernst sein", antwortete ich leicht zitternd und hasste es, wie sehr diese Worte nach einer Herausforderung von meinen Lippen klangen.

Die Flammen in seinen Augen funkelten vor lauter anzüglicher Absicht, und ich wusste sofort, dass es ganz sicher sein Ernst war.

„Was kann nicht mein Ernst sein, süßes Mädchen?"

Diesmal erzitterte ich noch stärker.

„Du weißt schon", antwortete ich und errötete heftig.

Er kicherte erneut und beugte sich über mich, um mir einen leichten Kuss direkt auf die Oberseite meiner Schulter zu geben. Ich klappte meinen Mund auf und zu, während das feurige Kribbeln mit gieriger Absicht meine Glieder hinunterlief.

„Ich will hören, wie du es sagst", schnurrte er.

„Kol", protestierte ich, und er antwortete mit einem stechenden Hieb auf meinen schmerzenden Hintern.

Ich stieß einen lauten Aufschrei aus und er packte genau diese Pobacke grob mit seiner Hand, was den grausamen Schmerz noch mehr verstärkte, als ich es überhaupt für möglich gehalten hatte. Ich wimmerte und er quetschte mich noch fester, ehe er mich endlich losließ. Erleichtert seufzte ich, doch dann tat er dasselbe mit der anderen Seite.

„Dies kann auf zwei Arten für dich enden, freches Mädchen."

Ich öffnete den Mund, aber seine Warnung brachte mein Herz zum Pochen. Mein Inneres kochte vor lauter Begehren und ich klappte meinen Mund schnell wieder zu, weil ich von seinem plötzlichen Verrat überrascht war. Eine Reihe unsanfter Klapse traf meinen versengten Hintern. Er stellte sicher, dass er so schnell wie möglich so viel Fläche wie möglich abdeckte, angefangen von den Oberseiten meiner Pobacken bis knapp unter die Mitte meiner Oberschenkel. Als er schließlich aufhörte, ruhte sein Daumen auf der Spalte meines nackten Hinterns, und das war mehr als genug, um jeden Muskel in meinem Körper stark zu verspannen.

„Kol, bitte“, protestierte ich.

Mit einer einzigen Hand spreizte er meine Pobacken. Ich wollte versuchen, wegzukrabbeln, doch er schlang seinen anderen Arm um meine Hüfte und hielt mich fest. In diesem Moment wurde mir schlagartig etwas über mich selbst klar.

Ich wollte es ihm nicht freiwillig *geben*. Ich wollte, dass er es sich *nahm*.

Für einen langen Moment hielt er mich einfach offen, bevor er nach unten griff und den dickflüssigen Samen zwischen meinen Schenkeln sammelte. Ganz langsam ließ er einen Finger in meine Spalte gleiten und wirbelte ihn um mein hinteres Loch. Ich versteifte mich und zog mich ein wenig vor ihm zurück, doch er rückte mich umgehend wieder an meinen Platz. Mein Innerstes zog sich vor Hitze so stark zusammen, dass ich dachte, ich würde innerlich in Flammen aufgehen.

Er gab mir keine Vorwarnung für das, was als Nächstes kam.

Er drückte seinen Finger in mein Arschloch. Sein Samen machte seinen Vorstoß einfach, doch das hieß nicht, dass es schmerzlos war. Ich stieß einen Schrei aus, als er mich öffnete. Obwohl er mich schon einmal mit seinem Schwanz rangenommen hatte, fühlte es sich an, als würde er noch einmal von vorn anfangen.

Und dies war nur sein Finger. Sein Schwanz würde noch schlimmer sein.

Ich schrie vor Scham und Verlegenheit auf, als er mit diesem einen Finger in mir pumpte. Der Schmerz schoss mit zunehmender Intensität meine Wirbelsäule auf und ab.

„Wo soll ich dich ficken?"

Er betonte jedes Wort mit einem festen Stoß seines Fingers und ich jaulte auf. Gleichzeitig verkrampfte sich meine Pussy und er kicherte, sodass ich keinen Zweifel daran hatte, dass er es gespürt hatte. Er ließ mich nicht länger mit dem Verbergen meiner Lust durchkommen.

„In meinem Arschloch", wimmerte ich, und der grobe Fingerfick wurde langsamer.

„So ist es brav, mein freches Mädchen", schnurrte er, und ich hasste es, wie sehr mich diese Worte aus der Fassung brachten.

Ich zwang mich zum Ausatmen, um meine Körpertemperatur zu senken, doch das funktionierte nicht. Stattdessen schien ich dadurch meinen Körper direkt in einen Grill zu werfen. Sein Finger fühlte sich noch beschämender an als sein Schwanz. Ich spürte, wie jeder dicke Knöchel in mein hinteres Loch glitt, und dachte ausschließlich daran, dass er dort nicht hingehörte. Ich war ebenso wenig vorbereitet, wie sehr meine Klitoris als Reaktion darauf pochte.

Ich sagte mir immer wieder, dass ich es nicht mögen sollte.

Ich sagte mir, dass es schmutzig und falsch sei und dass nur versaute Mädchen so etwas genießen würden. Auch wenn mein Verstand es leugnete, verriet mein Körper jedes beschämende Detail. Mein Arschloch verkrampfte sich gemeinsam mit meiner Pussy, umklammerte seinen Finger und verursachte eine erneute, stechende Welle quälender Lust, die sich direkt in mein Innerstes bohrte.

Er fügte einen zweiten Finger hinzu und ich schrie auf. Als er mich dehnte, wurde der brennende Schmerz dieses Mal viel heftiger. Ich wusste, dass er mich langsam öffnete, doch das verstärkte nur noch die Angst davor, seinen Schwanz irgendwann tief in mir zu haben. Ich schrie auf, als seine Finger immer wieder in mich hineinstießen. Zunächst war der Schmerz brennend heiß, scharf und intensiv, doch schließlich ließ er nach und ich genoss widerwillig das Gefühl, wie sich seine Fingerknöchel in mir bewegten.

Zu meinem Entsetzen musste ich feststellen, dass sich meine Schmerzensschreie langsam in lustvolles Stöhnen verwandelt hatten. Es reichte schon, dass er spürte, wie sich mein Körper um seine Finger herum anspannte, aber es war noch schlimmer, als er meine Lust auch noch hören konnte. Seine andere Hand wanderte meinen Rücken hinauf und packte die Haare am Ansatz meiner Kopfhaut. Ich keuchte auf, als er fest daran zog und der Schmerz in einer spiralförmigen Blüte über meinen Kopf ausstrahlte. Mit dieser Hand stieß er noch ein bisschen grober in mich hinein, und ich gab ein beschämtes

Stöhnen von mir, das alles verriet, was ich zu verbergen versuchte.

Es gab keine Möglichkeit, dass er nicht jede beschämende Sekunde gehört hatte.

Als dann etwas anderes über meine Hüfte glitt, zuckte ich zusammen. Für eine Sekunde dachte ich an seine Finger in meinem Hintern und meine Haare in seiner Faust, aber dann erinnerte ich mich an seinen Schwanz. Die Spitze glitt durch die Reste seines Samens auf meinem Oberschenkel und ich wimmerte, als sich seine glatte Oberfläche auf meine Klitoris drückte. Festgehalten, wie ich war, blieb mir nichts anderes übrig, als zu zittern, während mich ein Lustschock nach dem anderen erfasste.

Ein weiteres Stöhnen entwich mir, und dann fügte er einen dritten Finger hinzu. Ich versuchte, so lange wie möglich dagegen anzukämpfen, aber schließlich bockten meine Hüften unter ihm, sodass meine Erregung voll zur Geltung kam. Als er schließlich seine Finger herauszog, biss ich mir auf die Unterlippe und unterdrückte einen enttäuschten Schrei, weil ich nicht mehr gefüllt war. Er löste seine Faust aus meinem Haar und ich erschauderte, als sein Schwanz meinen Oberschenkel stupste. Er benutzte seine freie Hand, um sich vollständig mit seinem Samen und meiner Erregung zu benetzen, bevor ich spürte, wie er mich wieder erneut aufspreizte.

Ich wollte, dass es so weiterging, doch gleichzeitig war ich mir nicht sicher, ob ich es aushalten könnte.

Sein Drachenschwanz umkreiste meine Klitoris und steigerte langsam mein Begehren für das, was noch kommen würde. Meine Klitoris pochte vor gierigem Verlangen, fast, als wäre mein Herz nach unten in meine Mitte gewandert und hätte sich dort niedergelassen statt in meiner Brust. Meine schmerzenden Muskeln spannten sich an, als ich versuchte, mich zu wappnen. Sein Drachenschwanz glitt über meine Klitoris und fühlte sich viel mehr wie seine Zunge an, als ich zugeben wollte. Allmählich bewegte er sich schneller, und ich konnte meine Hüften nicht mehr stillhalten.

Sein Samen erhitzte sich auf meiner Haut. Sogar mein Arschloch erwärmte sich zunehmend, und das Feuer seines Samens begann, mein Inneres zu schmelzen. Seine Hand schlang sich um meine Hüfte und hielt mich fest, während ich versuchte, zu atmen.

So sehr er mich auch vorbereitet hatte, ich würde nie bereit sein.

Seine Hüften stießen vor und zwängten die Spitze seines Schwanzes in meinen engen Muskelring. Obwohl er mich schon mit drei Fingern gedehnt hatte, war sein Schwanz noch viel breiter. Der brennende Schmerz, der mich durchfuhr, wurde mit quälender Heftigkeit wieder stärker. Ich schrie auf, als er sich langsam in mich hinein arbeitete. Ich wimmerte und stöhnte, doch er drückte weiter voran, während glühend heiße Qualen durch jede Faser meines Körpers brannten.

Als der Schmerz nachließ und zu einem dumpfen Pochen wurde, seufzte ich erleichtert auf, und dann berührte sein Drachenschwanz erneut meine Klitoris. Mein ganzer Körper zuckte heftig. Er schob sich weiter in mich hinein und ich stöhnte, aber irgendetwas in mir versuchte immer noch, dagegen anzukämpfen.

Es war beschämend. Ich sollte es *nicht* mögen.

Doch ich tat es.

Zentimeter für Zentimeter schob er sich in mein Arschloch hinein und nahm mich ran, weil ich es brauchte, so rangenommen zu werden. Mein Innerstes verkrampfte sich fester und verdrehte sich vor Gier, auch wenn ich mich auf Schritt und Tritt dagegen wehrte. Mit immer schnelleren Stößen schob er jeden Zentimeter seiner monströsen Länge in mich hinein. Die Spitze war der breiteste und schmerzhafteste Teil, doch die Aufnahme des Rests von ihm war viel beschämender, als es hätte sein müssen. Schließlich traf sein Becken auf meine versengten Pobacken, und ich wusste, dass er ganz in mir steckte. Einen Moment lang verharrte er dort und ließ die volle Erkenntnis des Geschehens auf mich niederprasseln.

„Dein Arsch ist so schön eng. Ich werde ihn noch oft benutzen müssen."

Mein Verstand sträubte sich dagegen, doch mein Körper zog sich fest um ihn herum zusammen. Nie zuvor war ich derart entblößt gewesen. Sein Drachenschwanz kitzelte weiter an den Rändern meines Eingangs, bis er in mich eindrang. Ich schrie auf, meine Erregung und meine Scham vermischten sich zu einem beschämenden Laut. Sein Drachenschwanz rieb an meiner Klitoris, während er sich gleichzeitig in meinen Kanal schob. Als er sich zu bewegen begann, hatte ich Schwierigkeiten, stillzuhalten. Er zog den größten Teil seiner Länge aus mir heraus, bevor er wieder schwungvoll in mich eindrang. Auch sein Drachenschwanz stieß immer wieder in meine Pussy, und ich war schnell überwältigt von den doppelten Empfindungen, in beiden Löchern gleichzeitig gefüllt zu sein. Je länger er mich auf diese Weise fickte, desto mehr wurde mir klar, dass wir beide wussten, was passieren würde.

Ich würde mit seinem Schwanz in meinem Arsch und seinem Drachenschwanz in meiner Pussy kommen.

Ich konnte es so lange wie möglich hinauszögern, doch es war wie ein Zug, der mit voller Geschwindigkeit entgleiste. Ich war schon über den Rand gesegelt, bevor ich überhaupt bemerkt hatte, dass es passiert war. Mein Körper klammerte sich wie ein Schraubstock an ihn. Wenn es möglich gewesen wäre, hätte ich geschwiegen, doch ich schrie in dem Moment, als mein Orgasmus einsetzte. Weiße, brennende Lust zischte durch mich hindurch und ließ jeden Nerv in meinem Körper mit brutaler Spannung glühen. Meine Schreie hallten im Thronsaal wider und sein Drachenschwanz presste sich tiefer in mich hinein, sodass mein Orgasmus mit verwirrender Heftigkeit durch jede Faser meines Körpers brannte.

Ich schloss die Augen und drückte meine Hüften nach hinten, während er mich fickte und mein Orgasmus mich wie ein Tornado erfasste. Ich krümmte mich und bockte, nahm seinen Schwanz so tief wie möglich in meinem letzten jungfräulichen Loch auf und genoss jeden einzelnen vernichtenden Moment. Mein Körper gab sich ihm hin, als hätte er ihn aus Ton geformt. Der erste Orgasmus, als er mich auf diese Weise fickte, war das reinste Vergnügen.

Erst der zweite Orgasmus begann zu schmerzen. Er folgte direkt auf den ersten, überraschte mich, und bevor ich es überhaupt merkte, kam ich schon wieder. Schweißperlen standen mir auf der Stirn und meine Beine begannen, unter mir nachzugeben. Als ob er darauf vorbereitet gewesen wäre, schlang er seinen Arm um meine Hüften und hielt mich hoch. Danach kam ich noch unzählige Male. Ich bin mir nicht sicher, ob es Magie oder eine Art Drachenzauber war, doch die Höhepunkte trafen mich nacheinander wie Wellen an einer felsigen Küste.

Schmerz und Lust wurden zu einem einzigen sich windenden Gefühl und ich ertrank darin.

Seine Ausdauer übertraf die meine bei Weitem. Meine Schreie erstarben zu heiseren Rufen, während ich jede schrecklich köstliche Erlösung durchlitt. Er brüllte und schließlich spritzte sein feuriges Sperma tief in meinen Hintern. Ein letzter stürmischer Orgasmus durchzuckte mich und ich war immer noch in seinem Rausch gefangen, als ich spürte, wie seine Zähne meine Schulter streiften.

Ohne Vorwarnung biss er mich.

Ein leuchtendes scharlachrotes Licht umgab mich, als seine Zähne meine Haut durchbohrten. Magie durchströmte mich und ich fühlte mich plötzlich, als schwebte ich in der Luft. Meine Finger und Zehen kribbelten vor Energie, als eine magische Verbindung unsere Herzen miteinander verband. Es war, als würden unsere Herzen jetzt wie ein und dasselbe schlagen. Seine Gefühle durchströmten mich grenzenlos.

„Meine schöne Gefährtin“, flüsterte er.

Ich war mir nicht sicher, ob er die Worte laut ausgesprochen hatte, doch es spielte keine Rolle. Ich brauchte sie nicht zu hören, denn ich spürte sie mit jeder Faser meines Körpers.

„Ich werde nie eine andere begehren“, schwor er leise, und ich zitterte an ihm.

„Ich liebe dich“, flüsterte ich, und seine Arme legten sich um meine Taille.

Er hob mich hoch, um mich mit aller Kraft an seine Brust zu drücken. Ich spürte seine Hitze und seine Gefühle, die mich durchströmten, und das reichte aus, um mir den Atem stocken zu lassen.

„Ich liebe dich auch, meine Gefährtin. Für immer und ewig.“

KAPITEL NEUNZEHN

Kol

Ich starrte auf mein Mal hinab, wobei der Geschmack ihres Blutes noch frisch auf meiner Zunge lag. Ich hatte mich nicht davon abhalten können, sie zu meiner Gefährtin zu machen. Es war reiner Instinkt gewesen. Seit ich denken kann, gab es kein einziges Lied, keinen Mythos und keine schriftliche Quelle, in der das Mal der Drachengeborenen auch nur erwähnt wurde, aber hier stand ich und starrte direkt auf mein eigenes.

Ich hatte es getan. Ich hatte mir eine Gefährtin genommen.

Soweit ich weiß, war sie die Erste seit Beginn der Geschichtsaufzeichnungen von Blazelheim. Ich war nie davon ausgegangen, dass ein Mann wie ich dazu bestimmt war, eine Gefährtin zu finden, sondern hatte stets gedacht, dass meine einzigen Aufgaben aus Herrschen und Beschützen bestanden.

Das hier war so viel intensiver.

Meine Hand legte sich auf ihre Schulter und ich blickte auf das Mal, das sie bis zum Ende aller Zeit zu der meinen machte. Es brannte mit magischer Energie. Die Flammen des Mals veränderten ihre Form, bis es zum Symbol des Feuers wurde – dem Siegel, das für Blazelheim und meine Familie stand.

Ich beugte mich nach vorn und presste meine Lippen darauf. Ein heftiger Magieschub durchdrang unsere verbundenen Herzen und verschmolz uns für immer zu einer Einheit. Mit einem Seufzen sonnte ich mich in der Liebe und Bewunderung, die mich durchströmte. Ich würde diese Frau bis ans Ende meiner Tage lieben und wusste, dass sie dasselbe tun würde. Sie war die Eine, meine süße, wunderschöne Gefährtin.

„Mein", flüsterte ich.

„Dein", seufzte sie.

Plötzlich breitete sich ein helles, scharlachrotes Licht von einem kleinen Punkt zwischen uns aus. Der Wind rauschte durch mein Haar und das vertraute Gefühl der Magie einer Portalbeschwörung erfasste mich. Ich griff nach Hayleigh, doch es war zu spät.

Die Seherin hatte mich gewarnt, dass ich einen Preis bezahlen müsste.

Ich brüllte auf und die Angst erfasste mich sofort. Ihre Botschaft war trügerisch vage gewesen. Sie hatte mich vor dem Ende der Zeiten gewarnt und davor, dass die Kluft vollständig aufreißen würde, wenn ich eine falsche Entscheidung träfe, doch sie hatte mir keinen Einblick in diese Entscheidung gegeben. Ich hatte eine Frage nach der anderen gestellt, und sie hatte sie allesamt ignoriert.

Anstatt irgendetwas zu beantworten, hatte sie mir gezeigt, wie das Ende der Zeiten aussehen würde. Es war mein schlimmster Albtraum gewesen. Das Feuer von Blazelheim war völlig erloschen. Die dunkle Magie von Helheim hatte mein ganzes Reich in Besitz genommen. Die Stadt war zerstört und die Burg war nur noch ein Trümmerhaufen. Mein Volk war gefesselt und wurde nacheinander durch die offene Kluft in die karge Landschaft der Nachbarreiche geführt.

Ihre Schicksale waren keine guten.

Sie hatte mir gesagt, dass ich zur Rettung meines Reiches nur eines tun könnte, doch sie hatte mit keinem Wort erwähnt, was ich tun sollte. Ihr einziger Hinweis bestand aus einem einzelnen Bild, das sie mir in den Verstand geschickt hatte.

Es waren Hayleighs schöne Augen gewesen, nur dass sie vor lauter Flammen knallrot geworden waren.

Danach hatte sie das Treffen beendet und ich war mit Zilyana und den versammelten Magiern zurück in die Höhle gezogen worden. Ihre Erschöpfung stand ihr ins Gesicht geschrieben. Die Überbrückung der Verbindung hatte den größten Teil ihrer Kraft in Anspruch genommen und sie musste sich ausruhen.

Hatte ich die falsche Entscheidung getroffen?

Der Fellteppich und der Boden fielen unter unseren Füßen weg und der Raum löste sich in Asche auf. Hayleigh schrie auf und ich versuchte, sie zu packen, doch sie war schon zu weit von mir entfernt. Die Welt drehte sich und ich schloss meine Augen, um ein letztes Mal tief einzuatmen, bevor ich in die schwarze Leere hinabstieg.

Für Hayleigh würde es sich anfühlen, als wäre sie unter Wasser und könnte nicht mehr atmen, aber für sie würde es nur ein paar Sekunden dauern. Ich konnte ihre Panik spüren, und das tat mir weh.

Plötzlich knallten meine Füße auf den Boden. Als ich nach unten blickte, sah ich, dass sich meine Krallen in die Erde unter mir gegraben hatten. Mein Feuer loderte bereits tief in meinem Bauch und ich spürte die Gefahr um mich herum. Ich erkannte vage, dass ich in meiner Drachengestalt war und dass wir in den Kampf vor der Kluft zurückgekehrt waren, doch das war nicht, was mich im Moment beschäftigte.

Wo war meine Gefährtin?

Mit einem wilden Brüllen schleuderte ich meinen Kopf von einer Seite zur anderen und suchte, bis ein vertrautes scharlachrotes Licht weit über mir aufblühte. Zuerst war es zu grell, um etwas zu erkennen, doch dann erkannte ich die Umrisse ihrer zerbrechlichen menschlichen Gestalt im Licht. Ihre Arme waren weit ausgestreckt, ihre Finger gespreizt. Sie glühte. Eine plötzliche Panik durchfuhr mich.

Was, wenn sie der Preis war?

Mit all meiner Kraft stieß ich mich vom Boden ab, um sie zu retten, aber eine mächtige Quelle mystischer Schwerkraft hielt mich am Boden fest. Als ich rot sah, entlud sich das Feuer in meinem Bauch und ich ließ meine Wut an den anrückenden Truppen aus Helheim aus. Ihre Schreie, während sie verbrannten, gaben mir auch kein besseres Gefühl.

Ich musste zu meiner Gefährtin, und zwar *sofort*.

Das Licht um sie herum wurde immer heller. Sie rollte sich zu einer Kugel zusammen und dann brach mir das Herz, als sie den Kopf in den Nacken warf und schrie. Litt sie unter Schmerzen? Hatte sie Angst? Glaubte sie, ich war nicht da, um sie zu beschützen?

Meine Panik stieg ins Unermessliche.

Ich brüllte und das helle Licht implodierte mit einer donnernden Welle, die sich über das Land ausbreitete. Die feindlichen Soldaten wurden zu Boden geschleudert und ihre Leichen verwandelten sich augenblicklich in einen wirbelnden Haufen Asche. Ich hob meinen Kopf zu Hayleigh und sie schrie wieder, doch dieses Mal vibrierte Magie im Klang ihrer Stimme.

Feuersymbole flammten in Massen auf ihrer Haut auf und große gefiederte Flügel sprossen aus ihrem Rücken. Sie waren weiß, doch die Spitzen loderten mit mystischem Feuer. Als sich meine Gefährtin vor meinen Augen verwandelte, erstarrte ich.

Sie schwebte über mir, ihre Haut glühte mit einem überirdischen Licht. Ihre Flügel flatterten langsam hinter ihr, wunderschön und himmlisch wie ein Engel. Sie streckte ihre Handflächen aus und kleine, mystische Feuerbälle erschienen darüber. Sie beherrschte die Feuermagie. Eine andere Erklärung konnte es nicht geben.

„Ich habe dir gesagt, dass es einen Preis gibt."

Die Stimme der Seherin hallte um mich herum und ich hielt inne.

„Wage es ja nicht, sie mir wegzunehmen", brüllte ich und meine Sicht wurde vor lauter Panik trüb.

„Ihre Menschlichkeit ist der Preis."

In meiner Wut brüllte ich ein weiteres loderndes Feuer über das Schlachtfeld. Hayleigh riss ihre Arme nach vorn und schleuderte die wachsenden Kugeln aus Feuermagie direkt in die Kluft. Der Riss blitzte immer wieder hell auf. Er begann, sich direkt vor meinen Augen zu versiegeln. Fäden aus goldenem Licht wanden sich von oben nach unten und schlossen die Kluft.

Innerhalb von Sekunden war sie verschwunden.

Als ich wieder zu meiner Gefährtin aufblickte, hatte sie ihren Kopf mir zugewandt. Die Vision, die mir die Seherin gegeben hatte, war zum Leben erwacht und mein Herz erblühte vor Liebe und Bewunderung. Ihre Augen leuchteten mit hellrotem Feuer.

Dasselbe wie bei mir.

„Ich habe von jedem Besucher, der Rat suchend zu mir gekommen ist, einen Preis verlangt, aber dir möchte ich ein Geschenk machen."

„Gib sie mir zurück", flehte ich, wobei meine Stimme vor Rührung zitterte. Es war mir egal, ob ich auf die Knie fallen und vor meinem ganzen Reich betteln musste. Ich würde absolut alles tun, wenn ich sie nur behalten könnte.

„Ich gebe dir deine Drachenkönigin. Sie wird für den Rest der Zeiten an deiner Seite stehen."

„Danke", murmelte ich und grub meine Krallen in die Erde.

Das helle Licht, das meine Gefährtin umgab, verblasste langsam und ihre Gestalt senkte sich, bis ihre Füße den Boden berührten. Ihre Haut hatte einen blassen, glühenden, elfischen Farbton und ihre Ohren waren leicht gespitzt, doch am auffälligsten war das Scharlachrot ihres Blicks. Sie hatte sich auf einer elementaren Ebene verwandelt.

Sie war kein Mensch mehr.

„Kol", flüsterte sie.

Ihre Handfläche streckte sich aus, um meine Schnauze zu berühren, und ich schmiegte mich an ihre weiche Berührung – dankbar, dass sie noch bei mir war. Sie drehte ihren Kopf und schaute sich langsam das Schlachtfeld an. Ein starker Wind kam auf und trug die Überreste des Feindes mit sich fort. Die Einzigen, die noch standen, waren mein Volk.

Es war vorbei. Die Kluft war versiegelt und mein Königreich war sicher.

Ein gewaltiges Gefühl der Erleichterung überkam mich, als ich in meine menschliche Gestalt zurückkehrte und meine Königin in die Arme nahm. Ich berührte ihre Wange mit meiner Handfläche, und sie drückte ihre Hand auf die meine. Sie starrte mir in die Augen und unsere Herzen schlugen im Takt.

„Du bist alles, was ich mir je gewünscht habe, meine wunderschöne Gefährtin“, flüsterte ich.

Mein anderer Arm legte sich um ihre Taille und ich zog sie an mich. Ihre Flügel wickelten sich um mich und ihr scharlachroter Blick flackerte noch heller.

„Ich liebe dich, mein König“, antwortete sie leise.

„Ich liebe dich, meine Königin“, murmelte ich.

Da ich keine Sekunde länger warten konnte, beugte ich mich zu ihr hinunter und eroberte ihre Lippen mit den meinen, woraufhin das gesamte Schlachtfeld in einen chaotischen Jubel ausbrach.

Ihr König hatte seine Königin gefunden.

EPILOG

Hayleigh

Vier Monate später

Ich stand auf dem Balkon und blickte mit neuen Augen über das Reich. Alles war schärfer, konzentrierter und viel lebendiger als zuvor. Die Einöden erstrahlten in neuem Leben, bunte Blüten brachen aus der feurigen Asche von einst durch die Erde.

Meine magische Verwandlung hatte das Reich von allen verbliebenen Monstern befreit, die durch die Ritzen geschlüpft sein könnten. Blazelheim war endlich wieder sicher.

Beim Einatmen witterte ich den vertrauten Geruch von Kols rauchiger Gegenwart. Ich drehte meinen Kopf und schaute über meine Schulter nach hinten, als er auf mich zukam und ein Grinsen auf seinem Gesicht erschien.

„Ich kann mich nicht länger an dich heranschleichen", scherzte er und ich lachte fröhlich.

Sogar in meiner Stimme war ein musikalischer Ton zu hören. Was auch immer aus mir geworden war, ich war die Erste meiner Art. Ich blickte wieder auf das Königreich und dachte an die vergangenen Monate.

Nach der Schlacht hatte das Reich begonnen, die Scherben aufzusammeln. Die Gefallenen wurden betrauert und ehrenvoll auf dem Scheiterhaufen der Krieger verbrannt. Jetzt erwachte alles langsam wieder zum Leben. Es vergingen noch einige Wochen, während sich das Reich erholte, und heute war der Tag meiner Hochzeit. Zu diesem bedeutsamen Anlass sollte ich vor der versammelten Stadt zur Königin gekrönt werden.

So etwas hatte Blazelheim noch nie erlebt. Es gab keinen einzigen Fall in der Geschichte, in dem der König eine Königin genommen hatte. Jedes Hotel und jede Pension in der Stadt waren ausgebucht. Entlang der Straßen hatten die Leute Zelte aufgestellt. Als ich nach unten blickte, konnte ich bereits die wartenden Mengen sehen.

Ich trug ein wunderschönes weißes Kleid, das Kenna fachmännisch entworfen und mit ein paar meiner eigenen kleinen Details versehen hatte. Der glatte, ausgestellte Rock war mit glitzernder Spitze überzogen, und der untere Teil des Saums schimmerte mit meinem eigenen Feuerzauber. Das Oberteil schmiegte sich an meine Taille und Brüste. Es hatte nur einen Träger, sodass die Schulter mit Kols Mal frei lag. Dies war mit Abstand eines der prächtigsten Dinge, die ich je zu Gesicht bekommen, geschweige denn getragen hatte.

Es war perfekt.

„Damit hat sich Kenna selbst übertroffen“, murmelte Kol.

Er nahm meine Hand, drehte mich herum und ließ seinen Blick mit einem heißen Starren an meinem Körper auf und ab schweifen. Seine Handfläche landete auf meinem geschwollenen Bauch und ich konnte mir ein Lächeln nicht verkneifen.

„Du siehst mit jedem Tag strahlender aus, Gefährtin“, flüsterte er und zog mich fest an sich, sodass ich mit dem Rücken an seiner Brust lehnte.

„Ich liebe alles an dir, besonders die Tatsache, dass dein Bauch mit meinem Kind angeschwollen ist“, fügte er hinzu, und ich errötete.

„Kol“, tadelte ich leise.

„Weißt du, was nach der Zeremonie passieren wird, meine schöne Gefährtin?“, fragte er, woraufhin ich erschauderte und spürte, wie sich sein harter Schwanz fest an meinen Rücken presste.

„Nein, mein König“, sagte ich tapfer.

„Wenn ich dich heute Abend über die Schwelle in unsere Gemächer trage, meine Königin, wirst du eine einzige Gelegenheit haben, dich auszuziehen, sonst reiße ich dir jedes Stückchen dieses Kleides vom Leib.“

„Kol.“ Ich lief rot an.

Er fuhr fort und mein Herz pochte aufgeregt in meiner Brust.

„Anschließend werde ich deine hübschen rosa Nippel, deine nackte schöne Pussy und deinen Hintern knallrot versohlen, einfach, weil ich will, dass du ganz wund bist, bevor ich jedes enge kleine Loch mit meinem Samen fülle."

Mein Innerstes verkrampfte sich vor lauter Vorfreude.

„Versprechen, Versprechen", stichelte ich.

Sosehr ich mich auch auf die Zeremonie gefreut hatte, jetzt kam etwas noch viel Aufregenderes danach. Seit der Schlacht hatten wir beide sehr wenig Zeit miteinander verbracht. Seine Aufgaben schienen kein Ende zu nehmen und ich hatte viel Zeit mit Zilyana und ihren Magiern verbracht, damit ich lernen konnte, meine eigenen magischen Fähigkeiten zu kontrollieren. Da war nicht mehr viel Zeit für uns übriggeblieben.

Seine Hände umfassten meinen Bauch und er hielt mich fest. Seine Lippen drückten auf meine Wange und ich seufzte glücklich. Meine Klitoris pochte und ein köstlicher Kitzel durchfuhr mich.

„Bist du unter deinem Kleid nackt, wie es dir befohlen wurde?", fragte er.

„Nein, mein König", antwortete ich schelmisch.

„Willst du in deiner Hochzeitsnacht bestraft werden, meine freche Königin?", fragte er und seine Stimme hatte einen sehr gefährlichen Nachhall.

„Ja", hauchte ich.

Er ließ meine Taille los und kniete sich neben mich. Sein Blick verließ den meinen nicht, als er unter mein Kleid griff und mit den Fingerspitzen über mein nacktes Bein fuhr. Ich erschauderte, als er seine Hand unter den Bund des hübschen weißen Höschens schob, das ich in einer frechen Trotzreaktion ausgewählt hatte. Er zog ihn langsam an meinen Beinen hinab, wobei der Stoff über meine nackte Haut streifte, und ich erschauderte. Er hob erst den einen und dann den anderen Fuß, bevor er sich wieder aufrichtete und mein Höschen in seine Tasche schob. Seine Hand legte sich in meinen Nacken, vorsichtig, um meine Haare nicht zu zerzausen, aber besitzergreifend genug, um mir mitzuteilen, dass ich in Schwierigkeiten steckte, genau wie ich es mir gewünscht hatte.

„Dann muss ich dich wohl bestrafen, was?“ Er grinste und amüsierte sich sichtlich über meine Schalkhaftigkeit.

„Was willst du denn machen?“, fragte ich nervös.

Er schüttelte den Kopf und seine Augen funkelten verheißungsvoll.

„Das ist für später, meine Königin. Jetzt ist es an der Zeit, dass ich dich meinem Volk vorstelle“, sagte er.

Ohne weitere Erklärungen nahm er meine Hand und führte mich auf den Balkon, von dem aus man die Stadt überblicken konnte. Als die Musik zu spielen begann, blickte ich auf die versammelte Menge. Ich konnte sehen, wie die Magier ihre Zauberkunst anwendeten, damit die ganze Stadt sie mit mir hören konnte. Hochzeitsglocken läuteten, und als ich mit Kol an meiner Seite nach vorn ging, senkte sich plötzlich ehrfürchtige Stille über die Stadt.

Er trat vor und ich sah, dass jedes Gesicht mit überwältigender Ehrfurcht zu ihm aufblickte. Er war ein bedeutender König und ein guter Mann, beschützend, liebevoll, aber vor allem war er mein.

„Mein Volk", begann er entschlossen, und gewaltiger Jubel brach um uns herum aus. Er hielt mehrere Minuten lang an, doch als er die Hand hob, verstummte er zu überwältigender Stille.

„Als Euer König habe ich mir eine Gefährtin genommen, und ich bitte Euch, sie mit Gnade zu empfangen, denn es ist nun an der Zeit, sie Euch als meine Frau und Eure Königin vorzustellen", brüllte er, woraufhin ohrenbetäubender Applaus folgte.

Er drehte sich um und streckte mir seinen Arm entgegen. Ich ging zu ihm, nahm seine Hand und er führte mich nach vorn, sodass ich von der ganzen Stadt gesehen werden konnte. Ein Diener trat mit einem Silbertablett in der Hand neben ihn. In der Mitte befand sich ein kleines Samtkästchen und mein Herz blieb stehen, als Kol es nahm. Meine Augen klebten daran, als er es öffnete und einen atemberaubenden Rubin- und Diamantring zum Vorschein brachte. Ich hob meine Hand an meinen Hals und strich mit den Fingern über den Rubin meiner Mutter, der immer noch sicher um meinen Hals hing. Ich erinnerte mich an den Tag, an dem ich ihn gefunden hatte und wie anders mein Leben jetzt war.

Behutsam nahm Kol meine linke Hand und schaute mir in die Augen, sein Blick war warm und verführerisch.

„Willst du mich zu deinem Ehemann und König nehmen, mich zu lieben, zu ehren und mir zu *gehorchen* bis ans Ende unserer Tage?"

„Ja, Kol", antwortete ich, während mein ganzer Körper vor überwältigenden Gefühlen glühte.

Bei seiner Erwähnung des Gehorsams errötete ich, denn ich wusste, was passieren würde, wenn er mich zurück in unsere Gemächer trug, um mich frei nach seinem Willen ranzunehmen. Ich lächelte, übermannt von meinen Emotionen.

Ein Diener kam auf mich zu, mit einem passenden Tablett und einer Samtschachtel, die für mich bestimmt war. Ich nahm sie mit zittrigen Fingern und öffnete sie langsam. Darin befand sich ein breites Goldband mit einem einzelnen Rubin in der Mitte, der zu meinem passte. Meine Augen wurden feucht und meine Finger zitterten, als ich seine Hand in die meine nahm.

„Willst du mich zu deiner Frau und Königin nehmen, um mich zu lieben und zu ehren bis ans Ende unserer Tage?", wiederholte ich und ließ absichtlich den Teil mit dem Gehorsam weg.

Seine Augen funkelten wissend, doch da war mehr Liebe, als ich je zu hoffen gewagt hätte.

„Ich will, meine Königin. Für immer und ewig."

Ich steckte ihm den Ring an den Finger, und er legte seine Hand an mein Gesicht. Es gab niemanden, der uns zu Mann und Frau erklärte, doch das war auch nicht nötig.

Der Kuss, der folgte, sagte alles.

Die Menge brüllte zustimmen und ich konnte hören, wie sie uns beiden ihre Treue schwor. Als die ungezügelten Gefühle in mir hochkochten, pochte mein Herz so stark, dass ich glaubte, es würde platzen. Ich war verängstigt hierhergekommen, von einem Feind entführt, nur um mich zu verlieben und hier zu stehen – für immer verändert, nicht mehr menschlich, und seine Frau.

Ich hatte meine einzig wahre Liebe gefunden, nicht in meiner Welt, sondern in seiner.

Er wandte sich für einen Augenblick ab, um sich dann mit einer glitzernden Diamantenkrone in den Händen mir zuzuwenden. Meine Flügel flatterten vor Aufregung, als ein weiterer Diener ein Kissen auf den Balkon legte. Ich wusste, was ich als Nächstes tun musste.

Ich kniete vor meinem König nieder.

„Ich kröne dich, meine schöne Frau, zur ersten Königin von Blazelheim."

Er setzte mir die Krone auf den Kopf und ich presste meine Hand auf meine Brust. Er griff nach unten, nahm meine Hand und umschloss sie sicher mit seiner.

„Erhebe dich, meine Königin. Von diesem Tag an wirst du vor niemandem mehr knien außer vor mir", brüllte er.

Ich errötete und gewaltiger Applaus ertönte in der Stadt. Ich blinzelte die Freudentränen weg und wurde von allen möglichen Gefühlen überwältigt, als er mich an sich zog. Lange Zeit standen wir so da, während das ganze Reich zusah.

„Lasset die Feierlichkeiten beginnen", verkündete Kol.

Seine ansteckende Begeisterung verbreitete sich in der ganzen Stadt. Die Straßen brüllten gemeinsam mit ihm. Ohne Vorwarnung riss er mich von den Füßen und nahm mich in seine Arme.

„Es ist an der Zeit, dass ich meiner Frau ihren Platz in meinem Ehebett zeige", sagte er mit einer Stimme, die so leise war, dass nur ich sie hören konnte, und ich quietschte verlegen.

Seine Geduld war scheinbar am Ende, denn er drehte sich um und trug mich zurück in die Burg. Erst als er unsere Gemächer betreten und die Tür hinter uns zugeknallt hatte, stellte er mich auf dem Boden ab. Abwartend starrte er mich an.

Ich zog mich aus. Vollständig.

Sein Blick verschlang mich mit jedem schamhaften Moment. Als ich völlig nackt vor ihm stand, sah er mich an, als wäre ich das hinreißendste Ding der Welt.

Mit drei großen Schritten schritt er auf mich zu und zupfte die Nadeln aus meinem Haar. Sie fielen mit einem spiralförmigen Wedeln über meinen Rücken.

„Ich werde deiner Schönheit nie überdrüssig, aber es ist dein Herz, das mich gefangen hält. Ich liebe dich so sehr, Gefährtin", hauchte er, und ich spürte seine Emotionen mit jeder Silbe, die über seine Lippen trat.

Mit einem heftigen Schaudern krallte ich meine Finger um seinen Unterarm, denn ich hatte das Bedürfnis, ihn zu berühren. Seine Handfläche umfasste meine Brust und er strich mit dem Daumen über meine übermäßig sensiblen

Nippel. Sie waren in den letzten Wochen viel empfindlicher geworden und wuchsen gemeinsam mit dem Kind in meinem Bauch. Er kniff leicht in die harte Spitze und seine Augen leuchteten vor leidenschaftlichem Begehren für mich.

Er kniete sich vor mir nieder und küsste meinen geschwollenen Bauch.

„Ich schwöre, dass ich dich und unser Baby immer vor Schaden bewahren werde."

Als er sich wieder aufrichtete, hatte sich sein Blick verändert und schimmerte nun voller dunkler Absichten.

„Ich schwöre auch, immer für dich zu sorgen und dir genau das zu geben, was du brauchst, wenn du es brauchst", fuhr er fort, wobei seine Worte eine bedrohliche Botschaft enthielten, die die Erregung in mir umso mehr zum Beben brachte.

„Mein König." Ich errötete.

„Geh und beuge dich für mich über das Bett, meine Königin. Es ist an der Zeit, dass wir uns um deinen Widerstand kümmern", befahl er, woraufhin mich ein nervöses Kribbeln durchfuhr.

Als ich auf unser Ehebett zuging, sah ich, dass die weiße Bettdecke mit roten Blütenblättern übersät war. Meine Schenkel streiften einander und waren bereits klatschnass. Ich beugte mich vor und legte meine Hände aufs Bett, denn ich wusste, dass ich ihm einen ziemlich anzüglichen Blick auf alles zwischen meinen Schenkeln und noch mehr gewährte.

„Spreize deine Beine korrekt, Gefährtin. Zeig mir diese hübschen Löcher, welche bald mit meinem Schwanz gefüllt sein werden."

Als ich ihm gehorchte, verbarg ich mein Gesicht im Bett.

Für einen Moment spürte ich seine Augen auf mir, doch dann drehte ich meinen Kopf und sah, wie er an mir vorbeiging, um ein Kissen zu holen. Er schlang seinen Arm um meine Hüften, hob mich hoch und legte es unter mir ab, sodass es mein Becken in die Höhe reckte. Ich rückte mich so zurecht, dass ich es bequem hatte. Mein Bauch war noch nicht so geschwollen, dass es unangenehm wäre, mit dem Gesicht nach unten zu liegen, aber so war es viel einfacher. Ich errötete, als ich merkte, dass meine Zehen den Boden nicht mehr erreichen konnten.

Ohne Vorwarnung packte er meine Pussy so grob mit seiner Hand, dass mich ein Lustschock durchfuhr, während heftiger Schmerz über meine Haut brannte. Er ließ sie genauso schnell wieder los und versohlte sie so hart, dass es stach.

„Du hast unter deinem Kleid für mich entblößt sein sollen, nicht wahr?"

„Ja, mein König", jammerte ich, und er versohlte mir erneut die Pussy.

„Hast du das getan?"

„Nein, mein König", antwortete ich verlegen.

„Sag mir, warum", forderte er und mein Gesicht brannte noch viel heißer.

Ich klappte meinen Mund auf und zu und strampelte einen Moment lang, bevor er mir dreimal kurz hintereinander auf die Pussy klatschte. Das nasse Geräusch war beschämend, doch der quälende Schmerz war noch viel überwältigender.

„Weil ich ein Spanking brauche", gab ich zu, und meine Wangen erröteten so heftig, dass ich an meinem Verstand zweifelte.

„Wo soll dein Spanking sein?"

„Auf meinem Hintern", stammelte ich, wobei meine Klitoris bei jedem Wort pulsierte.

„Wo sonst?"

Mein Herz sank mir bis zu den Zehen und mein Magen machte vor lauter Schmetterlingen einen Satz.

„Auf meiner Pussy", flüsterte ich heiser, völlig beschämt, dass ich ein derart schändliches Begehren laut zugeben musste.

„Und?", drängte er.

„Auf meinen Brüsten." Ich zitterte.

„Und wer soll dich bestrafen?"

„Mein König. Mein Mann. Mein *Gefährte*", murmelte ich, und seine Finger drückten nach vorn und fanden grob meine Klitoris – sehr zu meiner Freude.

„Das ist mein braves Mädchen", lobte er.

Ich zitterte, als seine rauen Fingerspitzen mich bis an den Rand des Orgasmus reizten. Ich war nur Sekunden davon entfernt, zusammenzubrechen, als er seine Hand wegzog.

Er klatschte mir fest auf die rechte Pobacke. Das Spanking, auf das ich gewartet hatte, begann unsanft und schnell. Der köstliche, stechende Schmerz raste durch mich und verhöhnte meine Klitoris mit der Erlösung, die mir so grausam verwehrt worden war. Seine andere Hand umklammerte meine Hüfte und hielt mich sanft in Position, damit er meinen Hintern so gründlich bestrafen konnte, wie er es für angemessen hielt. Es brannte fürchterlich, doch als seine Handfläche auf meine nackte Haut niederprasselte, wusste ich, dass ich genau dort war, wo ich hingehörte.

Ich versuchte nicht, meine Laute zu unterdrücken, denn ich wusste, dass ich es nicht nötig hatte. Als ich den stechenden Schmerz durch seine breite Handfläche spürte, schrie ich auf, begrüßte ihn jedoch. Bei jedem fürchterlichen Klaps verkrampfte sich meine Pussy reflexartig und ich dachte an den riesigen Schwanz, der sich bald darin versenken würde.

„Dein Arsch ist perfekt, besonders wenn er knallrot versohlt worden ist."

Als seine Finger die feuchten Falten meiner Pussy berührten und meinen ganzen Körper in Brand setzten, schrie ich besonders laut auf. Mein Innerstes kochte vor Hitze und meine Nippel zogen sich zusammen. Es tat weh, doch ein Teil von mir wusste instinktiv, dass er wegen des Babys wenigstens ein bisschen sanft mit mir umging. Trotzdem sorgte er dafür, dass ich jeden Hieb spürte. Ich strampelte ein wenig mit den Beinen und er hielt inne, um seine Hand zwischen meine Schenkel zu schieben. Ich stöhnte auf, als er grob meine Klitoris umkreiste, aber das reichte noch nicht aus, um mich zum Äußersten zu bringen.

Er strich meine Feuchte über die nackten Pobacken, bevor er mich versohlte, wobei seine Handfläche flach auftraf, sodass es noch schlimmer stach als zuvor. Ich quiekte, doch er hörte erst auf, als mein Hintern die von ihm gewünschte Röte annahm. Als er zufrieden war, hob er mich vom Bett und legte mich sanft auf den Rücken. Ich atmete durch die Zähne ein und zuckte zusammen, als mein brennender Hintern auf das Bett gedrückt wurde.

Er zog sein dunkelgraues Überhemd aus und ich nahm mir einen Moment Zeit, um die goldenen und weinroten Fäden seines Siegelmals zu bewundern, das gleiche, das jetzt meine Schulter zierte. Seine Hose hatte er immer noch an, als er neben mir auf das Bett stieg.

„Hände über den Kopf, hübsche Gefährtin. Ich werde dir jetzt deine schönen Brüste und deine klatschnasse Pussy rosa versohlen. Es wird brennen und du wirst nicht in der Lage sein, für mich stillzuhalten, also werde ich dir helfen, es hinzunehmen“, murmelte er.

„Ich will kommen“, wimmerte ich und er nahm meinen rechten Nippel zwischen Daumen und Zeigefinger.

Er kniff ihn leicht und hob warnend eine Augenbraue. Langsam hob ich meine Hände über den Kopf, und er hielt sie dort fest, indem er bloß eine Hand um meine Handgelenke schlang.

„Du kommst, wenn ich es dir erlaube“, knurrte er.

Seine flachen Finger schnippten über meine Nippel und ich stöhnte, weil der brennende Schmerz viel stärker als erwartet war. Ich wollte nicht zusammenzucken, als er das Gleiche auf der anderen Seite tat, konnte aber nicht anders.

Ich biss mir auf die Unterlippe, als er mir beide Brüste fest versohlte, bis ich die hellrosa Umrisse seiner Finger auf meiner Haut erkennen konnte. Ich wälzte mich hin und her, während das Spanking weiterging, wusste aber, dass es noch lange nicht vorbei war, denn ich würde ja auch noch zwischen den Schenkeln bestraft werden. Bei dem Gedanken an seine Hand dort unten zuckte ich zusammen, doch das hielt ihn nicht davon ab, dafür zu sorgen, dass meine Brüste am Ende genauso brannten wie mein Hintern. Als sie genug mit seinen rosafarbenen Fingerabdrücken übersät waren, kniff er grausam so fest in einen Nippel nach dem anderen, dass ich mich direkt vom Bett wölbte.

„Wenn man deine Brüste rosa versohlt, sind sie genauso hübsch, wie ich es mir vorgestellt habe", murmelte er.

Ich holte zittrig Luft und erschauderte unter ihm, als er mit seinen Fingern nach unten wanderte. Für einen langen Moment ließ er seine Handfläche auf meinem geschwollenen Bauch ruhen. Er beugte sich vor und nahm meinen stechenden Nippel in den Mund. Ich stöhnte auf, weil die feuchte Wärme seines Mundes so beruhigend war, nachdem ich so heftig von seiner Hand bestraft worden war. Mein Körper bebte vor Lust. Ich wusste nicht, wie das möglich war, doch ich hatte keinen Zweifel daran, dass ich allein dadurch kommen könnte. Als er sich bewegte, um der anderen Seite die gleiche Aufmerksamkeit zu schenken, hätte ich es fast getan.

„Sieh nur, wie sensibel du bist", meinte er und ich errötete, weil ich mein Gesicht nicht vor ihm verstecken konnte. Die Verbindung zwischen uns pulsierte und ich wusste, dass er genauso erregt war wie ich.

„Spreize deine Beine für mich, meine hübsche Gefährtin“, forderte er.

„Bitte, mein König“, flehte ich, während ich ihm gehorchte.

Meine Klitoris pochte heftig und ich wünschte mir nichts sehnlicher, als von ihm gefickt zu werden.

„Du brauchst ein Spanking für deine freche Pussy, was?“, knurrte er und seine Hand glitt zwischen meine Schenkel.

Sein Griff war rau, fast, als würde er mich mit dieser einen Berührung für sich beanspruchen.

„Ja“, sagte ich zappelnd.

Er ließ einen Finger über meine Klitoris gleiten, woraufhin mein ganzer Körper vor Gier erbebte. Für einige Augenblicke wartete er ab und hielt mich einfach nur fest, doch ich wurde langsam ungeduldig. Ohne es zu wollen, zappelte ich und schmollte ein wenig, weil er mich so lange hinhielt. Ohne Vorwarnung verpasste er mir den ersten Klaps und der stechende Schmerz traf mich unvorbereitet. Ich war so empfindlich, dass es sich anfühlte, als hätte sich ein Feuer zwischen meinen Schenkeln entzündet und meine zarte Haut im Nu in Flammen aufgehen lassen.

Jeder Hieb war köstlich grausam. Ich hätte versucht, mitzuzählen, doch es war unmöglich. Er versohlte mir die Kuppe meines Hügels und die feuchten Falten meiner Pussy. Einige Hiebe landeten sogar auf meinen Innenschenkeln. Ich drehte und wendete mich, um seinen erbarmungslosen Fingern auszuweichen, doch als er schließlich innehielt und seine Hand dort auf mir ruhte, sehnte ich mich nach seiner Berührung.

„Bitte“, flehte ich, wobei meine Stimme vor lauter Verzweiflung zitterte.

„Fühlst du dich wie ein bestraftes Mädchen, meine süße Gefährtin?“, fragte er, während seine Finger erneut meine Klitoris neckten.

„Ja, mein König“, hauchte ich und unterdrückte ein Stöhnen, als er noch fester zwischen meinen Schenkeln rieb.

„Ich glaube, du bist fast so weit“, warnte er.

Seine Hand klatschte noch dreimal zwischen meine Schenkel, und zwar so fest, dass ich aufheulte. Meine Augen tränten und ich blinzelte. Ein paar Sekunden lang kämpfte ich um die Beherrschung. Der stechende Schmerz blieb, aber die darauffolgende Erregung machte mich schon bald fertig.

Behutsam ließ er meine Handgelenke los. Ich konnte mich nicht davon abhalten, meine Finger zögernd auf meine Nippel zu legen. Selbst die sanfteste Berührung verursachte Qualen, aber das ließ meine Erregung nur noch heftiger durch mich hindurchschießen.

Ich fühlte mich wie ein wildes Tier.

Das Bett wackelte, als er es verließ, und ich kaute auf meiner Unterlippe herum, als er sich die Hose auszog. Er legte sich neben mich aufs Bett und räusperte sich.

„Besteige mich jetzt, Gefährtin. Fülle dich mit meinem Schwanz.“

Ich verschwendete keinen Moment. Ich setzte mich rittlings auf ihn und er half mir, das Gleichgewicht zu halten, als ich mich über seinen erigierten Schwanz hob. Impulsiv beugte ich mich vor und küsste ihn, weil ich seine Lippen auf den meinen spüren wollte. Meine schmerzenden Falten berührten seinen Schwanz und ich zuckte zurück, was ihn nur zum Lächeln brachte, während er mich küsste.

„Ich liebe deinen Geschmack, deine Lust und deinen Schmerz“, murmelte er, als ich mich von ihm löste.

Er griff nach unten und hielt seinen Schwanz für mich fest. Als dessen Hitze meinen Eingang berührte, zitterte ich angesichts seines Umfangs. Voller Schmerzen atmete ich tief ein, als ich mich senkte und auf seinem Schwanz aufspießte.

Daran würde ich mich nie gewöhnen.

„Du wirst alles von mir aufnehmen, ungezogenes Mädchen. Deine Bestrafung ist noch nicht vorbei.“

Zentimeter für Zentimeter zwang ich meinen Körper, ihn aufzunehmen. Ich wimmerte und weinte, doch er ließ keinerlei Gnade walten und ich wollte auch keine. Als ich vollständig auf ihm saß, fiel mir aus dem Augenwinkel eine Bewegung auf, und ich erkannte, dass es sein Drachenschwanz war.

„Das kannst du nicht wollen …“

„Du hast dich mir widersetzt, ungezogene Gefährtin, deshalb werden deine beiden engen Löcher beim Ficken sehr wund werden“, knurrte er.

Die Spitze seines Drachenschwanzes rollte durch meine ausufernde Nässe. In dem Wissen, was mir bevorstand, verkrampfte ich meinen Hintern und hoffte, ihn aufzuhalten, aber ich konnte mich nicht verstecken, wenn ich auf diese Weise auf ihm saß. Als ob er wusste, was ich vorhatte, griff er mit seinen Händen beide Seiten meines Hinterns und spreizte mich für seinen Drachenschwanz. Die Spitze glitt über mein widerspenstiges Loch und ich verspannte mich, doch das hielt ihn nicht davon ab, durch meinen engen Rand zu stoßen.

Ich schrie auf und der brennende Schmerz kam sofort. Das war etwas anderes als das Spanking für meinen Hintern, meine Brüste oder meine Pussy. Dieser Schmerz reichte viel tiefer und meine Beine zitterten, als er meine Wirbelsäule auf und ab rollte. Da ich ohnehin schon mit seinem Schwanz gefüllt war, schien die Dehnung meines hinteren Lochs noch mehr als je zuvor zu schmerzen, und ich wimmerte, als sein Schwanz tiefer in mir versank. Es brannte, doch meine Pussy zog sich trotzdem um seinen Schwanz herum zusammen.

Als sein Schwanz tief in meinem Hintern steckte, ließ er mich schließlich los. Dann spreizte er mit den Fingern einer Hand meine Falten und zog die Haube meiner Klitoris zurück. Ich hielt inne und blickte nach unten, um zu sehen, wie sich seine andere Hand bewegte. Ein nervöses Zittern tänzelte in meinem Inneren und ich wimmerte, weil ich nicht wusste, was als Nächstes passieren würde.

„Ich habe deinen nackten Hintern, deine hübschen Brüste und deine Pussy gründlich versohlt, nicht wahr?"

„Ja, mein König", flüsterte ich.

„Es gibt noch eine letzte Stelle, wo du ein Spanking brauchst, meine ungezogene Gefährtin."

Mein Gesicht errötete und ich spannte mich an, weil ich plötzlich begriff, was er meinte.

„Bitte! Nicht *dort*", flehte ich.

„Wer entscheidet, wie du bestraft wirst?"

„Du, mein König", wimmerte ich.

„Ich habe beschlossen, dass du auch ein Spanking für deine unartige Klitoris nötig hast", knurrte er.

Mit einer einfachen Bewegung aus dem Handgelenk bestrafte er meine Klitoris mit den Fingerkuppen. Ich schrie auf, als ich kam. Er fuhr fort, meine Klitoris mit festen, stechenden Klapsen zu bombardieren, und mein Orgasmus überrollte mich wie ein Wirbelsturm. Selbst wenn ich es gewollt hätte, hätte ich nicht stillhalten können. Aus unkontrollierbarem Instinkt und unstillbarem Begehren ließ ich meine Hüften kreisen und ritt ihn mit anfänglichem Widerwillen. Danach verlor ich völlig die Kontrolle.

Jede Muskelfaser in meinem Körper zitterte, als weißglühende Qualen und Glückseligkeit durch meine Adern schossen und mich von innen heraus versengten. Meine Flügel waren weit ausgebreitet und ich spürte das Kribbeln der Lust bis in die Spitze einer jeden Feder. Meine Hände spielten mit meinen Brüsten, kitzelten meine Nippel und stürzten mich in eine bebende Lustwelle nach der anderen.

Ich kam so heftig, dass ich Sternchen sah.

„Du wirst noch viele Male für mich kommen, meine Königin", warnte er und mein ganzer Körper zuckte, wund und randvoll mit ihm, und doch so viel mehr wollend.

Das wusste er auch.

„Greife nach unten und reibe deine hübsche Klitoris für mich“, knurrte er.

Ich gehorchte und ließ meine Fingerspitzen zögerlich über mein empfindliches Nervenbündel gleiten. Ich zitterte, als ich es berührte, und ein Lustschock schoss direkt in mein Inneres. Er nutzte seinen Griff, um meine Hüften zu bewegen und mich auf ihm vor und zurück zu reiben. Sein Drachenschwanz begann, meinen Hintern grob zu ficken, und in nur wenigen Augenblicken stand ich an der Schwelle zu einem weiteren Orgasmus, der noch viel heftiger zu werden drohte als der erste.

„Nimm mich, mein König“, flehte ich.

„Wie du wünschst, meine Königin“, grinste er.

Und das tat er auch.

Wieder und wieder, bis ich auf ihm zusammenbrach.

Da war er allerdings noch nicht fertig mit mir, sondern drehte mich auf den Rücken und fickte mich noch heftiger. Er hörte nicht auf, bis meine Kehle vom Schreien heiser, mein Körper schweißgebadet war und mir die Tränen übers Gesicht liefen, weil ich eine endlose Reihe von starken, heftigen Orgasmen durchlebte, die mich völlig zersplitterten.

Das Schicksal hatte mich gefunden, und ich war hier, um zu bleiben.

Willst noch nicht, dass es vorbei ist? Brauchst du mehr?

Melde dich für meinen Newsletter an und erhalte eine exklusive Szene, in der Kol und Hayleigh gemeinsam nach ihrem Baby sehen und einen mysteriösen neuen Charakter kennenlernen, den kalten Eisdrachenkönig von Icegard!

https://BookHip.com/NCRHJBQ

Ende

DIE ALPHABRUDERSCHAFT

Ungezügelt

Viele Männer versuchten in der Vergangenheit, mich zu beherrschen, doch unter ihnen kam nie jemand wie Aric vor. Er ist nicht einfach ein Alpha, er ist eine furchterregende Bestie und er plant, das in Besitz zu nehmen, was Krieger und Könige nicht erobern konnten.

Ich hielt mich für ebenbürtig, doch allein seine Anwesenheit zwang mir ein überwältigendes, unvorstellbares Begehren auf und jetzt ist es zu spät. Ich stehe kurz davor, läufig zu werden und was nun folgt, wird wahrhaftig beschämend sein.

Er wird über mich herfallen, jeden einzelnen Zentimeter von mir rücksichtslos in Besitz nehmen und es wird wehtun. Aber es ist egal, wie sehr ich um Gnade flehe, während er meinem hilflos willigen Körper einen Höhepunkt nach dem anderen aufzwingt, denn er wird erst dann aufhören, wenn ich wund, verausgabt und als sein Eigentum markiert bin.

Es wird völlig ungezügelt zugehen.

Amazon

Instinktiv

Die Bruderschaft gab ihm das Recht, mich zu schwängern, aber das ist nicht der Grund, warum ich nackt, feucht und wund bin.

Mein Hintern trägt die Spuren seiner festen, strafenden Hand, weil ich mich meinem Alpha widersetzte.

Mein Körper ist ganz glitschig von seinem Samen und meiner eigenen Erregung, weil er mich trotzdem rannahm.

Er benutzte mich nicht wie ein König eine Untertanin genießt. Er nahm mich ran, als wäre er eine Bestie, die ihre Gefährtin in Besitz nimmt.

Es war lang, rau und schmerzhaft intensiv, aber da war noch mehr.

Es geschah instinktiv.

Amazon

Rau

Ich wurde gefangen genommen und in ein Verließ eingesperrt, doch erst als ich Magnar sah, bekam ich es so richtig mit der Angst zu tun.

Er ist ein Krieger und ein König, doch das ist nicht der Grund, wieso mein Körper bebt, als ich nackt vor ihm stehe.

Er ist nicht einfach nur ein Alpha. Er ist mein Alpha.

Der Eine, der mich bestrafen und beherrschen wird.

Der Eine, der mich in Besitz nehmen und über mich herfallen wird.

Der Eine, der mich brechen wird, aber erst dann, wenn ich darum bettle.

Amazon

Wild

Ich reiste in diese Stadt, um die Pläne von Feinden der Bruderschaft zu vereiteln, nicht um eine widerspenstige Omega zu zähmen. Doch in dem Moment, als Revna mich herausforderte, wusste ich, dass eine Bestrafung nicht ausreichen würde.

Trotz ihrer verlegenen Proteste, werde ich ihren hübschen Körper entblößen und ihren bebenden Hintern mit meinem Gürtel markieren, aber sie wird erst dann vollständig in die Schranken verwiesen sein, wenn ich sie flachlege.

Ich bin ihr Alpha und ich werde sie nach meinem Willen rannehmen.

Amazon

Mysteriös

Seit endlosen Zeiten hielt ich diese Welt in Balance und im Laufe der Jahrhunderte zappelten und schrien und kamen unzählige Frauen unter mir. Doch nie verspürte ich den Wunsch nach einer Gefährtin.

Bis zum heutigen Tag. Bis sie daherkam.

Wenn ich sie berühre, zittert sie.

Wenn ich ihren widerspenstigen kleinen Hintern mit meinem Gürtel markiere, glitzern ihre nackten Schenkel vor hilfloser Erregung.

Wenn sie errötet, wund und verausgabt neben mir liegt, wird mein Verlangen nach ihr nur noch stärker.

Verdammt sei die Welt. Ich werde sie in Besitz nehmen.

Amazon

DIE OMEGABORN TRILOGIE

Ekstase

Innerhalb der Mauern war ich eine angesehene Wissenschaftlerin. Hier draußen bin ich verwundbar, verzweifelt und bald der Gnade der Bestien und Barbaren ausgeliefert, die dieses raue Land beherrschen. Aber das ist nicht das Schlimmste.

Wenn die Wirkung der Medikamente, die mein schändliches Geheimnis bewahren, nachlässt, wird mich eine überwältigende, unvorstellbare Gier völlig in Beschlag nehmen. Ich bin dabei, läufig zu werden und ich weiß, was als nächstes kommt...

Aber ich bin nicht die Einzige mit Instinkten, die sich meiner Kontrolle weit entziehen. Wilde Männer durchstreifen diese Wildnis, getrieben von ihrer Natur, eine Frau wie mich heftiger zu beanspruchen, als ich es mir vorstellen kann und ohne auf meine Schreie zu hören, wenn ein brutaler Höhepunkt nach dem anderen meinem hilflos willigen Körper entrissen wird.

Es wird nicht mehr lange dauern und wenn die Paarung beginnt, wird es nichts weniger als eine Ekstase sein.

Amazon

Verzweiflung

Nackt, gefesselt und hilflos zur Schau gestellt, tropft meine Erregung über meine nackten Schenkel und sammelt sich zu meinen Füßen, während die ganze Stadt zusieht und auf das Unvermeidliche wartet. Ich werde läufig und sie wissen es.

Wenn die wilden Bestien, die außerhalb der Mauern leben, mich finden, werden sie meinem jungfräulichen Körper keine Gnade zeigen. Da mein Bedürfnis von Sekunde zu Sekunde verzweifelter wird, bin ich mir nicht sicher, ob ich das will...

Wenn die Bestien kommen, um mich zu beanspruchen und zu verwüsten, werde ich absolut verzweifelt sein.

Amazon

Fieber

Ich habe die Omegaborn jahrelang angeführt, aber in dem Moment, als diese Rüpel von jenseits der Mauer kamen, wusste ich, dass sich alles ändern würde. Diese Bestien sind nicht hier, um Befehle von mir entgegenzunehmen, sie sind hier, um mich auf meinen vorbestimmten Weg zu bringen, egal wie verzweifelt ich mich dem widersetze, was ich brauche.

Nackt, bestraft und wund, kann ich nur einen wilden, schändlichen Höhepunkt nach dem anderen herausschreien, während mein Körper beansprucht, benutzt und beherrscht wird. Ich bin dabei zu lernen, was es bedeutet, eine Omega zu sein...

Amazon

WOLFSKÖNIGE

Alphakönig

Ich bin davon ausgegangen, dass ich dem mächtigsten Mafiaboss der Stadt die Stirn bieten kann, doch als Lawson Clearwater mir das Nachthemd vom Leib reißt und mich aufs Bett drückt, bin ich mir sicher, dass ich mehr als nur meine Angst riechen kann.

Diese Bestie ist nicht nur wegen meiner Bestrafung hier. Er ist hier, um mich zu besteigen, mich zu rammeln und als sein Eigentum zu markieren.

Für immer.

Amazon

Alphaboss

Nachdem sie mein Hilfeangebot zur Rettung ihrer Schwester zurückgewiesen hatte, hat Natalia Kotova auf die harte Tour gelernt, dass Widerstand gegen einen Alphawandler damit endet, dass man versohlt wird, bis man schluchzt, und anschließend bestiegen und gerammelt wird.

Doch nur, weil sie vom mächtigsten Mafiaboss der Stadt eine peinliche Lektion über Manieren gebraucht hat, bedeutet das noch lange nicht, dass sie mit zerfetzten Klamotten und Höschen ans Bett gefesselt ist, während jedes einzelne ihrer Löcher wund ist.

Sie ist hier, weil sie meine Gefährtin ist.

Amazon

Alphabestie

Dass Elijah Baumann eine Bestie war, hatte ich bereits gewusst, bevor er mir die Kleider vom Leib riss und meinen nackten Hintern mit seinem Gürtel malträtierte. Ich hatte es bereits gewusst, bevor er mich bestieg und rammelte, während derselbe Gürtel fest um meinen Hals zusammengezogen war, um mich hilflos für jeden verzweifelten, zerreißenden Höhepunkt

Es lag in seinem Blick.

Nicht als würde er hoffen, mich eines Tages zu haben. Als gehörte ich bereits ihm.

Als wäre ich seine Gefährtin.

Amazon

DIE GEFANGENEN DER VAKARRANER

Entführt

Als ich die Erde verließ, um mich bei der Partnervermittlung Celestial Mates anzumelden, wurde mir ein perfekter Partner versprochen. Doch vier Vakarraner beschlossen, dass sie mich haben wollten und Vakarraner fragen nicht, sie nehmen sich einfach, was sie wollen.

Diesen furchterregenden, wilden, sexy Alien-Kriegern ist es egal, was irgendein Computerprogramm für meinen besten Partner hält. Sie haben Anspruch auf mich als ihre Gefährtin erhoben und schon bald werden sie auch meinen Körper beanspruchen.

Ich hatte vor, mich zu wehren. Nachdem ich allerdings nackt ausgezogen und auf beschämende Weise bestraft wurde, bettelte ich schließlich um den Höhepunkt, der mir so grausam verweigert worden war. Als ich brach, brach ich völlig. Jetzt werden sie absolut alles mit mir anstellen, was ihnen in den Sinn kommt und ich werde um alles davon betteln.

Amazon

Erobert

Seit der Ankunft der Vakarraner habe ich versteckt gelebt und meiner Gruppe menschlicher Überlebender geholfen, den Außerirdischen zu entkommen, welche jetzt unsere Welt mit eiserner Faust regieren. Aber mein Glück verließ mich.

Ich wurde von vier ihrer wildesten Krieger gefangen genommen und weiß, was als nächstes kommt. Sie werden ein Exempel an mir statuieren, um zu zeigen, wie selbst der trotzigste Mensch gebrochen, abgerichtet und beherrscht werden kann.

Ich verspreche mir selbst, dass ich ihnen das Gegenteil beweisen werde, dass ich niemals nachgeben werde und zwar selbst dann nicht, wenn man mich nackt auszieht, öffentlich beschämt und auf die demütigendste Art benutzt.

Aber mein Körper verrät mich.

Mein Wille zu widerstehen schwankt, da diese Bestien mich unter sich teilen und ich kann nicht anders, als mich zu fragen, ob sie bald mein Herz erobern werden...

Amazon

Beherrscht

Zuerst nahmen die Vakarraner meine Heimat. Dann nahmen sie meine Schwester. Jetzt haben sie mich genommen.

Als Gefangene von vier ihrer schärfsten Krieger weiß ich, welches Schicksal mich erwartet. Menschen, die es wagen, sich auf meine Weise zu wehren, werden nicht nur bestraft, sondern sie werden auf eine Weise an ihren Platz verwiesen, die so beschämend ist, dass mir allein beim Gedanken daran schaudert.

Die vier riesigen, einschüchternden, außerirdischen Rüpel, die mich gefangen genommen haben, werden mich auf jede erdenkliche Weise beanspruchen und mich gründlicher benutzen, als ich mir vorstellen kann. Ich verachte sie, doch als sie meinem nackten, zitternden Körper einen wilden, erschütternden Höhepunkt nach dem anderen aufzwingen, muss ich mich fragen, ob ich bald darum betteln werde, dass sie mich vollständig beherrschen.

Amazon

Verwüstet

Obwohl die Außerirdischen diejenigen waren, die ich immer fürchtete, war es meine eigene Art, die mich verletzte. Männer nahmen mich gefangen und es waren vier vakarranische Krieger, die mir zur Rettung eilten. Aber sie haben nicht vor, mich zu befreien…

Ich gehöre jetzt ihnen und sie wollen mich gründlicher zu ihrem Eigentum machen, als ich mir vorstellen kann.

Sie sind der Feind und zunächst versuche ich, dagegen anzukämpfen, dann versuche ich zu fliehen. Doch als sie mich bestrafen, mich beanspruchen und mich unter sich teilen, dauert es nicht lange, bis ich sie anflehe, mich völlig zu verwüsten.

Amazon

Unterworfen

Der Widerstand schickte sie her, aber das ist nicht wirklich der Grund, warum diese vier kampferprobten Vakarraner hier sind.

Sie kamen wegen mir. Um mich zu erobern. Um mich zu meistern. Um mich zu verwüsten. Um mich nackt auszuziehen, mich für die geringste Andeutung von Trotz zu bestrafen und meinen zitternden jungfräulichen Körper auf eine Art zu benutzen, die selbst über die dunkelsten meiner Träume weit hinausgeht, bis ich völlig, komplett und schändlich unterworfen bin.

Ich gelobe, niemals um Gnade zu betteln, aber ich muss mich fragen, wie lange es dauern wird, bis ich um mehr bettle.

Amazon

BOSTON KINGS

Nimm mich, Daddy

Kieran Murphy ist ein irischer Mafiaboss und einer der mächtigsten Männer Bostons. Wenn er mich zu Fuß nach Hause begleitet, treten die Leute aus Respekt vor ihm aus dem Weg.

Warum hat er also nur Augen für mich?

Liegt es daran, wie er mein Kinn mit seinen Fingern anheben muss, um mir in die Augen zu sehen, wenn er mich tadelt, und wie ich instinktiv meinen Hintern bedecke, wenn er mir sagt, dass ich mir ein Spanking verdient habe?

Oder ist es mein Zittern, wenn ich an all die Dinge denke, die er mir antun könnte, um die ich aus Schüchterhnheit aber nicht bitten will, und wie heftig ich komme, wenn er all das tut, ohne dass ich ihn darum bitten muss?

Vielleicht ist es alles davon, aber ich bin mir ziemlich sicher, dass da noch mehr ist.

Ich glaube, ihm gefällt mein Erröten, wenn er mich zwingt, ihn Daddy zu nennen.

Amazon

FÜR IMMER MEIN

Mein für immer

Ich erinnere mich noch an den Moment, als ich Cyrus Holts tiefen Befehlston zum ersten Mal hörte.

Ich wusste nicht, wer er war oder welches Leben er hinter sich gelassen hatte. Ich war lediglich eine zitternde Waise, die vor einem Monster floh, und er war der Mann, der mir Unterkunft bot und dabei keine Wahl ließ.

Dieser Boss aller Bosse stellte niemanden ab, um über mich zu wachen. Er schlief neben meinem Bett auf dem Boden, wenn ich verängstigt aufwachte und versohlte mich dann wie ein ungezogenes Mädchen, wenn ich ihn anlog.

Er hätte mich in jener Nacht rannehmen können, mich ohne Gnade und Reue vernaschen können.

Doch das tat er nicht.

Zunächst ließ er mich darum betteln.

Denn er wollte mich nicht nur für eine Nacht haben. Er wollte mich für immer.

Amazon

Für immer in meinen Armen

Kleines Mädchen.

Der Mann, der mir diese Worte ins Ohr flüstert, ist nicht einfach ein mächtiger Mafiaboss. Er ist der Rohling, der mich vor den Augen seiner Männer nackt auszog, mit seinem Gürtel auspeitschte und dann grob und beschämend meinen jungfräulichen Körper eroberte, während ich schrie, bettelte und für ihn kam, bis ich in seinen Armen zusammenbrach.

Ich sollte es hassen, wenn er mich so nennt.

Doch ich kann nur erröten, während ich darauf warte, dass es mich erneut erobert.

Denn ich gehöre in seine Arme.

Für immer.

Amazon

Für immer mein Eigen

Nachdem ich sowohl den Plänen meines Vaters, mich zu verheiraten, als auch der russischen Mafia entkam, wachte ich an diesem Morgen mit dem Gedanken auf, frei zu sein … bis ich den kaffeetrinkenden Mann in meinem Hotelzimmer entdeckte.

Er ist ein Milliardär mit der gleichen Macht wie jeder beliebige Mafiaboss, doch selbst als er mich bis zur feuchtnassen, beschämenden Unterwerfung versohlt, bettle ich unwillkürlich darum, dass er meinen jungfräulichen Körper an Ort und Stelle verwüstet.

Ich kann fliehen, aber ich weiß, dass ich schon bald entblößt, errötend und bereit für meine Eroberung zu seinen Füßen knien werde.

Denn ich bin sein Eigen.

Amazon

BÜCHER VON SARA FIELDS

Alpha

Früher glaubte ich, dass Bestien wie er nichts anderes als Legenden und Folklore sind. Dann verfolgte er mich.

Er ist nicht einfach ein Alpha-Wolf. Er ist der furchterregende Ausdruck der Männlichkeit der Erde höchstselbst, die zum ersten Mal seit Jahrhunderten in die Welt gekommen ist, um ein menschliches Weibchen zu beanspruchen, dessen Schicksal es ist, seine Gefährtin zu sein.

Dieses menschliche Weibchen bin ich.

Als ich weglaufe, fängt er mich. Als ich gegen ihn kämpfe, bestraft er mich. Ich bettele um Gnade, aber Gnade ist nicht das, was er für mich im Sinn hat. Er fordert von meinem nackten, zitternden Körper einen brutalen Höhepunkt nach dem anderen, bis meine Stimme vom Schreien rau ist. Er hört nicht auf, bis er sicher ist, dass ich weiß, dass ich ihm gehöre.

Dann schwängert er mich, um seine Nachkommen zu gebären.

Amazon

Preis

Von einer tyrannischen Regierung von der Erde verbannt, war ich dazu bestimmt, für den Gebrauch auf einer fernen Welt verkauft zu werden. Aber Vane kauft keine Dinge. Wenn er etwas will, nimmt er es sich und ich bildete da keine Ausnahme.

Dieser außerirdische Rohling zog mich einfach aus und bestrafte und beanspruchte mich vor den Augen seiner ganzen Crew. Er brach mich, ließ mich um Gnade betteln und dann um weitaus schändlichere Dinge. Vielleicht wäre er sanftmütig gewesen, wenn ich mich ihm nicht vor seinen Männern widersetzt hätte, aber ich bezweifle es. Er ist nicht der sanfte Typ.

Als er mich nackt, errötend und wund an Bord seines Schiffes trug, dachte ich, ich wäre nichts weiter als eine Trophäe, die man zur Schau stellt, oder ein Spielzeug für sein Vergnügen, bis er meiner überdrüssig wird, aber ich irrte mich.

Er nahm mich als Preis, aber er behält mich als seine Gefährtin.

Amazon

Markiert

Ich weiß, wie man mit Männern umgeht, die ein Nein nicht als Antwort akzeptieren, aber Silas ist kein Mann. Er ist eine Bestie, die sich nimmt, was sie will, so lange und hart und wild, wie es ihr gefällt und heute Nacht will sie mich.

Er tut nicht einmal so, als ob er sanft sein wird. Er wird mich verwüsten und es wird wehtun.

Ich werde in zitternde Unterwerfung geprügelt und gründlich und schändlich benutzt werden, aber selbst wenn die endlose Reihe von hilflosen, schreienden Höhepunkten endlich vorbei ist, werde ich nicht nur wund und verbraucht sein.

Ich werde markiert sein.

Mein Körper wird nicht länger mein Körper sein. Es wird ihm gehören, um ihn zu benutzen, zu genießen und zu vermehren und egal wie verzweifelt mein Begehren in seiner Abwesenheit wachsen mag, er wird allein auf seine Berührung reagieren. Für immer.

Amazon

Grob Behandelt

Vor zwei Stunden erreichte mein Schiff die Anlegestellen von Dryac.

Vor einer Stunde versuchte ein Sklavenhändler, mich in eine Gasse zu zerren.

Vor neunundfünfzig Minuten schlug ihn eine Bestie von einem Mann bewusstlos.

Vor achtundfünfzig Minuten sagte ich meinem Retter, er solle sich verpissen, ich könne auf mich selbst aufpassen.

Vor fünfundfünfzig Minuten fühlte ich zum ersten Mal einen dicken Ledergürtel auf meinem nackten Hintern.

Vor fünfundvierzig Minuten fing ich an zu betteln.

Vor dreißig Minuten beugte er mich über eine Kiste und beanspruchte mich auf die schändlichste Art, die möglich war.

Vor neunundzwanzig Minuten fing ich an zu schreien.

Vor fünfundzwanzig Minuten erreichte ich den Höhepunkt, als eine Menge zuschaute und mein Hintern innen und außen wund war.

Vor vierundzwanzig Minuten wurde mir klar, dass er noch lange nicht fertig mit mir war.

Vor einer Minute entschied er endlich, dass ich zumindest fürs erste meine Lektion gelernt hatte.

Als er mich wegführt, nackt, gut bestraft und sehr gründlich benutzt, sagt er mir, dass ich jetzt für ihn arbeite, dass ich mir das Privileg der Kleidung verdienen muss und dass ich ihm gehöre, so oft es ihm gefällt.

Amazon

Boss

In dem Moment, als Brooke Mikaels mein Büro betrat, wusste ich, dass sie mir gehörte. Sie brauchte meine Hilfe und dachte, sie könnte ihren süßen kleinen Körper dazu benutzen, diese zu bekommen, aber stattdessen lernte sie eine harte Lektion.

Ich mache keine Deals mit dummen kleinen Mädchen. Ich versohle ihnen den Hintern.

Sie wird bekommen, was sie braucht, aber zuerst wird sie bei jedem brutalen Höhepunkt stöhnen und betteln und schreien, während sie alles nimmt, was ich ihr gebe. Sie gehört jetzt zu mir und schon bald wird sie wissen, was das bedeutet.

Amazon

Angst

Sie sollte heute Abend nicht hier sein. Ich nahm sie mit, weil ich keine andere Wahl hatte, aber als ich sie tropfnass und nur mit einem Handtuch bekleidet von ihrem Haus wegtrug, wusste ich, dass ich sie behalten würde.

Ich werde sie dazu bringen, mir alles zu sagen, was ich wissen muss. Dann werde ich sie mir zu eigen machen.

Sie wird schluchzen, wenn mein Gürtel ihren Hintern auspeitscht und sie wird schreien, wenn ihr nackter, zitternder Körper zu einem Höhepunkt nach dem anderen gezwungen wird, aber es wird keine Gnade geben, egal wie erbärmlich sie bettelt.

Sie wird nicht nur lernen, mir zu gehorchen. Sie wird lernen, mich zu fürchten.

Amazon

Seine Majestät

Matteo Giovanni Santaro ist ein König. Ein echter König, wie in alten Zeiten. Die Art, von der ich nicht wusste, dass sie noch existierte. Die Art, die Gehorsam verlangt und jeden Hinweis auf Widerstand seiner Untertanen ahndet.

Seine Majestät akzeptiert kein Nein und sich gegen seine königlichen Befehle zu widersetzen hat mir nicht nur ein Spanking eingebracht, das mich zum Schluchzen bringen wird, sondern auch eine derart schamvolle Lektion, dass sie ein Exempel für alle, die Widerstand wagen könnten, statuiert. Ich werde betteln, während ein brutaler Höhepunkt nach dem anderen meinen zitternden Körper erfasst, doch ich werde keine Gnade bekommen.

Er wird nicht aufhören, bis er mich gelehrt hat, dass mein rechtmäßiger Platz in errötetem und wundem Zustand bei seinen Füßen liegt.

Amazon

Auf ihren Knien

Blaire Conrad ist nicht nur das beliebteste Mädchen der Stonewall Academy. Sie ist eine Königin, die mit eiserner Faust über ihre Untertanen regiert. Aber sie hat mich zum Feind gemacht und ich spiele nicht nach ihren Regeln.

Ich erstelle die Regeln und ich bestrafe meine Feinde.

Sie wird schreien und betteln, während ich sie ausziehe, ihr den Hintern versohle und ihren schönen kleinen Körper zu einem brutalen Höhepunkt nach dem anderen zwinge, aber ehe ich mit ihr fertig bin, wird sie mich schändlich um so viel mehr anbetteln.

Es ist Zeit für den König, seiner Königin ihren Platz zu zeigen.

Amazon

Durst

Cane kam heute, um mich zu holen. Selbst bevor er seinen Namen nannte, ließ mich seine Macht beinahe auf die Knie fallen.

Macht, die mich allein mit einem Gedanken gegen eine Wand drücken und dort halten kann, während er langsam meine Kleidung von meinem zitternden Körper schneidet und dabei sicherstellt, dass ich weiß, wie sehr er jeden einzelnen peinlichen Moment genießt.

Macht, die mich bestrafen wird, bis flehentlich ich um Gnade bitte, die mich necken und mir zusetzen wird, bis ich um Erlösung bettle und mich dann brutal immer wieder verwüsten wird, bis ich völlig verausgabt und schändlich gebrochen bin.

Macht, die mich für immer zu seinem Eigentum machen wird.

Amazon

Inferno

Ich dachte, ich wusste, wie man mit Männern wie ihm umgeht, aber es gibt keine Männer wie ihn. Obwohl er Milliardär ist, versuchte er nicht, mich zu kaufen, als er mich wollte. Er rief keine Bodyguards, als er mich nackt und gefesselt haben wollte. Er tat es selbst, weil er es konnte, sogar als ich mich gegen ihn wehrte.

Er sagte mir, dass ich bald darum betteln würde, von ihm verwüstet zu werden… und das tat ich auch. Doch es war nicht der Schmerz seines Gürtels, welcher meinen nackten Hintern in Flammen setzte, was mich auf so heftige Weise darum flehen ließ, von ihm rangenommen zu werden, dass ich vielleicht für immer rot bleiben werde. Ich bettelte, weil mein Körper seinen Meister kannte und mir keine Wahl ließ.

Doch mein Körper ist nicht alles, was er in Besitz nehmen möchte. Er will auch meinen Verstand und meine Seele und er wird sie haben. Er wird so viel von mir nehmen, dass nichts mehr übrigbleiben wird. Er wird mich verzehren.

Amazon

Verwildert

Er sagte mir, dass ich von ihm fernbleiben solle und dass er sich nicht zügeln könne, falls ich ihm zu nahe kam. Er würde mich festhalten und mich so heftig rannehmen, dass mein Hals vom Schreien wund wäre, noch ehe er damit fertig wäre, meinem hilflosen und bebenden Körper einen wilden und verzweifelten Höhepunkt nach dem anderen aufzuzwängen.

Ein Teil von mir war eingeschüchtert, doch ein anderer Teil musste wissen, ob er mich wahrhaftig auf den Boden werfen, besteigen und länger und heftiger rammeln würde, wie irgendein Mensch es je konnte.

Nun dreht mich das verwilderte Biest um, damit es mich auf noch schändlichere Weise rannehmen kann, wo ich doch schon gründlicher benutzt wurde, als ich mir hätte vorstellen können. Ich frage mich, ob ich auf ihn hätte hören sollen...

Amazon

Mieze

Noch ehe Chloe Banks mir vor einem Raum voller mächtiger Männer einen Drink ins Gesicht schüttete, war ihr Schicksal bereits besiegelt. Ich hatte bereits beschlossen, sie zu meinem mieze zu machen.

In der Privatsphäre meines Penthouses hätte ich ihr Gehorsam gelehrt, doch ihr kleiner Trick änderte dies.

Mein mieze lernte ihren Platz stattdessen in aller Öffentlichkeit kennen, als sie entblößt wurde und schluchzte, während ihr der Hintern versohlt wurde. Sie schrie, als sie zu einem erniedrigenden Höhepunkt nach dem anderen getrieben wurde.

Doch ihr müssen noch viele weitere Lektionen erteilt werden. Lektionen, die noch mehr beschämend sind, als sie sich vorstellen kann.

Während sie gebrochen wird, wird sie um Gnade betteln, aber schon bald wird sie gehorchen wie ein mieze.

Amazon

Erröte für Daddy

"Bitte versohle mir den Hintern, Daddy. Bitte tu mir weh."

Nur ein rücksichtsloser Bastard würde eine Jungfrau dazu bringen, diese Worte auszusprechen, nachdem sie hilfesuchend zu ihm kam und dann jedes Beben ihrer Stimme genießen, während sie um etwas derart Beschämendes bettelt.

Ich zögerte nicht einmal.

Ich ließ Keri Espositos Probleme verschwinden. Dann brachte ich sie dazu, mich Daddy zu nennen.

Das Bild ihres kleinen, entblößten Hinterns auf meinem Schoß war unwiderstehlich und der Gedanke, wie sie anschließend nackt zu meinen Füßen knien und mir danken würde, machte mich härter als je zuvor.

Vielleicht bin ich ja ein Monster, aber noch ehe ich ihr das Höschen auszog, sah ich den feuchten Fleck.

Sie kam nicht nur zu meiner Tür, um die Art von Hilfe zu ersuchen, die ausschließlich ein Milliardär bieten kann.

Sie kam, weil sie für Daddy erröten wollte.

Amazon

Abrechnung

Dean Waterhouse sollte nichts weiter als eine Aufgabe sein. Zusammenkommen. Heiraten. Sein Geld nehmen und ihn verlassen.

Doch dann war er hinter mir her.

Jetzt bin ich an sein Bett gefesselt und werde gleich lernen, was mit frechen Mädchen passiert, die Spielchen spielen.

Der Mann, der mir einen Ring an der Finger steckte, war

sanftmütig. Der Mann, der mich verfolgte, ist es nicht.

Er wird mich zum Erröten, Betteln und Schreien bringen.

Dann wird er mich dazu bringen, ihn Daddy zu nennen.

Amazon

Alien Eroberer

Ich wagte es, mich ihm zu widersetzen, doch als mir dieser außerirdische Grobian die Kleidung vom Leib reißt und mich besteigt, obwohl mein Hintern noch von seiner strafenden Hand brennt, ist mir klar, dass es hier nicht einfach nur um Rache geht.

Es geht ums Erobern.

Schon bald werde ich wissen, was es heißt, vollkommen und schändlich gebrochen zu werden sowie meinen hilflosen Körper ausgebeutet und auf jede denkbare Weise geplündert zu bekommen. Doch wenn er mit mir fertig ist, werde ich nicht nur wund und verausgabt sein.

Ich werde sein Eigentum sein.

Amazon

Wächter

Nachdem ich Jahrtausende lang über diese Welt gewacht habe, hätte mich eine wandernde junge Frau in den Wäldern nicht interessieren sollen. Doch in dem Moment, als ich sie beim Baden im Bach gesehen habe, ist mir klargeworden, dass Emma mir gehört.

Ich habe mich davon abgehalten, sie auf einen umgefallenen Baumstamm zu werfen und mich über sie herzumachen ... allerdings nur für ein paar Stunden.

Wäre sie gehorsam gewesen, hätte ich meine Instinkte vielleicht ein wenig länger in Schach halten können. Es war der Geruch ihrer hilflosen Erregung bei der Rötung ihres nackten Hinterns, was die letzten Überreste meiner Selbstkontrolle zerrissen hat.

Doch am Ende hätte es keinen Unterschied gemacht.

Früher oder später hätte sie sowieso meinen Namen geschrien, während sie von mir bestiegen und gerammelt wurde.

Eine Bestie muss ihre Gefährtin in Besitz nehmen.

Amazon

Braut

Heute früh war ich eine Geschäftsfrau ohne Heiratspläne, doch das war ihm egal. Er beschloss, dass heute Abend meine Hochzeitsnacht beginnen würde, also war das auch so. Die einzige, mir noch überlassene Entscheidung betraf das Kleid, welches er mir später vom Leib reißen würde.

Als ich ihm sagte, ich wünschte mir Sanftheit von ihm, lachte er mich aus und riss mir dann das Höschen weg.

Ich hätte nicht feucht sein sollen. Ich hätte nicht stöhnen sollen. Aber ich war es und tat es.

Als er mich auf sein Bett warf, erklärte ich ihm, dass ich ihm nie gehören würde. Egal, wie laut er mich zum Schreien brachte.

Er lächelte nur. Diese Art von Lächeln, die besagte, dass es wehtun würde und dass er jeden einzelnen Moment genießen würde. Dann beugte er sich vor und flüsterte etwas in mein Ohr, das mich bis ins Mark erschütterte.

"Du gehörst mir bereits. Hast du schon immer."

Amazon

Daddys Eigentum

Als Cami Davis in ihrem Nachthemdchen vor mir steht, mit erröteten Wangen und zittriger Stimme, weiß ich, welche Frage sie stellen wird, noch ehe sie den Mut fürs Aussprechen ihrer Worte aufbringt.

Habe ich wirklich gemeint, was ich ihr am vergangenen Abend gesagt habe?

Würde ich sie wirklich auf mein Knie legen und wie ein ungezogenes kleines Mädchen versohlen?

Sie ist eine neunzehnjährige Waise und ich bin ein Milliardär mit Plänen, fürs Bürgermeisteramt zu kandidieren. Ich sollte nicht einmal darüber nachdenken, ihr das Höschen herunterzuziehen und diesen süßen kleinen Hintern knallrot zu versohlen. Ganz zu schweigen davon, dass ich sie über den Esstisch beugen und an Ort und Stelle unsanft erobern möchte.

Doch in dem Moment, als ich die Hausbesetzerin in meinem neu erworbenen Anwesen gefunden habe, war mir klar, was ich brauchte.

Sie.

Und dass sie mich Daddy nennt.

Amazon

Dunkelbiest

Im Laufe der langen Jahre, die ich in diesem Land wandle und über die Menschheit wache, nachdem sie mir ihren Rücken gekehrt hatte, haben etliche junge Damen meinen Namen im Bett geschrien. Aber ich habe mir nie eine Gefährtin genommen.

Dann kam Lanya.

Als ich die wunderschöne Kreatur zum ersten Mal erblickte,

kämpfte sie gerade gegen mehr Männer, als ich zählen konnte, um ihr Leben. In diesem Moment schwor ich, sie zu beschützen … und mir anzueignen.

Dies ist ein Versprechen, das ich auch einzuhalten plane, selbst wenn ich sie nackt ausziehen, ihren Hintern mit meinem Gürtel markieren und ihr einen überwältigenden Höhepunkt nach dem anderen aufzwingen muss, bis sie sich schließlich vollständig unterwirft.

Ich werde sie nicht nur in Sicherheit wahren. Ich werde sie für immer behalten.

Amazon

Die Errötende Braut

Er teilte ihr einfach mit, dass sie seine Braut sei und beobachtete dann, wie sie angesichts des beschämenden Begriffs errötete. Anschließend packte er sie am Haar und zog sie für einen brutalen, besitzergreifenden Kuss an sich, nachdem sie den Mund aufgeklappt hatte, um zu widersprechen.

Ein Kuss, der klarstellte, dass sie nichts zu entscheiden hatte und selbst wenn, dann würde sie trotzdem beschließen, seinen Ring zu tragen, das Bett mit ihm zu teilen und eines Tages seine Kinder zu bekommen. Ein Kuss, der besagte, dass sie bereits sein war und dass noch so viel mehr kommen würde, wenn er ihr auf alle Weisen beibrachte, was dies bedeutete.

Sie kam an Ort und Stelle zum Höhepunkt, als seine Zunge ihren Mund eroberte.

Sie sagte nicht Ja, denn es was unnötig. Ihr Mund sprach an ihrer

Stelle.

Amazon

ÜBER SARA FIELDS

Sara Fields ist eine USA Today-Bestsellerautorin für Liebesromane mit einer Vorliebe für schmutzige Angelegenheiten, besonders für solche, die sich um DÜSTERE THEMEN, FANTASY und ROMANZEN drehen. Wenn Sie Science-Fiction, Fantasy, Reverse Harem, Dreiecksbeziehungen, Petplay und andere versaute, schmutzige Dinge mögen, alle mit Happy End, dann werden Ihnen ihre Bücher gefallen.

Newsletter: https://www.subscribepage.com/sarafields
Facebook-Gruppe: https://www.facebook.com/groups/186465801848653/
Webseite: http://www.sarafieldsromance.com
Amazon Autorenseite: http://www.amazon.de/SaraFields/e/B016YKP6OY/
Bookbub: https://www.bookbub.com/authors/sara-fields
E-Mail: otkdesire@gmail.com

Printed in Poland
by Amazon Fulfillment
Poland Sp. z o.o., Wrocław

28649490R00201